北漂爱情

张儒学 著

山西出版传媒集团
北岳文艺出版社
BEIYUE LITERATURE & ART PUBLISHING HOUSE
·太原·

图书在版编目（CIP）数据

北漂爱情 / 张儒学著. —太原：北岳文艺出版社，2019.1（2020.3重印）

ISBN 978-7-5378-5675-1

Ⅰ.①北… Ⅱ.①张… Ⅲ.①长篇小说—中国—当代 Ⅳ.①I247.5

中国版本图书馆CIP数据核字（2018）第208921号

书名：北漂爱情	特约编辑：李　路　韩玉龙	封面设计：侯　建
著者：张儒学	责任编辑：李向丽	排版设计：西橙工作室

出版发行：山西出版传媒集团·北岳文艺出版社
地址：山西省太原市并州南路57号　邮编：030012
电话：0351－5628696（发行部）
0351－5628688（总编室）　传真：0351－5628680
网址：http://www.bywy.com　E－mail：bywycbs@163.com
经销商：新华书店
印刷装订：三河市同力彩印有限公司

开本：660mm×960mm 1/16
字数：234千字　印张：19
版次：2019年1月第1版
印次：2020年3月河北第2次印刷
书号：ISBN 978-7-5378-5675-1
定价：69.80元

北京的光影在我脸上掠过，
这个城市在喘着粗气，
可是它听不到我的声音。

第一章

一

　　这个故事发生在 20 世纪 80 年代，准确地说是 1988 年，当时正值北漂高潮，我因为写作无意中也加入了北漂这一行列，对北漂充满了美好的幻想。
　　说起北漂，完全是个偶然，却也是必然，因为我努力写作才开始我北漂这段旅程。说真的，我要不是放不下彩霞，我才不会那么发奋地写诗，想通过写作来改变自己的命运。可那也只是自己异想天开，写作能写出像彩霞那样正儿八经地去北京上大学的？写作能写出让人羡慕的作家诗人来？但我不管，我就是想写出个名堂来，只有这样，我才会有追到彩霞的机会，但那时候这个想法现在看来实在是太天真。不用别人说，我也知道这是"癞蛤蟆想吃天鹅肉"。
　　真是谢天谢地，我突然收到《农民文学报》寄来的"聘用通知书"，这让我看到了一丝希望。此时的深秋，仿佛让我感受到了不一样的滋味，秋风秋雨就是那么抒情的一首诗，而秋叶秋虫却是一幅五彩斑斓的图画。夜寂，听着窗外的虫鸣，觉得是它们在弹琴，从而构成了一首和谐而充满梦幻的夜曲。
　　我怀揣着梦想踏上了北漂这条追梦之路。虽然那是 20 世纪 80 年代，但县城却是十分热闹的。在县城下了车后，我眼前一亮，情不自禁地感叹道：县城就是县城，比我们那小镇大多了，也热闹多了，难怪那么多人都梦想着能进城工作。村里的黑妹，她在县城的一家餐馆里洗碗，嘿，没几年，不但穿着时髦，说话也变得秀里秀气的，走起路来都是一颠一颠的，还真像一个城里人一样。这还不说，最后她还嫁了一个县城老公，这消息就像炸豆似的传遍十里八乡，让那些与她同龄的姑娘们都羡慕死了，也让男青年们望而生叹，都说："狗日的县城人，把村里最漂亮的黑妹娶到了，他凭什么呀，不就是个县城人吗？"路边的摊点上摆放得花花绿绿，走在街上的行人也穿得很时髦。

在外面转了一会儿，我就到车站买票乘车去重庆。在重庆下车后，就买好了去北京的火车票，火车是第二天早上九点出发，便想在附近找一家小旅馆住下，可重庆城真的好大，我找了好久也没找到适合我住的那种小旅馆。不是我不想住大宾馆，而是因为那些大宾馆价格很高，为了节约些钱，所以我决定找一个便宜点的。于是，我又向前走了一段路，终于找到一家便宜的小旅馆，我问道："老板，住个单间多少钱？"

老板说："八十元。"

我说："这么贵呀，能不能便宜点？"

老板想了一下说："这样，给你优惠点，就五十元。你也知道重庆是啥地方，大城市，那些大宾馆，你知道一个单间多少钱吗？告诉你，一般的都要两三百元，好的有上千的。"

我说："我知道，所以我才来你这里住嘛！"

老板问道："那你住不住呀？"

我说："好吧，就按你说的，住。"

老板登记后就给我安排好了房间，我看天色还早，就到外面的街上逛逛。虽然我是重庆人，但还是第一次来重庆城，对这座繁华热闹的城市还是略显陌生的。20世纪80年代的重庆城，虽然没有现在繁华，但也还算一个大都市，街上车来车往，两边的高楼让我感到新奇，仿佛此时的我不再是一个山里娃，而就是一位名副其实的记者了，或许是因为身上揣着的那张"聘用通知书"给我增添了一些自信。

此时，已是华灯初上，一路上万家灯火，车流不息，流光溢彩，簇簇璀璨，这样的夜景确实令人心动。沿着街道看去，那一片层层叠叠、错落有致的五彩之光，像是一片灯的海洋，分不清哪里是天上的星星，哪里又是人间的灯火，抑或是天上的星星跌入了人间，又或是人间的灯火也亮在星空。不禁让我感叹道：重庆城好大好美呀！

先前，我还感觉有些胆怯，但慢慢地我什么也不怕了，更是把自己看成是真正的记者了，记者是什么？那是人人羡慕却又很有能力的人。你看电视上那些大记者，出门采访多风光呀，多受人尊敬，全世界到处飞，他们可以说是无所畏惧的。我逛了一会儿，在路边的一个摊点吃了一碗面后，回到了旅馆。

因为天才黑，睡觉又还早，关键是我兴奋得睡不着。于是，我就来到前台与老板聊天，老板问道："小伙子，你是哪儿的人？"

我笑着说："我是大风县来的。"

老板问："那你这是要去哪儿？"

我说："我是乘明天早上的火车去北京。"

"你去北京？"老板看了看我，感觉我有点像学生，他说，"你是去北京上大学？"

这个老板，真是老眼光看人，你看我这是去上学的吗？不管从哪方面看，我也不像嘛，但可能因为我身上有一种文人气质，而且模样看上去有点像学生吧。我笑了，赶忙拿出那张"聘用通知书"给他看，并说道："我不是去上学，是去上班哟！"

老板看了后有点不大相信，又抬头认真地看了看我，上面白纸黑字写着的，还盖有报社红红的章，这让他不得不信，便笑着说："看不出，你小子真行，一步登天了。"

我笑着说："啥登天哟，只是去北京的报社当记者。"

正说着，老板的女儿走过来了，她接过"聘用通知书"一看，向我投来十分羡慕的目光，接着问道："你是怎么被聘上的？"

我说："是他们在报纸上登了招聘启事，我就按要求填了应聘表之后，又寄了作品过去，没想到还真应聘上了。"

说这话时，我显得很自豪，心里也十分高兴，因为我自从高中毕业后，一直在家苦苦写作，就是希望有一天，能改变自己的命运。没想到好事说来就来，就连我自己都不相信这是真的，好像做梦一般。

随后，老板忙去了，他女儿便和我聊了起来，我认真打量了一下她，个子高高的，一头披肩的长发，穿着也时髦，一看就是一个都市女孩的形象。可能因为我是在乡下长大，所以心中一直对城市女孩充满着向往和爱慕。她说："其实，我也很喜欢写作，也写了很多诗，就是没有机会在报刊上发表。"

我好奇地说："那能不能把你写的诗给我看看？"

她笑了笑，说："好呀，我这就去拿。"

这时，我才恍然想起此时我还不应该这样说，因为我还没去报社上班，再说我不是诗人也不是编辑，现在最多也只是跟她一样是个业余作者，说不定我的诗还没有她写得好呢。不一会儿，她从里屋拿出一个写有诗的笔记本，递给我说："这是我写的诗，你看看吧。"

我接过笔记本，认真地看了看，觉得她的诗写得确实不错，便说："你的诗写得挺好的，有意境，也有韵味，我很喜欢。"

她听我这么说，十分高兴，仿佛她把我看成一个报社的编辑了，我说的似乎就代表着一定的水平。说真的，我也只是随便说说，根本没有细看，只觉得她像诗一般美，她的诗应该也会像她一样优美。她说："那我抄几首给你，你看能不能帮我在你那《农民文学报》上发表？"

我说："好，我尽力帮你发表。"

随后，她就去抄诗了，我也回我的房间去了。过了好一阵儿，听见有人敲门，我开门一看，她手里拿着刚抄好的诗，递给我说："这是我的诗稿，请你帮我推荐推荐哟。"

我说："请问你叫啥名字，到时我好联系你。"

她笑了说："稿子后面我已写上了。"

我便把她的稿子翻到最后一页，才知道她叫欧霞，上面还有她的通信地址以及座机电话。我问道："你叫欧霞？"

她说："是的，你不相信我叫这名字呀？"

我说："不是，我只是觉得这名字像你的诗一样美。"

她笑了一下，我从这笑中感觉到她是发自内心的笑，而且这笑里还包含着对我的爱慕，也许是我太过于敏感了吧，说她对我爱慕，那恐怕也只是我一厢情愿。她说："于老师，那我不打扰你休息了，你明天还要去坐火车。如果你回家时，一定来这儿玩哟。"

我说："你怎么知道我姓于？"

她说："我又不是傻子，先前我看了你那'聘用通知书'，还不知道你叫什么名字吗？"

说罢，她便转身走了。晚上，我一次又一次地读她的诗，不知道是被她的诗感动，还是为她的人而动情，我躺在床上久久不能入眠。此时，我又想起了我的初中同学彩霞,本来我是不想她的,但也许是因为无意中认识了欧霞,同样的一个"霞"字,让我眼前又晃动着她的身影。

彩霞是我们班主任刘老师的女儿,她非常漂亮,圆圆的脸蛋时常挂着笑容,十分开朗的性格,穿着也很时髦,时不时还写点诗什么的。记得那次学校搞活动,她在台上朗诵了一首她写的诗,不知是她朗诵得好,还是她的诗写得好,赢得台下师生们的一阵掌声。从那以后,我觉得写诗真好,我也开始试着写,可能是为了她而写,又或者是受到她的感染,我才写诗的。

有一天下午放学后,我在教室门口碰到了她,就将我写的诗递给她说:"彩霞,你那天在台上朗诵的诗写得真好,我也写了一首诗,请你帮我看看,这首诗我写得如何?"

彩霞接过诗稿,问道:"你也写诗了?"

我说:"是呀,我也写诗了。"

等她看完之后,说:"你这首诗写得不是很好,当然才开始写,能写成这样,已经不错了。"她又问,"你读诗了吗?"

我说:"我在课文上读过。"

彩霞笑着说:"你只读过课文上那几首,其他的如《艾青诗选》《聂鲁达诗选》你有读吗?"

我回答道:"没有。"

"走,去我家,我借几本诗集给你读。你呀,要写就要先读,古人说:'熟读唐诗三百首,不会作诗也会吟。'"

"彩霞,你懂得真多。"

彩霞高兴地说:"当然,我妈叫我要多读书嘛。"

由于她妈妈是我们的班主任,她家就在学校里,我就跟着她去了她家。她选了《艾青诗选》《聂鲁达诗选》,还有一些诗歌刊物给我,"你先拿这些去读读吧。"

我接过书说:"好的,谢谢你!彩霞。"

我抱着书从她屋里出来,心里十分高兴,心想:说不定我读了这些书,就会写出好诗的。

从那以后,我便喜欢上彩霞了,但又不敢喜欢她,因为她是我们老师的女儿,而且我们班上的男同学都喜欢她。凡她进出教室,大家都把目光投向她;凡她有什么需要帮忙的,大家都会主动献殷勤。可就是看不出她真正喜欢谁,但有一人例外,就是我们镇副镇长的儿子周学富,他们走得比较近。

我也是有自知之明的,周学富的老爸是副镇长,他喜欢她是门当户对,而我呢?只是一个山里娃,有什么资格喜欢她。后来,我便躲得远远的,因为我不想看到她和周学富边走边说笑的情景,更不希望她看到我。可有一天下了晚自习,我走在前面,彩霞却追上来问道:"大为,我借给你的书你读完了吗?"

我说:"还没有,哎,你是要这些书了吗?"

彩霞笑着说:"不是,我是在想你如果读完了,我可以再借一些其他书给你读,我家里的书多得很。"

我看彩霞见了我很高兴的样子,我也跟着高兴起来了。她的笑容特别好看,引领着我的目光,朝着她内心深处走去,感受着与她在一起的那种幸福与快乐。我说:"好的,谢谢你,彩霞,我读完了就再来借。"

彩霞又问道:"大为,你最近还写诗没有?"

我说:"写了,但还写得不是很好。"

彩霞说:"诗不一定要写得很好,只要有这个爱好就行,因为写作不仅能提高人的思维能力，而且对学习也有好处。"

我就和彩霞边走边聊，至于当时聊了些什么，我现在也记不得了。我当时只觉得能和她在校园里并排走走，也是我的荣幸。自那以后，不但增加了我对她的爱恋，更增加了我对写作的信心。

其实，我喜欢彩霞只是一场暗恋，从没向她表白过。现在，我通过写作改变了自己的命运，我可以大声地说："彩霞，我爱你！"

二

第二天早上九点，我坐上了重庆开往北京的列车，把行李放在行李架上，便坐到我的座位上，没想到我的座位真好，还是靠窗的。

我四处张望，车里非常整洁干净。坐垫也软绵绵的，好舒服啊。我又伸手摸了摸旁边的玻璃窗，一尘不染，窗户上面还有窗帘呢。坐在旁边的人告诉我，那窗帘是可以伸缩的，如果外面阳光太强烈，可以把窗帘拉下来挡住阳光。

火车缓缓地开动了，车上的人与站台上那些挥动着手送行的亲人告别后，便纷纷坐了下来。列车开动驶向要去的地方，每个人似乎都满怀心事。

只几秒钟时间，火车便全速前进了。与我同座的是一老一小，操着标准的北方口音，他们说着话，而我却看着窗外，随着列车的奔驰，我透过窗户，欣赏着外边的风景，树木、小山、楼房，还有天上的白云，全都急速地向相反的方向飞去。我刚看清一个地方，一眨眼，眼前的风景又变了，看得我眼花缭乱。

列车轰隆轰隆地响个不停，响得十分有节奏。此时我又在想着彩霞，要是以前我还真不敢想她，因为我总觉得自己和她是一个天上一个地下，她在北京上大学，而我却什么也不是，有什么资格想她？可现在我也要去北京了，而且马上就是《农民文学报》的记者了，虽不是大学毕业的，但也算有一个名正言顺的身份。

彩霞她可能也没想到，我于大为会有出人头地的时候。这可以理解，不说她没想到，就连我自己也没想到。但俗话说得好，一分付出就有一分收获，这些年，我为了写作，不知吃了多少苦，受过多少人的白眼，外人都认为我是不务正业。因为那些考上大学的去上学了，没考上大学的不是出去打工，就是去学个什么手艺，哪有我这样整天痴迷于写作，写得再多又有什么用？

可不管别人怎么说，我就是要努力写。仿佛只有写作才能让我找到自我，才能让我找到快乐，更重要的是才能让我多了一份自信。说来也怪，我要这份自信干吗？还是在心中暗自与彩霞较劲吗？较什么劲呀，彩霞又没说喜欢我，我只是在心中悄悄地喜欢她，这算什么呀？再说人家彩霞在北京上大学，与我又没什么关系，是我自己在与人家较劲。

列车向北京方向奔驰着，北京是让我向往的地方。另外在北京，还有一个我日思夜想的彩霞，可能彩霞早已把我忘了，但我却深深地想着她，真想到了北京第一个见到的人就是她。

快到中午十二点时，同座的一老一小和我聊了起来，那年龄稍大点儿的问道："小伙子，你这是去哪儿？"

我说："我去北京。"

他问："你是重庆人吧？"

我说："是的，你怎么知道？"

他笑了笑，说："我经常来重庆出差，重庆人说话我一听就知道。"

我不解地问："你猜得可真准，你经常来重庆出差，那你是哪儿人呀？"

他嘿嘿一笑，看得出这人很忠厚老实，是一个值得信赖的长者。他说："当然，还有我听不出的口音吗？我是河北廊坊市的，这次是来重庆办事。你还没告诉我，你去北京干啥，是去上学吗？"

也许由于我看起来比较稚嫩，才刚二十出头，看打扮确实像个学生，也难怪很多人都这样认为，这也不怪他们，就是把我当成去北京上大学的学生也不错，那也是我的梦想。但上学与当记者相比，还是要差这么一点点，至少我心里是这么认为的。我笑着说："不是，我是去北京的一家报社当记者。"

年纪稍大的人问道："你是记者？"

我有些得意，十分肯定地说："是的。"

听我这么说，他似乎还不太相信，用怀疑的目光看着我。我想：奇怪了，我难道还骗你们不成？就赶忙将那"聘用通知书"给他看，他看后终于相信了，说："小伙子，你真行，能去报社当记者，真不简单，有出息。"

随后，我便与河北廊坊的一老一小聊着天，他们特别亲切友好，时不时还将随身带的小吃拿给我吃。年纪稍大的人告诉我，他叫李中华，是河北廊坊市大汪庄家具厂厂长；小的是他侄儿，叫李东生，是家具厂副厂长。他叔侄俩是来重庆联系业务的，也是乘坐这次列车回河北。

我也告诉他们,我叫于大为,是通过应聘才被报社录取的,现就去北京的报社报到。李中华厂长还留了他的地址给我,说:"小于,以后如果方便,欢迎来我们厂里采访,多多宣传我们家具厂。我们是农民,在自己村里办企业,也没有机会接触和认识记者,今天太荣幸了,能认识你,说真的,我们平时最敬重的就是文化人!"

我有些受宠若惊,好像此时我真的就是记者了。于是,我便放开与他们聊天,"李厂长,你们厂主要是生产啥产品啊?"

他说:"我们厂主要是生产椅子。"

我吃惊地问:"椅子也是家具?"

他笑着说:"是呀,我说你这位大记者,你说椅子不是家具,那又是什么产品呀?"

我听他这样说,仔细一想,椅子确实也是家具。但他们没笑话我,只是进一步做了解释,最后我终于听明白了。我问道:"那你们厂里有多少工人?"

他说:"其实你不知道,像我们那样的小厂,要不了几个人的。"

几个工人?这大大出乎我的意料,在我的认识中,只要一想到工厂,最少也得有上百个工人,这么几个人的小厂,能生产多少产品呢?这样一个小作坊,还能有多大的发展?当然,厂有小也有大,小也有小的好处,我相信他说的是真的。不像有些人,到处自吹自擂,明明是个小作坊,却说是很大的一个厂。这让我对他们产生了一种敬意,至少他们实在。

随后,我与他们谈论了一些我所知道的事。到第二天晚上十点,列车终于到北京了。北京车如流水,再加上暗红的霓虹灯,什么都看不清,更分不清东西南北,我走出车站,正好这时外面有人在叫住旅馆,还很便宜。我便跟着那人上了一辆大客车,坐了好久后,大客车就停在一家旅馆前，由于坐了两天一夜的火车，实在是太累了，开好房洗漱后就睡觉了。

可倒在床上后却怎么也睡不着，想着彩霞就在这座城市，要是这时能见到她该有多好。这座城市因为有彩霞在，显得不再那么陌生，我在这里也不会感到孤独。

第二天一大早，我就起床，走出旅馆，在街道上转了转。到了北京，想看什么就有什么，大街连大街，高楼连高楼，小巷连小巷，无处不透出京城独有的气息。

转了好一会儿，快到上班的时间了，我便用公用电话拨通了报社的电话："我叫于大为，是通知今天过来报到的，我现在到北京了，可不知道怎么走。"

接电话的人问："你现在哪儿？"

我也不知道现在在哪儿，便随便说了路边的一个商场名，可报社的人还是不知道我的具体位置。她说："北京这么大，我怎么知道你在哪儿呢？这么着，你去火车站，在出口处等，我叫报社的人来接。"

我说："去火车站我也不知道怎么走啊。"

那人有些烦了，说："哎，我说你也真是，这样吧，我告诉你地址，你打车来吧。"

我拿出笔，问道："你说，我记一下，报社地址在哪儿？"

她说："我们报社地址在北京朝阳区八里庄达美楼。"

我记下后说："好，我就慢慢地问来吧。"

三

　　这报社的人怎么了，这么不近人情。她也不想想，我一个从没来过北京的人突然来到这么大的城市，只给个地址让我自己去找，这不是有意为难我吗？但人家都这样说了，我也只能靠自己了。通过打听，大致知道去报社的路线，便上了一辆公交车。

　　一会儿，车就到朝阳区八里庄，我找到了达美楼。这达美楼不是所想象的几十层的高楼，而只是一幢五层小楼，看楼房外面的装修也有些年月了，我再沿着楼梯到五楼，终于找到了《农民文学报》。

　　此时，我心里非常激动，终于到报社了。我走到办公室，办公室一位戴眼镜的男同志接待了我，我将那张"聘用通知书"递给他，他看了后，叫办公室里另一位女同志泡茶说："你就是于大为？"

　　我说："是的，我接到通知书后就来了，今天是来报到的。"

　　他说："欢迎，这种机会难得，报社也是一个锻炼人的地方，希望你以后好好工作，争取干出一番成绩来。"

　　那位给我泡茶的女同志说："这就是我们报社的副总编刘中林，刘总。"

　　我赶忙叫道："刘总好。"

　　刘副总编笑着说："别这么客气嘛，以后我们就是同事了。"

　　随后，刘副总编说："这位就是报社程主任。"

　　我又叫道："程主任好，以后还需要你多多关照！"

　　刘副总编笑着说："程主任，小于乘了这么远的车，肯定也累了，你带他去把住宿安排好,让他好好休息一下。"

程主任把我带到离报社不远的一座大楼下,到了那楼下的一排地下室,程主任用钥匙打开了其中的一间,说:"这几间地下室是我们报社租的,专用于报社人员住的,三个人一间,这间里面已住了两个,你就住这儿吧。"

我走了进去,由于是地下室,白天也要开灯才能看得清,我把行李拿进去,放在里面那张空床上。便纳闷起来了,这么大的一个报社,怎么住这地下室呢?阴暗潮湿,哪里像我想象的那样,住高高的楼房,里面宽敞明亮,而且是一个人住一间。记得前几年我去在县城工作的姑父那里玩,他不仅一个人一间办公室,而且他住的地方也很大,一看那环境就让我向往着以后能有这样的一份工作。

程主任说:"你先休息,报社职工是在办公楼下的那家棉纺厂伙食团搭伙,你先在同事那儿借点饭票去吃,晚上六点吃饭。"

程主任把一切交代完后,将钥匙拿给我就转身走了。

我认真地打量了一下这间很小的房间,里面放了三张床和两张小桌子外,剩下的空间也只能放下几张独凳了,在北京这座城市,能有这么一个落脚的地方就算是不错了。

由于坐了两天一夜的火车实在是太累了,我洗漱了一下就倒在床上睡着了。睡了好久,我突然被人叫醒了,一位戴眼镜的小伙子说:"快起来,吃饭了,程主任叫我带你去伙食团吃饭。"我一看时间正好是六点了,翻身起床,笑着说:"你们也住这儿?"

他笑了说:"是的,我叫刘涛,他叫王基,我们都住这间,你是新来的吗?叫什么名字啊?"

我说:"我叫于大为,是重庆来的,你们呢?"

刘涛说："我是安徽的，他是福建的，以后我们就是同事了。"

王基说："走，六点了，该吃饭了，再晚一点就吃不上晚饭了。"

我就跟着他们来到达美楼下的那家棉纺厂，门口有武警站岗，他们拿出通行证，刘涛说："他是我们报社新招聘的记者，今天刚来，还没来得及办通行证，先让他进去吃饭吧。"

那武警挥了一下手示意我进去，我便跟着他们进去了。

这是一个上千人的大厂，伙食团很大，吃饭的人很多，各个打饭的窗口前排着长长的队，我们也跟着排队，排了好一阵儿，才打到饭菜，我们就随便找了一个空位置坐下吃。

刘涛问我："于大为，你以前是干什么的？"

我一看刘涛文质彬彬的，不但很有文人气质，而且可以想象他的家庭条件也不错，我不知怎么回答他，因为我就是一个农村人，父母都是农民，而且我还是高中毕业的。但不管怎么样，人家既然问了，也不得不说，怎么说呢？也没什么可隐瞒的，只能照实说，再说以后我们还要在一起工作，家里的情况他们早晚都会知道的，并且我长这么大，骗人的话我真的还没学会。

我笑着说："我高中毕业后，在家利用业余时间写作。"

刘涛听后，似乎有些出乎他的意料，他认真地看了看我，好像觉得报社招聘来的，最起码也应是个大学生，怎么是个高中生，高中生能胜任记者这份工作吗？他问道："你怎么不上大学呢？"

我说："因为没有考上啊！"

刘涛说："你就应该努力考，说真的，在北京这个地方，没有一张大学文凭，是很难混出个名堂的。当然，这只是我个人的理解，也不能一概而论。"

我明白刘涛的意思,我有点坐不住似的。但我马上也就冷静下来了,装得若无其事的样子。其实,我也想上大学,要说我平时的成绩,也不是很差,当时如果努点力,也可能考得上。可现在想来一切都晚了,现在能进报社,也算是有一个发展机会,我一定会努力,争取把这份工作干好。

刘涛说:"我大学毕业后,分到一所乡镇小学教书,但由于爱好文学,也不想这辈子就只当个教书匠,还想有点出息,我就把工作辞了,北漂来了。"

王基笑了说:"你就是有好工作不干,我们是想干而找不到工作,才北漂。"

我问道:"王老师,你怎么来北京了?"

王基笑着说:"我也是高中毕业后没考上大学,在当地也没找到工作,就来到北京。吃了很多苦,在餐馆当过服务员,当过送货员,最后通过熟人介绍才进了这家报社。"

我听后,心里一下子就高兴起来了,我以为只有我一个没考上大学呢,原来来报社工作的还有人跟我一样,也只是个高中毕业的学历,这样多少给了我一些自信。我问:"那你是写什么的?"

王基笑着说:"我哪会写什么?我只是个摄影爱好者,现在在报社就干摄影记者这工作。可人家刘涛就不一样,他以前是写散文的,文笔好,写起新闻稿也像写散文一样美。他呀,就靠这支笔,写成了我们报社新闻部主任了。"

我向刘涛投去十分钦慕的目光,难怪刘涛说话这么有底气,原来他还是报社新闻部主任,主任可不是人人都能当的。一来要业务精,二来要有人脉,从各方面看,刘涛都具备了这些条件。我改口叫道:"刘主任,我才来啥也不懂,还希望以后你对我能多多关照!"

刘涛笑着说:"我一看你就是个聪明人,而且你也有文人气质,好好干,我想你会干好这份工作的。在报社工作,只要勤奋吃得了苦,就一定能干出成绩的。"

吃了饭后,刘涛说:"你们先回去吧,我今晚还要去办公室加班,赶写一篇稿子。"

王基说:"好,刘大主任是个大忙人,你去忙吧,我们就回去休息了。"

第二章

一

　　第二天，我去报社上班，被安排在记者部，一开始，我还不敢相信，我真是一步登天了。自从我写作以来，只梦想当作家、诗人，却从来没想过要当记者。在我心目中，记者是一种神圣的职业，走到哪儿都会有人接待，别人办不到的事记者都能办到。不过从今天起，我也是记者了，但我同时也担心，我能干好这份工作吗？
　　坐在我办公桌对面的是一位年轻漂亮的女记者，叫石梅，她二十四五岁，戴着一副近视眼镜，穿着也时髦，她不仅有一种都市女孩的气质，更有一种文质彬彬的美丽。我看着她，觉得她在我心中就代表着这报社的形象，一个充满文化气息和具有时代风貌的地方。她正在专心写稿子，我便主动与她打招呼："你好，我是新来的，叫于大为，请多指教。"
　　她笑了笑，没有回答，而是继续写她的稿子。我就在想：她怎么这样高傲呢？感觉有点瞧不起人，别看我是乡下来的，我搞写作这么多年，说不定功底还比她好。再说，我如果没本事，报社能录取我吗？既然我是报社招过来的，那我和她就是同事了。她怎么可以这样呢？别说是同事了，就是路人出于礼貌也得回答一声。也许是她看我新来的，而且看我的穿着打扮也不像是很有文化的人，她这样其实我也可以理解。我又主动问她：

"你来多久了？"

她头也没抬，便说："两年多了。"

她终于回答我了，我便坐在桌前，随便拿起桌上的一张报纸看着。这时，记者部主任刘涛走了过来，他让我先熟悉一下这里的情况，多向记者部的同事学习，我点头说："好，谢谢刘主任。"

刘涛说完，转过身去与石梅说话，石梅笑着与他聊着什么，俩人显得十分亲近，看上去他们像一对恋人或情侣。我好羡慕他，能被这么漂亮的女孩所喜欢，这说明他在报社混得不错。我想总有一天，我也会像他这样，能有一个美丽漂亮的女孩喜欢我。

看到石梅，我就想起了彩霞。只听说彩霞在北京上大学，虽不知她在哪所学校，可我心中却怎么也忘不了她。自从她来北京上大学后，我便慢慢地把她从我心中挤出，心想着：她在天上，我却在地上，怎么可能追得到她呢？所以，一直也没勇气与她联系，偶尔也会听同学说起她的事。

我随手拿起刘主任给我的一些资料和新近出版的几期《农民文学报》，我以前是写诗的，也从没去过报社，但曾经对报社是那样向往，我一边看资料，一边扫视着四周，看他们个个都好像在忙，看那一堆堆稿件还有从屋里透出的墨香的气息，让我感到新奇。

刘主任走后，石梅又忙了好一阵儿，才抬起头看了看我说："哎，干记者这活儿真累！"

我仍看我的资料，没出声，她站起来伸了个懒腰，又转了转，回来她说："你是从哪儿来的？"

我听她是主动与我说话，刚开始，我还有点不相信，先前看她很清高的样子，这下却像变了一个人似的，说话的声音很温柔，笑起的样子也很好看。"重庆，你呢？"

"我是河南舞钢市的。"

我又问："那你以前在哪儿上班啊？"

她说："我以前在我们《舞钢报》当记者。"

我向她投去羡慕的目光，她本来就是《舞钢报》记者了，还来北漂，我真不理解她，而我北漂是因为我在家没有工作，要是我在老家能有份像她这样的工作，我肯定不会来北漂。不过，北漂却也是很多人的梦想。我说："你真行，有那么好的工作也北漂。"

她说："是呀，看到很多人都来北京，而且有的还发展得很好，我也不能落伍啊！"

我说："你是大学毕业？"

她笑着说："我哪里能考上大学呀？我只是高中毕业，但我的语文成绩很好，又爱好文学，业余时间写了很多诗。"

我说："那你怎么进报社的？"

她俏皮地说："这是秘密，不告诉你。"

听到石梅是高中毕业，我的心又平静了不少。但到底是怎么进的报社，她却秘而不宣，这又让我想起一个高中同学，他靠他爸爸是镇长的关系，进了镇广播站工作。

有一次，我上街碰到他，他叫我去他镇政府的办公室坐坐，我去了他办公室后，他说："老同学，你整天热衷于写作，你想过没有，写那些有用吗？"

我端起他给我倒的水，笑了笑，说："哎，写着好玩嘛。"

他说："我想呀，你整天这样写也不是个办法，是不是也要像其他同学那样，出去打工或学个手艺，先挣点钱再说。像我，高中毕业后，就来镇上打工，我努力拿电大文凭，后来不转正了吗？现在呀，我也算是一个乡镇干部了,总算有份工作了。作为老同学,我是在关心你,才这么说。"

我虽和他是同学,但现在地位不同,也说不到一块儿,便起身告辞了。走出他办公室后,我想:总有一天我也会改变自己的,也让他看看,我并不是一个没有出息的人。

石梅又问:"那你以前在老家干什么工作?"

我深深地叹息了一声说:"我哪有什么工作呀?在家当农民,种地。"

石梅看了看我,笑着说:"你种地,怎么看你也不像种地的农民。你给我的印象倒有点像个书生,全身上下充满着一股文人气息。"

我还是头一次听到有人这样形容我,我心里有点高兴,她是在有意取笑我吗?看起来又不像,她说的也许是真的,我笑着说:"我就是在家种地,难道种地的人还有什么与众不同吗?种地只要有体力就行了。"

石梅只笑了笑,便没再说什么,又坐下来写她的稿子。我仍看着这些资料,但觉得读这些资料太乏味,就拿出欧霞给我的诗稿看,也许因为我也是写诗的,所以一读起诗来精神就特别好,而且脸上也露出了笑容。

这时,石梅说:"大为,你这时有事没有?"

我说:"没有,你有事?"

她把刚写的稿子递给我说:"你能不能帮我抄一下这篇新闻稿,我还要赶写一篇,忙不过来,抄好了我下午好拿去总编室送审。"

我说:"行。"

于是,我就帮她抄起稿子来。

她这篇新闻稿写得不错,约500字,我花了近一个小时才抄好,她看后笑着说:"呀,你的字写得真好,看不出来,你还这么有水平。"

我说:"字写得好就有水平呀?你别夸我了,我还得向你多学习呢!"

石梅问道:"你是写什么的?"

我说:"我是写诗的。"

石梅和我说话也亲切了很多,她说:"你的字写得这么好,你的诗也肯定写得不错吧?"

我说:"我在上高中时是读文科的,其他不说,我平时就爱练字,我的硬笔书法还获过县级奖呢。"

石梅听后,显得十分高兴,她问道:"真的呀?你真行,那你的诗在报刊上发表过吗?"

我说:"我上高中时在县报和市报发表过,去年我在《星星诗刊》上发表过诗。"

石梅说:"你能在这么有影响力的刊物上发表诗,肯定写得很好,到时一定要拿给我看看,我也好学习一下。"

我说:"好,我下午就拿来给你看看。"

这时,快到十二点,又到吃午饭的时间了,石梅叫我和她一起去伙食团吃饭,我就与她一边说话一边走去伙食团。

打好饭菜后,一个高个子男人走过来,挨着石梅坐着,眼睛总盯着石梅,不过也难怪,她长得这么漂亮,会有这多人喜欢她,也是正常的。他问:"石梅,他是谁呀?"

石梅说:"他是我们报社刚招聘来的,叫于大为。"

他听后冲我笑着说:"你好呀,你是哪儿的人?"

我说:"重庆的。"

他说:"重庆好,我是四川达州的,四川和重庆是一家嘛,我们也算是老乡了吧。"

说真的,在北京这个地方,能见到一个老乡,真是让人高兴。石梅说:"他是我们报社的副刊编辑,叫何谓。"

吃完饭后,他们就先走了,但我能从他们的对话中听得出,他们的关系非同一般,一路上有说有笑地向办公室走去,而我就回寝室休息了。

二

这几天,我都是看资料、看报纸,而且也没有具体的事干。

那天,办公室程主任走过来叫我去帮忙,帮她写信封和装新出版的报纸,我就按她提供的名单表,一个一个地写,待写好信封后,又把报纸叠好装进去,忙了一天。这时,我才想起应该给远在老家的父亲寄一张报纸回去,让他也看看我们的报纸,相信他肯定会非常高兴的。同时,我又赶忙翻出欧霞的地址,也给她寄上一张报纸,本来想给她写封信,说说对她诗的一些感受,但由于忙,没来得及附上一封信,只装上一张报纸就赶忙放在那堆信封里。

随后,程主任又叫我帮忙把装信封的袋子提下楼去,然后叫上出租车直奔八里庄邮局。忙完后回到了报社,正好赶上下班吃晚饭的时间,我赶忙跑去伙食团打饭吃。

在这里吃饭的人真多,要排好久的队,前面打饭的人似乎像蚂蚁一样慢慢地向前移动,要是性子急点的人,看到这样的场景,不知有多不耐烦。但在这种情形下,也只能跟着排队的人慢慢地往前走,没有其他的办法了。

　　记得小时候去我叔叔上班的煤矿厂玩,他带我去他的伙食团吃饭,那个煤矿是国营的,但伙食团不大,菜也不是很好,可让我记忆犹新的是当时在那排队打饭的情景,不知道让我多么羡慕。如今,我也坐在北京的一家大厂的伙食团里吃饭,心情也很好。

　　吃完饭后,我便出来在街上悠闲地散步,我沿着八里庄街道走着。也许是雨刚停,北京街头的树木都被冲洗得碧绿、晶亮,我慢悠悠地走在这条街上。突然,又是一阵急雨,我赶紧走进了路旁的书店,迷恋起书来,在书架之间转来转去。在一个角落里,看到一本美国作家菲茨杰拉德的小说《夜色温柔》,看到书名就让我有一种暖暖的、说不出的感觉充溢心间,本来没准备买书的我竟毫不犹豫地买下了这本小说。

　　当我回到寝室时,看见刘涛正和一位年轻漂亮的女人拥抱着,他们见我回来了,赶忙分开,女人不好意思地红着脸。刘涛把我叫到门外,说:"大为,她是我的大学同学,刚从安徽赶来,北京她也不熟悉,更没有住处,正好王基这几天出去采访了,她今晚就住我这儿,我想请你……"

　　我有点不明白地问:"你想请我什么?"

　　刘涛愣了一会儿,他笑着说:"我是说你今晚就把这间寝室让给我,行不?"

　　这下我明白了,可有些不情愿,但我一听刘涛这么说,再说他又是我们记者部主任,还是我的直接领导。我只好:"好吧,今晚我就另想办法。"

　　刘涛说:"那你今晚去哪儿呢?北京你也人生地不熟。"

　　我在心里骂他,你这人也太自私了,明知道我在这儿人生地不熟没去处,还这样为难我。有本事带回一个女人来,怎么不去那些大宾馆、大旅社，在那里没有人干涉你，也不会影响别人的生活。但我仍笑着说："没事，放心吧，我有办法的。"

随后，我转身走了出来，正如刘涛说的，北京我才来不久，也没有熟人和朋友，又能去哪儿呢？我便在附近的商场逛了逛，又去到街道上走了走，尽管是十月，但在夜晚，天气还是有些冷，总不能老是在街上转悠吧。

最好的去处，就是去办公室。于是，我便走去报社办公室，报社其他办公室都关了门，只有记者部办公室还亮着灯，我走了进去，看见石梅坐在那里，我问道："石梅，你还在加班？"

她看见我来了，有些吃惊，问道："大为，你怎么来了，你怎么还不睡觉，来这儿干什么？"

我想把刘涛的事告诉她，但又觉得不妥，话到嘴边也没有说出来。只说："晚上没事，想来办公室坐坐。没想到你还在加班。"

石梅有点不相信我说的，但她也似乎明白了什么，她只说："我没加班，而是在改一首才写的诗，我自认为这首诗写得不错，想再改一下投出去发表。"

本来我心情一点也不好，但看见石梅在，她也陪我说了一些话后，而且她说在写诗，只要一说起诗，似乎我的心情一下子就好了，便说："我今晚也想写一首诗。"

石梅笑着说："你初来北京，一定很兴奋，难怪想写诗。"

我说："是的，北京是我从小就向往的地方，现在终于来了，就像做梦一样，所以就想写一首诗。"

这时，石梅将她写的诗递给我说："大为，你看看我写的诗，帮我提提意见嘛。"

我接过她的诗稿，认真地看起来，看完后说："你这首诗写得不错，不说其他的,就是诗的标题《乘112路车驰过北京的秋天》,就很有诗意,我很喜欢。"

　　石梅也开心地笑了,说:"真的呀?你别糊弄我。"

　　我说:"真的,我很喜欢你这首诗。我说的是真话,没糊弄你。"

　　我又读了一遍,问道:"你这首诗准备投哪家报刊?"

　　石梅说:"投《青年文学》杂志,我认识那儿的诗歌编辑,他是我们舞钢的老乡,我们也见过面,他人也很好的。"

　　"太好了,哎,石梅,你能不能帮我推荐两首诗去?"

　　石梅看了看我,说:"我说大为,你的诗还没写就叫我给你推荐,你也太急功近利了吧?"

　　我将欧霞的诗递给她,说:"不是我,是我一个朋友的,我来北京时她叫我帮她推荐一下,我又不认识什么编辑,怎么推荐?你看?"

　　石梅接过诗稿认真地看了看,她说:"这两首诗写得很好,也不知对不对那位编辑的胃口?"

　　我说:"投稿还要对编辑的胃口呀?"

　　石梅说:"是呀,这个你还不懂?你想,如果不符合编辑的胃口,你写得再好,人家也不会喜欢,编辑不喜欢的诗能发表吗?"

　　我听石梅这么说,觉得现实确实是这样,便说:"你说得有道理。"

　　石梅说:"好,你这个忙我帮了,明天就和我的诗一起寄给他。"

　　我说:"太谢谢你了,要是能发表,她肯定会很感谢你的。"

　　石梅睁大眼睛看了看我,说:"我说于大为,这个欧霞名字取得这么好,诗也写得不错。人肯定也长得很漂亮吧?"

　　我笑着说:"是的,她长得很漂亮。"

　　石梅说:"这就对了,她是不是你的女朋友?"

我说:"不是,绝对不是。我们只见过一面,现在连朋友都不是。"

石梅又继续抄她的诗,我反正没事,也感谢她答应帮欧霞推荐诗,我说:"石梅,你的诗我帮你抄吧,也好让我增加对你诗的印象,更好地学习学习。"

石梅十分爽快地答应:"好,就让你帮我抄,你的字写得这么好,你给我抄肯定会让我的诗增色的。说真的,如果编辑看到字写得好点的,不管内容如何都会多看几眼的,那就先谢了。"

我接过她的诗稿,认真地给她抄起来,抄好后,她将诗用信封装好,起身说:"不早了,我回去休息了,你也早点回去休息,明天要上班。"

我说:"你先走吧,我还坐会儿。"

石梅说:"好,但愿你今晚能写出一首好诗来,明天一定记得拿给我欣赏哦。"

石梅走后,我脑海里映出了刘涛和那个女人在寝室里亲热的情景,那些细节就像电影一样在我眼前晃动。这时我又想起了彩霞,仿佛这时她真的来到我的身边,陪我说话,陪我散步……我们尽情地陶醉在爱意浓浓的欢乐之中。

三

这天，报社开会。每个人都早早地来了，而且都放下手中的事，拿着笔记本去那儿等候着。我来报社这么久，还是经历第一次开会，感觉到气氛很浓，也为自己第一次参会而高兴。

由于报社没有会议室，开会地点就在记者部办公室，大家到齐后，张总编和刘副总编才来。张总编说："程主任，你看一下人到齐了没有。"

程主任看了一下，说："除两个记者出去采访了，其他的都到齐了。"

张总编说："好，开会。"

随后，张总编说："今天召集大家开个短会，还是长话短说，主要是大家出去联系广告的事。我们这张报纸不是官办，是民办，国家没给我们一分钱，整个报社的运转，全靠广告和赞助费来支撑。最近几个月，广告收入越来越少，就是正常运转都很困难，要是再这样下去，大家吃饭都成问题了。当然，事在人为，只要大家齐心协力，多出去跑跑，肯定会有转机的。"

张总编说完，刘副总编接着说："张总刚才也说得够清楚了，为了我们共同的事业，大家尽最大努力多出去跑跑，多联系点广告，好让我们报社得以生存下去。不说我们这是民办报纸，就算是官办的报纸，大部分开支也都要靠广告，明白吗？只要我们齐心协力，没有办不好的事！"

记者部主任刘涛说："张总说得没错，但我们都尽力了，因为我们报纸不比其他大报好拉广告。原因有三：一是我们出报周期长，半个月才出一期；二是我们的报纸是内刊，不是全国发行；三是这张报纸是文学报，不是新闻媒体，有些企业先谈好后说给我们赞助费，后来知道情况后就不愿意与我们合作了。"

他们这么一说，大家你一言我一语地说开了。张总编说："现在我们报纸是内刊，但现在不是正在想办法办理一个全国统一刊号吗？！我想要不了多久，这全国统一刊号就会下来，到时我们这张报纸就是全国公开发行了。希望大家要多出去跑跑腿，多动动嘴，利用好一切关系。我还是那句话，工资与广告挂钩，完不成广告任务的人工资停发。要是谁认为这规定不近人情，可以辞职，好，散会。"

现在我才明白，这是一张民办报纸，而且还是内刊报纸，整个报社的资金运转全告拉广告收入来维持。难怪他们能录取我，在这报社里的全体人员，表面上是编辑、记者，实则全是拉广告。尽管这样，我还是感到非常荣幸，要不是这样性质的报社，我能来这儿工作吗？现在既然来了，就得好好干，万一这张报纸能像张总编说的那样，能申请到全国统一刊号。我们通过这个平台，肯定会有所作为的。

石梅看到我在沉思，便问道："大为，你在想什么？"

我说："我在想我去哪儿拉广告呢。"

石梅笑着说："慢慢来吧。拉广告得有一定的关系才行，不是你想拉就能拉到的。"

我说："哎，石梅，要是拉不到广告就没有工资了，我拿什么来吃饭呢？"

石梅说："可能是吧，但我不知怎么说，只要肯努力有啥事办不成，莫说拉点广告了。"

听石梅说得这么肯定，我有点不相信，她真有这么大的能力？当然，作为一个年轻人，应该充满自信。我又问："那你拉到广告了吗？"

石梅十分自信地说:"我肯定能拉到广告,而且我联系的都是我们河南舞钢市的,不过都是利用我爸的关系。"

我只能望而生叹,如果不是利用她爸的关系,拉广告能这么顺利吗?但现实就是这样,做事不看过程只看结果。

石梅见我愁眉苦脸的,笑着说:"你别着急嘛,车到山前必有路,我想你肯定能行的,要对自己有信心。如果万一不行,到时我也帮你拉点儿。"

我听石梅这么一说,先前对她的嫉妒变成了对她的羡慕,高兴地说:"真的呀?"

石梅说:"当然是真的。记者部的刘主任、王基才来时也拉不到广告,也是我帮他们拉到的第一笔,他们后来才有信心了,现在他们都成了拉广告的行家了。"

我知道石梅是在鼓励我,让我对拉广告充满信心,不要望而生怯。虽然我不敢相信她说的是真的,但我还是从她的话中感到一丝欣慰,哪怕她只是随便说说,也让我看到了希望。我相信她行,我也一定能行。但我还是在思考着,到底能去哪儿拉到第一笔广告呢?

中午吃完饭后,我没有直接回办公室,而是去外面转了转。正值初秋,北京的秋天是一年当中最美的季节。草木总是一片欣欣向荣的景象,如果不去细看,是看不到一丝残花败柳、衰草枯杨的景象的。此时,我似乎觉得北京的秋天就像来自画家的丹青妙笔,一笔一画都流露着画家丰富的情感。

下午上班,石梅告诉我说:"欧霞和我的诗,已寄给《青年文学》杂志的那位诗歌编辑朋友了,可能发得出来。"

我听后高兴地说:"太好了,真得谢谢你!"

石梅说:"都是同事了,还说谢,这就见外了。"

这时，副刊编辑何谓走过来，问道："谢什么呀？谢得这么亲切。"

石梅笑着说："没谢什么。哎，何谓，看来你很悠闲，你这个月广告完成了吗？"

何谓笑了说："何必跟自己过不去呢？广告能拉就拉，不能拉就算了，大不了我不要工资。"

石梅说："我说何谓，你是神仙呀，没工资你哪来钱吃饭？再说，拉广告是工作，更是能力的体现，要说不要工资，我肯定比你过得好。"

何谓笑着说："好了，大小姐，我知道你老爸是当官的，家里有钱，我们穷人哪能和你相比呢！"

石梅有一种胜利的感觉，也笑得特别开心，说："知道就好。"

何谓说："我给你说个正事。"

石梅说："啥正事，说吧？"

何谓说："今晚去我的租赁房玩，有一个搞表演和一个画画的朋友要来玩，如何？"

石梅说："对不起，何大编辑，我今晚没空。再说，我才不喜欢与不认识的人在一起玩。"

何谓说："通过我介绍，你们不就认识了，你真不去？"

石梅说："真不去。"

何谓说："那好，你不去就算了。于大为，我请你去。"

我不知道怎么回答，正在犹豫时，何谓说："我们是老乡，对不对？"

我说："对呀。"

何谓说："你如果认我这个老乡，你就一定得去。"

我只好说："好，我去。"

第三章

一

　　下午下班后,我跟着何谓乘公交车去到十里铺外一个小胡同,这是一个老胡同,胡同两边是灰白的墙,墙上层层叠叠的野藤肆意攀爬着墙蔓延而下,几片叶子红得突出、红得鲜艳,别处是郁郁葱葱的绿。

　　这时,路边一个中年人和一位大爷在唠嗑,中年人在那手舞足蹈,满嘴的京片子,说着晌午发生的事儿。我很喜欢这种腔味,就想一直听一直听。胡同里有人支了张破旧四角桌,放了几个板凳,小桌上是青白灰颜色相间的大碗,大碗底窄口宽容量小,里面盛着浅浅的茶,这就是大碗茶了,三元一碗,走得口干舌燥的时候,可以来上一碗,猛灌一口。茶摊儿对面簇拥着一小撮人,翘首一看是榨石榴汁的。

　　我们便去附近的商场买了一些菜,又买了一瓶牛栏山二锅头酒,他说:"我们四川人的性格就是这样,火辣辣的,酒也一样,喜欢喝烈点的。所以我买了瓶牛栏山二锅头酒,这酒跟我们老家的老白干差不多。"

　　我说:"很好,喝这酒才有劲。"

　　随后,我们来到他的租赁房。这是一间民房,里面是四合院,他这间是在最外面。何谓说:"这是我的租赁房,房子虽然小,总比住那地下室好得多,住在这里逍遥自在。"

我说：“住报社租的地下室，自己不用出房租呀。”

何谓笑着说：“哎，你怎么就在乎那点钱？告诉你，我现今在一家报社开了一个专栏，有稿费收入。”

我听后很吃惊，在北京这地方，完全就靠真本事吃饭，我很佩服他的能力。我说：“你在报纸上开有专栏，那得天天写哟，你又要上班，忙得过来吗？”

何谓说：“这个你就不懂了，报纸副刊不是天天有，一般是一周一期，而且又不是期期发我的，也就是说一个月只用写两三篇就行了。再说，写散文随笔是我的强项，既能发文章又有稿费收入，何乐而不为呢？”

以前我偶尔读到报纸副刊上的那些小而精、文字优美的文章，以为都是那些大作家所写，原来不是那么回事。以前认为高不可攀的副刊，从此也不再神秘了。我又问道：“写专栏稿收入高吗？”

他说：“写专栏稿比写一般的稿费要高点，但也不是很高，总比没有好。你想呀，我们大老远来到北京，不说别的，总得先解决吃住问题吧？”

说完何谓便开始去弄饭了。我就随便翻看他屋里的书和杂志，床上、桌上到处是书，显得乱七八糟的，但也让他这屋里充满了书香味。

不一会儿，一男一女两个年轻人进来，何谓赶忙出来迎接他们，说："饭菜我已弄好了，就等你们大驾光临！"

那男的说："我说何谓，现在才几点呀？还不到七点，我们也算准时嘛。"

女的也说："何谓，你的饭菜弄得好香哟！"

我一看，他们俩人气质非同一般，不用说也知道他们是搞艺术的。

经过何谓一介绍，才知道男的是搞表演的，叫付和；女的是画画的，叫谢雨。我与他们分别握手，并相互问好。何谓将菜端上桌子后，我把屋里的一张藤椅和两张小独凳放好,还差一张凳子,付和叫我把桌子往床边拖了拖,说:"床也可以当一张凳子,在北京这个地方,能有这么一个空间属于自己,就已经很不错了。"

何谓把酒倒上,让大家举杯,说:"平时呀,大家都忙工作,也真难聚一次,今晚我请大家来家里坐坐,来,为我们今天的聚会干杯!"

随后,何谓又倒上酒,说:"大为,我单独敬你一杯。俗话说,老乡见老乡,两眼泪汪汪。我们能在北京相遇,也真是有缘,来,干杯!"

其实,桌上的菜很简单,但大家并不在乎吃什么,而是在尽力感受着这种氛围。也许是因为喝了酒的缘故,大家的话也多起来了,很少说话的我,这时也改变了先前怯生生的样子,我说:"我才来北京不久,感觉北京很陌生,压力也很大,来之前对北京充满着幻想,来了后才知道,其实我们离梦想太遥远了。"

何谓说:"是呀,要想在北京有所发展,得努力打拼,得慢慢地熬,我想总有一天我们都会熬出头的。"

谢雨说:"大家别太伤感了,既然我们来到了北京,从迈出那一步开始,就已做好了打拼的准备。像我,我现在虽然在一家书画院打工。但我要通过我的努力,拼出了一片真正属于我自己的天地。"

谢雨这话我爱听,说得真好,正是我心中所想的,因为我想总有一天,我通过自己的努力,也许真能打拼出一片天地。何谓听后,高兴地为她鼓掌,说:"谢雨,你真有雄心壮志呀,佩服。"

谢雨说:"付和,你现在不是正在参加一部电影的拍摄吗?你在里面担任啥角色,讲给我们听听呗?"

我一听付和在拍电影,真让我羡慕不已,因为从小我就喜欢看电影,也对那些大明星崇拜有加。我赶忙端起酒,说:"我从小就崇拜大明星,今天我终于和大明星一起喝酒了,我先敬你一杯!"

大家笑了,何谓说:"付和,你看,你现在又多了一个粉丝了。"

付和端起酒与我碰杯后喝下,说:"我哪里是什么明星呀?我现在参加一部电影的拍摄,但我只是演一个配角,只有几分钟的镜头,可我很高兴,从以前当群众演员起,磨炼了三年,终于能演一个配角了,也算我在北京迈出的第一步吧。但我相信通过我的努力和执着,上天会给我这么一个机会的。"

何谓说:"好,老弟说得非常好,到时你成了明星大腕儿,住上大房子,开上豪车,身边美女如云后,别忘了我们哟!"

付和说:"我哪里能和你相比,你的文章在《中国青年报》上经常发表,写得这么好。说不定哪天就弄出一本畅销书来,到时我们再好好地庆祝,你可别忘了我们!"

谢雨说:"是呀,何大作家,现在报纸上开专栏了,是名人了,真让我自叹不如。"

何谓端起酒杯,说:"但愿真有那么一天,我如果真弄出一部畅销书,或者写出一部茅奖或鲁奖的作品来,我一定请大家大吃大喝三天。"

付和说:"三天,那不把我们撑死呀?"

说完,大家不约而同地大笑起来。

随后,大家又了喝会儿酒。这时,谢雨说:"我给大家唱首《大约在冬季》。"说罢,便开始唱起来——

  轻轻地我将离开你
  请将眼角的泪拭去
  漫漫长夜里

未来日子里
亲爱的你别为我哭泣

前方的路
虽然太凄迷
请在笑容里为我祝福
虽然迎着风
虽然下着雨
我在风雨之中念着你

……

　　大家也跟着唱起来,唱着唱着就哭了,也不知是无意或者有意,何谓与谢雨拥抱在了一起……

二

　　今天是周末,不上班,我在床上躺到九点才起床,洗漱后便在外面吃了早餐,觉得没事就想着去天安门看看,来这么久了,还没来得及去看看。
　　在一个摊位上,我看中了一件衣服,问道:"老板,这衣服多少钱一件？"

"六十元。"

"能不能便宜点，你喊得也太高了。"

"不讲价，我喊的是进货价了。"

我又试了试衣服，还算合身，价格相对来说我也能接受，再说我认为在这里买件衣服肯定意义不同，就将这件衣服买了下来。随后，我又看了看裤子，老板说："买一条吧，你穿起来肯定好看。"

我问道："多少钱一条？"

"八十元。"

"能不能少点，我已在你这儿买了衣服了。"

老板不高兴地说："这是北京，不讲价，要就买，不要就算了。"

我看这条裤子还可以，便又买了一条牛仔裤，提着就往天安门走去。到了天安门广场，前来游玩的人很多，有人不停地照相留念，更有人悠闲地走走看看。

我通过安检进入了天安门广场，先看到的是毛主席纪念馆，毛主席纪念馆是免费开放的，不过得带上身份证，登记后才能进入。纪念馆前面是人民英雄纪念碑，纪念碑两边分别是国务院、中国国家博物馆，博物馆正在装修，不对外开放。天安门广场上有很多巡逻的武警，英姿飒爽的。

旗杆前面就是天安门了，天安门的左边就是中山公园，右边是什么我已经忘了。来天安门的人真多啊，跟进火车站似的，我们通过天安门右边的偏门来到了天安门的后面。天安门城楼可真美啊，上楼是从天安门的后面进入的。楼上的最边缘站了一排人，不知道是便衣还是志愿者。城楼里面有地毯、有吊灯，屋里的屏隔成了三个，每个屏里有八个椅子吧，上面雕着龙，但具体有多少把椅子我也没有刻意地去数。

我又去了故宫，在故宫里转了转，因为一个人玩也没劲，便又乘地铁回来了。虽然转了大半天也累了，但此时心里还是很激动，久久不能入睡，因为上小学时我就在课本上读到《我爱北京天安门》，那时想着要是能亲自去北京看看天安门，不知是多么幸运的事，今天终于如愿以偿了。

这时，王基回来了，进屋就说："大为，你怎么没出去玩？"

我笑着说："去哪儿玩呢？我人生地不熟的，总觉得没处玩。"

王基说："你呀，真像是没见过世面的人，北京这么大，还没处玩？随便去一个地方也可以玩上半天，看来，你还没有习惯这种城市生活。"

王基是个很讲究的人，他去卫生间洗漱了一番，又用梳子将头发梳了梳说："你睡着干啥，快起来，我们一起出去吃饭，我请你。"

我赶忙起床，和他去外面的小餐馆，他叫了几个菜，又要了两瓶啤酒，递了一瓶给我说："今晚没外人，我们都少喝点，一人一瓶就行了。"

我接过啤酒倒上，与王基碰杯后说："王基，看来你很习惯这城市生活？"

王基说："我呀，从小就在县城长大，我母亲是教师，父亲是干部，没少过吃，也没少过穿，说其他的不行，说玩我还真是行家。"

我笑着说："玩，你是行家，你是指哪方面的？"

王基说："只要是玩，哪方面我都行，之前打游戏，我几天都不回家，为此我也没少被父亲打。"

我们吃完饭后，他说："这时回家睡觉也太早了，干脆我们去音乐茶座坐坐。"我就跟着他来到附近一家名为"玫瑰香"的音乐茶座，服务员给我们泡好茶后，王基就叫来一个时髦的美女作陪，他们好像一见如故似的，还有些小动作。

我坐着边喝茶边听音乐，在那时明时暗的灯光下。最后，王基结了账后,我们走了出来,街上路灯闪烁,我们沿着街道慢慢地走回去。我问道:"今晚多少钱,可能要好几十吧?"

王基笑着说:"几十呀?北京是个啥地方,我说你档次也太低了,告诉你吧,今晚花了三百多元。"

"这么多呀?我们一个月工资才一百五十元,喝两杯茶就这么贵?"

王基说:"是呀,不过花点钱没事,图个开心。哎,大为,你今晚玩得开心吗?"

我说:"开心。"

三

我来北京这么久了,不知彩霞在北京哪个学校上学,也没有她的联系方式,北京这么大,去哪儿找她呢?

也许是在北京,看到那些穿着时髦的女人,我就会想起彩霞来。在我的记忆中,彩霞不但穿着时髦,而且还有一种不凡的气质,那时她就是我心中的女神。一想到这,我便给我的班主任刘老师写了一封信,在信中我告诉她,我现在北京《农民文学报》当记者了,感谢老师对我的培养,才让我有了今天。

中午我便去将这封信给寄出去了,心中萌生出一种自豪感。下午上班,我看到大家都在到处联系广告,我也想出去试试。我先在北京和一些企业联系，他们不是把我当成骗子，就是以负责人不在为由拒绝了。看来，拉广告确实是不容易，得有一定的关系才行。

我突然想到那天在我来北京的火车上，遇到的河北廊坊那个李中华厂长，记得他还叫我有空去他那里玩，我与他虽说不上有什么特别的关系，但总比从没见过面的人好。于是，我准备去试试，我从笔记本中找到他留给我的地址，可又转念一想，那也许是人家随便说的一句话，说不定他也没把这事记在心上。但不管他是否记得他说的那句话，我还是得去试试。

正在这时，报社办公室程主任叫道："石梅，电话。"

石梅赶忙跑过去，接了电话回来说："我爸打电话叫我回去，说宣传部一个宣传干事调走了，叫我马上回去当那个宣传干事。"

我笑着说："祝贺你，石梅，说真的，在你们那舞钢市宣传部工作，总比这儿好。"

石梅认真地说："我才不回去呢。大为，我说你怎么就这么不了解我呢？你以为我稀罕那份工作呀？我从小衣食无忧，要风得风，要雨得雨，但我就不想依靠我爸，我要凭我的真本事，凭自己的实力，去实现我的梦想。"

我听了石梅的这番话，真不知该说她什么，在政府部门当个宣传干事，总比在这儿整天拉广告好。她真是身在福中不知福，要是我有这么个老爸，不知心里有多高兴，可她却不把这当回事，是不是有问题？要说梦想，我也有，可梦想与现实相差太远，完全是两码事，难道她连这个也不懂？

石梅见我不理解，笑着说："大为，你肯定羡慕我有这么个老爸吧？肯定说我傻，放弃这么好的机会，整天在这儿瞎折腾，到处去拉广告，对吧？"

我说："是的，我真不理解你，你这样不知多伤你爸的心。要是我有这么一个老爸，我会凭着他的关系，好好干，要不了几年，也许就可以弄个一官半职。"

石梅叹了口气说："大为，总有一天你会理解的。"

这时，何谓走了过来，说："石梅，你应该回去，你爸给你争取到这个机会，别人想都想不到这样好的事，你却主动放弃，多不值呀！"

不知是石梅看到他生气，还是她真的不想再听到劝她回去的话了，生气地说："何谓，你也这样认为，我应该回去当那个宣传干事吗？"

何谓说："是的，女同志有一份稳定的工作，过实实在在的日子才是真。如果老是这样在外面混，真的很累，说不定到头来也一事无成。"

石梅听他这样说，更生气了，大声地说："别说了，我不想听了，我有我自己的想法，再说，我回不回与你有何关系？"

何谓说："我是为你好。"

石梅说："你走，我不想听了。"

坐在里面的刘涛每次见何谓来找石梅，就十分生气，眼睛里充满着憎恨的目光，但他尽力忍着。这时，他坐不住了，气冲冲地走过来，对何谓说："你听见没有，石梅叫你走，你还不滚，还站在这儿影响别人做事。"

何谓见刘涛这样，不甘示弱地说："我走不走，关你屁事？"

刘涛生气了，用手把他往外一推，说："快滚，我一看到你就生气。"

何谓回过头来就与刘涛打起来了，没几下，俩人就扭打在一起，石梅哭着喊道："别打了，你们别打了！"

这时，整个办公室的人都围了过来，把他们拉开，刘副总编把他们叫到办公室，狠狠地批评了一顿。

刘涛说："刘总，这事不怪我，是何谓没事跑到我们记者部来找事，我们还怎么工作。他这样整天瞎窜，也不止一次两次了。"

何谓说："我转我的，关你什么事，我看你才是没事找事。再说，是你先出手打人，我总不能打不还手骂不还口吧？"

刘副总编说："你们还有完没完，在办公室还没吵够，还要在这儿继续吵？你们的工作先暂时停下来，等张总回来后再做处理。"

他们就再也没出声了，刘副总编又批评道："你们不想想，这是什么地方？是报社。你们是干什么的？是编辑记者，应该算文化人吧？还出手打架，还有点素质有点修养吗？要是这事传出去，会给报社造成多大的负面影响？"

他们都不再说话了，低头沉默着。刘副总编又说："在报社未做出处理前，你们先别上班了，回去反思一下，听候处理。"

何谓突然变得激动起来，大声说："我没什么可反思的，这工作我不干了，我辞职，下午我就交辞职申请书来。"

说罢，他转身就走出刘副总编办公室。而刘涛却没有出声，走出了总编室回记者部了。

石梅知道这事是因为她而引起的，她心里也很难受，她也走出了办公室。我见这种状况，怕她一时想不开，也跟着出去了。

我和石梅就在楼下不远的科普公园里走着。我说："石梅，你别想得太多，这事很快就过去了。"

石梅装着十分平静，说："他们打架，是他们的事，与我无关。他们爱怎么折腾就怎么折腾吧。"

我听她这样说，也不好再说什么，便说："你看这儿多美。"

石梅说："是的，你看这儿多美。我们走走吧。"

古老的大石磨；古人计时用的"滴水计时"的仿制品；一块巨石，据说来自西陵峡大山深处；水杉、松树、柏树、樟树茂密挺拔，如盖的树冠带来大片的阴凉，送来了窸窣小风；左边荷花叶绿花红，右边翠绿茵茵的草地，无数不知名的小花争奇斗艳。

这时，一对年轻的恋人，手牵着手感受着拥抱的幸福，窃窃私语着甜美的誓言，步履轻盈、欢快，一起憧憬着未来。一对中年夫妻步伐虽慢，但很矫健、节奏感也极强。交流思想，沟通感情，说说孩子的学业，谈谈父母的健康，梳理现实的琐事，规划未来的前程……

我们走了好久，这时石梅说："大为，谢谢你陪我散步，我想回寝室去休息会儿。"

我说："那我送你回寝室吧？"

石梅说："不用了，我的寝室太远了，我坐公交回去。大为，你放心，我没事。"

下午，张总编回来了，刘副总编给他汇报了这事后，程主任叫刘涛和何谓去张总编办公室。何谓一进去就把辞职书交给了张总，说道："张总，我辞职，请批准。"

本来还想狠狠批评他们的张总，被他这突如其来的辞职书弄愣住了，"你要想好，一旦辞了再想回来就难了。"

何谓说："我想好了，辞职后，我绝不会再回来。"

说罢，何谓转身就走了。

张总再也无心批评人了，他看了看站在那里的刘涛，挥了挥手示意他走。刘涛转身走出总编室，又继续忙他的事。

第四章

一

  我在单位开了个介绍信，加上一个记者证，到北京木樨园长途汽车站找到去河北霸县的公共汽车，上车后我坐到临窗的位置，一路上欣赏窗外的风景。正值初冬时节，车窗外的田野上一片萧条而粗犷的景象，白杨树高高地耸立着，那大片大片的绿色小麦，把整个田块连成了一片。

  大约坐了两小时的车，到了霸县，这是一个陌生的县城，我下了车后，到处转了转。转了好一阵儿，我想：这次我不光是来采访，还有组稿任务，因为文学报与文学有一定的关系，何不借此机会去一下霸县文化馆，可以组一些稿子回去，还可以多认识几个朋友。可我转来转去却不知怎么走了，正好碰到一位值勤交警，这年头谁都信不过，唯一能信任的就只有警察了，我忙跑过去问道："交警同志，我是北京《农民文学报》的记者，我想问一下，霸县文化馆怎么走？"

  那位交警看了看我，有些不相信地问："你是记者？"

  我不知怎么说，真想骂他几句，别看我穿着打扮像个农民，但我却是货真价实的记者，难道还有人冒充记者来行骗？骗谁不好，还有人敢骗警察？我便拿出记者证和介绍信给他看，他看了后，笑了笑，说："这儿去文化馆有点远，我说了你也不一定能找到，你还是打出租车去吧。"

我便顺着他的指引，在对面打了一辆出租车，来到霸县文化馆。可文化馆里冷冷清清，几乎没有人。我走到那间开着的办公室，看见一位年轻漂亮的女人正在弹钢琴，她见我进来，便停下来问道："请问你找谁？"

我说："我是北京《农民文学报》记者，我想找一下你们文化馆文学组的同志，想组一下稿，请问他们在不？"

我看她也不相信我是记者，这里的人怎么了？我明明说的是真的，可他们偏不信，是不是这儿的人不容易轻信他人。她看了一下我的记者证，才相信我说的话，说："文学组只有一位邢老师，一般他都不坐班，都在家里写东西或者出去指导创作，你可以去他家里找他，我告诉你地址。"

我想了一下，我来文化馆只是顺路，不是最终目的，如果再去他家找，人生地不熟的，估计也很难找到。再说就是找到他，他也不可能买我的账。这霸县地处北京和天津郊区，来这里的大报、大刊的编辑与记者多如牛毛，何况我还是个内刊记者。我说："我还有另外的采访任务，他不在就算了，我下次再来，谢谢了！"

她笑着说："不用谢。"

说罢，她又继续弹钢琴，我虽不懂钢琴，但觉得她弹得很好听，那曲经典的《梁祝》真让人听得如痴如醉。前奏响起，像是走进了一个春光明媚、鸟语花香的花园；接着，哀怨的旋律响起，开始是华彩的高音旋律，后来是低音的重现，浑厚的琴声直抵心灵，像是一位敦厚的男士在低声诉说。在如泣如诉的音乐中，我沉醉在其中，久久不能自拔，直到想起此行的主要目的，才匆匆地离开。

我打车来到公共汽车站，又乘车去大汪庄。一路上，我看着那一望无际的田野，还有时不时出现的村庄，那粗犷的北方风情让我感到既陌生又新奇，那高高的白杨树沿着公路一个劲地往后闪去，给我如梦如幻的感觉。

到了大汪庄后，已是下午五点钟了，天快黑了，我心里有些紧张，心想：事先又没提前打电话联系，我就这样突然地来了，而且这大汪庄也没人认识我，如果李中华厂长不在家，那我又能去哪儿住呢？

我向一位路人打听大汪庄怎么走，他说："你沿着这条公路走进去就是大汪庄了。"

我说："好的，谢谢了。"

我就沿着这条公路走去，一会儿就到了村口。我在南方长大，对北方的风情很是向往，现在来到这里，心里非常高兴，仿佛这里的一切都很陌生，而且陌生中映现出一种新奇。这时，我发现这儿的野鸟山雀特别多，回头看着广阔的田野，就能看见树林里、田地边有许多的山雀，各色各样的都有，相当好看，它们不大怕人，有时就在你眼前嬉戏寻食。据说在这里没有人捕鸟，更没有我们那里的拉网沾鸟。喜鹊、臭姑鸟房前屋后遍地都是，让我感觉到这里真美。

随后，我又向路过的一位大姐打听："请问大汪庄家具厂怎么走？"

那位大姐十分热情，她说："我说了你也可能找不到，这样，我带你去。"

我就跟着她向村子东边走了好一阵，终于到了厂门口，她说："这就是家具厂。"

我十分感激地说："谢谢你给我带路。"

她说："看来，你是外地人吧？"

我说："我是重庆人，是北京《农民文学报》的记者，这次是来采访的。"

她高兴地说："我看你就不简单，小兄弟，你真行！你来采访啥，我们这是农村！"

也许是我终于找到家具厂了,所以就不想给她过多的解释,我只说:"采访家具厂。"

她笑着说:"好呀,家具厂搞得很不错的,我儿子就在那里上班。"

随后,我走进了厂里,一看才感到吃惊,这哪是我想象的工厂呀?实际上只是一个小作坊,几间破旧的厂房,十多个工人正在干活。我走进旁边那间厂办公室,里面只有一个老头儿坐在那里,他见我来了,问道:"你找谁?"

我说:"我找李中华厂长,他在不?"

他说:"他不在,你找他有什么事?"

我把记者证和介绍信给他看后,他说:"好像听李厂长说过,我们厂是不接受记者采访的。"

我又说:"我是和李厂长联系好的,所以我才来采访的。"

他听我这么一说,一改先前冰冷的态度,变得热情了许多,叫我坐,又给我倒了一杯茶,说:"我给厂长打个电话。"

我想,他是不是把我当成来这儿找活儿干的人了,这两年农民纷纷外出打工,不光是沿海,也有来北方的,不管在哪儿都会碰见外出打工的人,所以,见多了这样的事,自然也就习惯成自然了。随后,他便给李厂长打了电话,他说:"李厂长去县城开会了,要晚上才回来,你坐,李东生副厂长马上来。"

不一会儿,我在火车上见到的那个年轻人——李东生副厂长也来了,他很年轻,也很壮实,是一位实实在在的农民企业家。他一见我就十分热情地与我握手,说:"我没记错的话,你是我们那次在火车上遇到的于记者吧,欢迎欢迎!"

我也高兴地说:"我今天来拜访你们,不冒昧吧?"

他说:"别客气,刚才厂长给我打电话了,叫我好好接待你,他要晚上才回来。"

随后,李东生带我去到村里一家小饭店,这是村庄,没大饭店,只有一两家小店,而来这里吃饭的人也不多,他点了几个菜,要了两瓶啤酒,我俩便喝起来。他说:"于记者,我们这是农村,只能这样简单吃点,别见笑。"

我笑了笑,说:"哪里,给你添麻烦了。"

李东生说:"来,我敬你一杯,欢迎你的到来!"

我与他碰杯后喝下,说:"自从那次在火车上遇到,我们真算是有缘,所以我今天就来玩玩。"

李东生说:"没想到,于记者,你还记得我们,我太高兴了。"

吃完饭后,李中华厂长回来了,他十分热情地说:"于记者,不好意思,我今天去县城开会,也不知道你要来,招待不周了。"

我说:"哪里,我先前也没和你联系。李厂长,我这次来主要是想采访一下你们家具厂。通过宣传,你们的产品肯定会好销售一些。"

李厂长说:"一般我们厂是不接受采访的,但你既然来了,我们就破个例,接受你的采访。"

李厂长又说:"你从北京赶车来,累了吧,今晚就早点休息,明天再采访吧。"

"好,谢谢李厂长。"

李厂长说:"别客气,小伙子,因为我们有缘才会在火车上相遇嘛!"

二

第二天上班，我便来到李中华厂长办公室，他详细地向我介绍了厂里的一些情况，我才知道，这个家具厂是几年前几家人合办起来的。主要生产椅子，从无到有，真是举步维艰地运转着。现在连厂房都没有，而且租的是原村委会的废旧办公室，有十多个工人，年产值也只有几十万。

李厂长说："说真的，没想到办一个企业这么艰难，不过总算走过来了。近年来，厂里销售额不断增加，而且产品从本省渐渐地销往四川、云南、深圳等省市。"

我问道："你们厂只生产椅子，还生产别的家具没有？"

李厂长笑着说："现在只生产椅子，但我们还想在生产椅子的同时，也生产一点其他的家具，比如说办公桌、席梦思床等，可那个要投入更多的资金，还要一定的技术。"

我说："没想到，办企业这么难。"

李厂长说："当然，不过这只是起步难，我相信家具厂以后一定会发展壮大的，明年我们准备扩大生产规模，再增加一些设备，增加一些工人，争取年产值能上百万。"

李厂长一边介绍情况，我就一边记，我记得差不多了，李厂长便带我去车间走了走，看了看。那些工人正在干活，而且也干得十分认真。转了大半天后，李厂长说："于记者，你看还有什么没有看到的或想到的？"

我看了看记下的材料，说："我看差不多了，如果写稿子时还差什么，我就打电话问。"

李厂长说:"于记者,其实我明白,现在凡涉及采访报道,报社是要收宣传费的,你看,这次你来采访,需要多少宣传费?"

本来我来的目的就是想拉广告,却始终没有说出口,可李厂长似乎看出了我的心思,主动说出来了。我不知是高兴还是觉得有点过意不去,总觉得难以启齿。但还是硬着头皮说:"按报社规定,宣传一次,得两万。"

李厂长说:"这样,我们是小企业,以前也从没接受过任何媒体的采访,我是看在我们有缘同坐了一次火车的分上,才接受了你的采访。再说,我也知道你才去报社,出来联系宣传费不容易,我想支持你一下,我就给你一万宣传费,你看如何?"

我听后,高兴地说:"行,就一万吧,谢谢李厂长支持了。"

没想到,李厂长对现在的宣传行情这么了解,而且对我也这么支持。我只是和他萍水相逢,没有任何关系,可见他是一位善解人意的长者,我在心底里对他产生了一种敬意。

李厂长叫来李东生副厂长说:"东生,你陪于记者去转转,我还有事,先出去了。"

李东生说:"好的,我带于记者去村里转转。"

我在李东生的陪同下,在村里转了转。这是初冬,外面还有些冷,村庄是静谧的,偶尔打破这份静谧的除了枝丫上惊飞的麻雀,还有牛圈里那老黄牛的低哞声。麻雀站在光秃秃的白杨树枝上,那些枝杈在寒风中怒指着天空。村庄里的人们几乎不怎么出门,而是待在小院里烤火,偶尔有小毛驴拉的车从村子经过,那大声的吆喝声显示出北方的粗犷。

随后,李东生副厂长又带我去那家小餐馆吃饭,吃了午饭我便乘车回北京了。一路上,我心情非常愉快,在报社要求出去拉广告时,我却不知去哪儿拉。突然想起火车上碰到的李厂长,没想到他不但热情地接待了我，还给我一笔广告费，真是"踏破铁鞋无觅处，得来全不费工夫"。这下我终于拉到了第一个广告了，也好对报社领导有个交代了，更是对以后的工作增添了不少的信心。

回到北京已是晚上了，刘涛和王基都在，但他们都还没睡。刘涛问我："你这次去河北，怎么不多玩几天，两天就回来了？"

我说："我只是去采访，哪是出去玩啊？"

刘涛说："采访也是玩呀，一般我出去只需要半天时间采访，多半时间是玩。你看，人家好吃好喝招待你，去哪儿都有人陪同，还不好玩吗？"

王基说："你就别逗大为了，人家哪像你，到处拈花惹草的，整天就只想玩。"

刘涛笑着说："美女谁不爱呀？我说的不是玩美女，是游山玩水，你是曲解我的意思了。"

王基说："大为，别听他的，好好干事才是真，别让他把你带坏了，他是一个十足的坏孩子。"

我知道他们是在开玩笑，但王基说的也不无道理，刘涛在我心目中，确实是到处拈花惹草、风流倜傥的那种，我无从回答，只好笑笑。王基问："大为，你这次出去拉到广告了吗？"

我说："拉到了。"

王基有点不相信，说："真的呀，你第一次出去就拉到了？"

我说："是的，只有一万元。"

王基说："一万元也不错了，你想，人家企业挣一万要卖出多少产品？大为，既然人家给了钱，稿子就一定要好好写，要让人家满意，不然就没下次了。"

刘涛也说:"我说嘛,自从大为来的那天,我就看出他是个干实事的人。"

我笑了笑,说:"你们都别夸我了,我比起你们差远了,以后还得多向你们学习。"

第二天上班,我就开始写稿子,以前是写诗,但从没写过新闻稿,写诗和写新闻稿真不一样,我又认真读了报纸上的好几篇报道,可还是不知道怎么写。整整一个上午我都在思考,更是无从下手。中午睡午觉时,我突然想到了一个切入点,脑海里映现出一个标题——"一个腾飞的企业",于是直接起床来到了办公室,按这个思路写,直到下班时,这篇一千多字的通讯稿才基本完稿。

吃了晚饭后,我又去办公室修改这篇新闻稿,没想到,石梅也来了办公室,她问道:"大为,你怎么还在办公室?是不是又来了灵感,要写诗了?我说诗人就是神经质,写诗就是一种发泄,不然世上哪有这么多疯子?"

我笑着说:"石梅,你这是怎么了,今天大发感慨,是诗伤害了你,或是你伤害了诗?"

石梅说:"没有谁伤害我,是我心里有点烦。唉,大为,我没打扰你吧?"

我说:"没有,我也不是在写诗,我是在修改一篇新闻稿。"

石梅问:"你这次出去拉到广告了吗?"

我说:"拉到了,是一个家具厂,让我给他们宣传,他们给赞助费一万元。"

石梅说:"不错呀,你人生地不熟的,能拉到一万元的赞助费就已经很不错了。哎,把你写的新闻稿给我看看。"

我把稿子递给了她,她看后说:"嗯,写得不错,文笔很好,但标题要改。"

我想了想说:"标题为什么要改呢?我认为这个标题很好。"

石梅说:"'一个腾飞的企业',习惯中这类标题是用于发展得很好的大企业,而他这个小小的家具厂,用这个标题似乎不大符合。"我想了想,便问道:"石梅,你说这个标题要改,你看改个啥标题好呢?"

石梅想了一下,说:"就叫'一个奋飞的企业',这样就更确切了,你觉得呢?"

我听后,高兴地说:"好,石梅,你真行,就改了一个字,意义就大不一样了。"

我从心底里佩服石梅的文字功底,表面上看她整天无所事事,不在乎报社的这份工作,也不学习钻研写新闻,可实际上她还是在认真学习,而且有写作功底。不过也难怪,她是在他们市报社当过记者的,以前我还以为她是在吹,现在我相信了,因为从这一点就看出她对新闻写作非常熟悉。

我说:"石梅,你以前在你们市报社是干什么工作?"

石梅说:"你说在报社除了编稿子、写稿子还有啥工作可干?"

我说:"这么说,你以前也是当记者的?"

石梅说:"当然是当记者呀,你还不相信?"

我笑着说:"相信,我是说,以后还得多向你学习!"

石梅也一点不客气说:"写诗,我可能没你写得好。但要说写新闻,你写得肯定不如我。"

三

我写的这篇通讯"一个奋飞的企业",不久就在我们《农民文学报》三版"企业风采"栏目发了出来,我把报纸寄了几份给李中华厂长,他收到报纸后就按报社提供的账号把钱打来了。这个李厂长还真是说话算话。

我第一次出去就拉到一笔赞助费,虽然这笔钱不多,但给了我鼓励,让我更有自信。在报社职工会上,张总编表扬了我,他说:"你们有的来了快一年了,一分钱赞助费也没拉到,出去拉广告真有这么难吗?你们看看于大为,才来报社几个月,就主动出去拉广告,你们总认为拉广告要有关系,可人家一个农村娃,难道还认识隔得大老远的河北的那个家具厂厂长?我看,是你们的观念不对,方向错了,是你们工作没做到位,我们这张报纸是民办,不是官办,大家都不出去拉广告,哪来钱办报,还拿啥来吃饭?"

一席话说得大家哑口无言,都不敢出声,害怕张总再点名批评自己似的。张总说:"当然,报社大部分同志的工作还是干得很好的,有的人也拉到不少赞助费,值得表扬。可我还是那句话,严格按报社规定执行,工资与广告费挂钩,拉到广告的就有奖金,拉不到的停发工资。我奉劝那些想来报社混日子的人,尽早做出别的打算,别耽误了大好时光。"

这会下来,大家都围绕这个话题议论纷纷,拉到广告的人高兴,而那些没拉到广告的人都愁眉苦脸的。石梅说:"大为,没想到张总在会上还表扬你,说真的,张总一般在会上只有批评人,很少表扬过人!"

我笑着说:"我这次是运气碰得好,况且只拉到了这么一点点,哪里该表扬我,应该表扬你们才对。不论从哪方面讲,你们才是真正的有本事呢。"

石梅说:"我每月的广告是按任务完成了的,张总却从没表扬过我。不是说他表扬了我,我就高兴,只是想让他能肯定我所做的工作。"

我说:"可能是他开会时忘了,临时想起这事,才顺便说了说。"

石梅说:"也许是吧,但谁稀罕他一句口头表扬,只要得到了我应得的工资和奖金就行了。现在呀,其他都是假的,钱拿到手才是真。"

这时,刘涛走过来,站在石梅身后说:"石梅,你这个月广告完成了吗?"

石梅说:"我早就完成了,怎么,你也不相信我完成了广告任务?"

刘涛说:"哪里不相信你嘛,你的能力我又不是不知道。我想,如果你没完成,我这个月拉的广告费多,我好分点给你!"

石梅说:"刘涛刘大主任,你也太小看我了吧?说别的不行,论交际我肯定比你强,我随便出去走走就能拉到广告,你这不是明知故问吗?"

这时,刘涛拿出一个精美的小盒,里面装着一把小刀,他说:"石梅,这是我去内蒙古采访时特地给你买的纪念品,很精美的一把小刀,送给你。"

石梅看了看,说:"谢谢,你自己放着吧,我又不喜欢刀呀叉的。"

刘涛说:"我知道你喜欢小刀,我好心好意为你买的纪念品,你却不要,我有多难过。"

石梅有些生气了,说:"我又没叫你给我买,你难过个啥?"

一席话说得刘涛脸都红了,没办法,他只好收起小刀盒,回到他的座位上去了。石梅把话一转说:"大为,你这次去河北采访,有没有买啥纪念品?"

我笑了说:"人家是家具厂,生产椅子,哪有什么纪念品?总不能大老远地扛把椅子回来吧?"

石梅说:"不是叫你去那个厂里要,我是说那个地方有没有土特产之类的。"

我真不明白,人家刘涛好心好意给她弄回一个纪念品,她却不要,偏偏来向我要什么纪念品,她这是啥意思呢?我说:"我也不知那里有什么土特产,所以就没去买。"

石梅说:"要是买了,你也送我一个吧。我这人呀,有人送我,我却不要;你不送我,我偏要!"

石梅说这话时,我看见刘涛用吃醋的目光盯着我,我避开了他的目光,不敢再与石梅说什么了,只好转身出去了。

下午上班,石梅收到《青年文学》杂志,这是寄来的样刊,她翻开看了看,高兴地说:"大为,那天我寄去的我和你朋友欧霞的诗,在这期《青年文学》杂志上发表了。"

我听后十分激动,问道:"真的呀,这么快就发出来了,太好了。"

石梅递了一本样刊给我说:"你拿一本给她寄去嘛,我收到了两本样刊。说不定,你那朋友收到样刊后,会非常高兴,会从心底里感谢你,也许会对你亲切地说:'小女子无以为谢,只能以身相许了。'"

我听石梅这样说,一时觉得有点儿不好意思了。我心里却没这种想法,她却有这种感觉了,女人真是敏感,对一点小事也能想得这么多,但从她的话中,多少也能听出点醋意来。我一时不知怎么回答她,只是笑了笑。

石梅说:"我说得对吧?"

我说:"哪有这种好事,你别笑我了。"

石梅这样说,也真让我从心里感到暖暖的,不说欧霞她会不会以身相许，但至少她收到杂志后肯定会很高兴，因为她的诗能在这么有影响力的杂志上发表。而且，我也算了却一桩心事。我接过那本杂志，翻开认真地读了石梅和欧霞的诗说："不错，好诗。"

石梅说："于大为，你也太势利了吧？我才写好给你看时你不说好，今天发表出来了，你却说好了。"

我知道石梅是有意这么说的，也许是说给坐在里面的刘涛听的，我笑着说："我那天给你抄诗时，我就说你的诗写得很好嘛，你忘了？"

石梅说："是吗？可能是真的忘了，但我记得我这诗是你帮我抄的，到时候我请你吃饭，好好感谢你。"

我说："是我应该感谢你才对，要不是你帮忙，欧霞的诗不可能在《青年文学》杂志上发表，这可是在全国有一定影响力的大刊。"

刘涛走了过来，他明显地感到不高兴，但仍强装着笑脸说："啥好事呀？你们都在谢来谢去的？"

石梅懒得理他，说："我们说我们的，关你啥事？"

刘涛笑着说："我顺便问问，你们有这么高兴的事，何不和我分享分享？"

我赶忙说："石梅的诗在《青年文学》杂志上发表了。"

刘涛说："那是好事，应该祝贺！那好，我今晚就请你们吃饭。"

石梅说："对不起，我今晚没空。"

我说："好呀，石梅没空，我有空，我去。"

刘涛说："她都不去，你还去个屁呀！"

快下班时，彩霞突然来了。她穿着很时髦，我第一时间还没认出她，以为是哪位业余作者送稿子来或者是某企业来打广告的，就没在意。只听她问道："请问这是《农民文学报》吗？"

坐在外面的石梅说:"是的,请问你找谁?"

她说:"于大为在吗?"

我一听找我的,抬头看了看,一时真让我不敢相信,来人正是彩霞。她虽然还是一个在校大学生,但穿着打扮上却像一个十足的北京女孩,我惊喜地问道:"彩霞,你怎么来了?"

我连忙叫她坐,给她倒上一杯水,石梅说:"呀,大为,你真有女人缘,又是一个大美女找你。好,你们慢慢聊,我有事先出去了。"

我不好意思地笑了笑。

彩霞说:"我前天收到我妈的信,说你来北京了,在《农民文学报》当记者,我今天下午就跑来看看,这样在北京我就又多一位同学了。"

我听彩霞这么说,心里不知有多高兴,因为在她心目中,我一直就没有那么优秀,可现在我却是报社记者了,可以看出,她说这话时,是发自心底的,证明她真的高看我了。我说:"彩霞,只听说你在北京上大学,却不知你在哪所大学读书?"

彩霞说:"我在北京工业大学读书,大三了,下半年就要毕业了。大为,没想到你还真有出息了,转眼间你就成了大记者了,真让我敬佩。我妈说,这与你业余努力写作是分不开的,你的努力没白费,终于成才了,也是我学习的榜样。"

我说:"成啥才,我只是运气好,碰上了。说真的,彩霞,我好羡慕你,能在北京上大学,你才是真正的人才!"

彩霞说:"记得在上学时,你就爱好写作,我当时也爱好写作,只可惜,没有坚持下来。"

说真的,彩霞今天来看我,这是我没有想到的,不过我能从她的话中,感觉到她对我在这报社当记者,还是很羡慕的,但她似乎不明白,我们是民办报社，而且还是内刊。可我一想，觉得没必要向她解释得那么清楚，她以后慢慢会明白的。我问道："彩霞，你是学的啥专业？"

彩霞说："我学的行政管理。"

我说："这个专业好，出去后好当官嘛。"

彩霞叹息了一声说："以前没考虑好，现在快毕业了，才知道这个专业不好找工作。当然如果出去后能考上公务员，这也算专业对口。大为，我好羡慕你，通过自己的努力，能够走进北京这样的一家报社，真是太好了，早知我就不放弃写作了，说不定有一天，也能像你一样能当个记者什么的。"

我说："彩霞，你别羡慕我了，我才是真正羡慕你呢。"

彩霞坐了好一会儿后，便起身说："今天找到你了，时间不早了，我还得回去吃饭上晚自习呢。"

我说："彩霞，你难得来一次，我们出去随便吃点。"

彩霞说："以后嘛，只要我知道你在这儿，我随时都会来找你玩的。"

我说："好吧，那你能不能留个联系电话给我？我好联系你。"

彩霞说："只有学校行政办公室有电话，就是你打来我也接不到。这样，只要有时间，我就来找你。"

说罢，彩霞就起身准备走了，我送她到报社楼下后，便也去伙食团吃饭了。也许是见到了彩霞，我心里感觉像喝了蜜一样甜。

第五章

一

下班后，我在食堂吃了饭出来，今天心情好，本想出去走走，正好碰到何谓，好像他是有意在那儿等我的，我问道："何谓，你这是去哪儿？"

何谓看起来有些精神不振，不知是因为辞了报社的工作后没找到新工作，还是因为别的？总之，没有以前在报社那种有说有笑、信心十足的样子了。他说："我去办了点事，正好经过这儿，没想到正好碰上了你。"

我明白他的心思，我说："你是在这儿等石梅吧？"

但何谓却一本正经地说："我怎么会等她呢？走，去我的租赁房玩玩，好久不见，也很想和你说说话，正好我们可以喝几杯。"

我真不明白，他明明是在等石梅，不好意思说出来，却说专门在这儿等我，难道这点我都看不出来？我说："不去了，我已经在食堂吃了饭。"

何谓硬拉我去，说："大为，不管怎么说，我们是老乡，你不去就见外了。"

我实在无法推脱，心想：他这么急着找我，肯定有什么事，即使没什么事，也可能是想向我打听石梅最近的情况吧。我知道石梅也不可能喜欢他的，为什么这样说呢？当然这完全是凭我的直觉，可不能直接和他说，因为不能伤了他的心。再说，爱情这东西，有时候也说不清，说她不喜欢他，有时她却偏偏喜欢他呢。

我便跟着他去了他的租赁房，何谓开始做饭弄菜，我就坐着随便翻看到处堆着的书和杂志。他这屋里比以前更乱了，桌上也摆着他刚写的初稿，我一下明白了，他自从离开报社后，可能还没找到工作，而是在写专栏稿维持生计。

何谓边弄饭边说："大为，现在报社怎样了呢？"

我说："啥怎样，还是老样子，只是要求大家出去拉广告，我也出去拉了点，还受到了表扬。"

何谓说："是呀，报社一直都这样，总是让大家出去拉广告，你也出去拉了，拉到多少？"

我说："只拉到一万，第一次嘛，我想有了第一次就会有下次的。"

何谓笑了说："你呀，给点阳光你就灿烂，张总口头表扬了你一下，你就高兴了？"

我说："当然，人都喜欢听好话。"

何谓说："石梅她呢，现在她还在报社吗？"

其实，我早就明白他问的不是报社的情况，而是想打听石梅的消息，只是和我绕了一下话题，我笑着说："你原来是在关心石梅呀，她还是老样子。"

何谓说："你怎么老是说老样子，到底老样子是啥呢？"

我不知怎么表达，但看他心急的样子，我说："我说的老样子，就是报社的人跟原来一样，各忙各的，也没有新招聘人，更没有人辞职离开，一切都跟原来一样。至于石梅，也和原来一样，上班下班，忙来忙去，看上去过得很开心。"

何谓这下明白了，他说："说真的，我原来在报社时还不觉得有什么，现在离开了，还真想念大家。"

不一会儿，何谓就把饭菜弄好了。他端上桌，这次弄得更简单，只有一个素菜和在路上买的一点卤菜，他倒上酒叫我陪他喝。我说："好，我们今晚就喝几杯。"

我们没有碰杯，各喝各的，完全像在家吃饭的样子，也显得很随便。说真的，也许我是随便惯了的人，就喜欢这样吃饭，酒各喝各的，让人不觉得累。我们边喝酒边说话，何谓说："大为，说真的，这次我离开报社，我输了，而且输得很惨。"

我不明白他说的，我问道："你说的输了，是指工作丢了不好找？"

何谓又喝了口酒，说："我们是老乡，对吧？"

我说："是呀！"

何谓说："我说的不是工作，是感情，是爱。因为我离开，就等于承认自己错了。我这段时间在想，我到底错在哪儿呢？我没错，那天是刘涛先动手，我干吗要离开呢？现在想来那天确实有点冲动。"

我也尽力劝道："你别想得太多，既然离开了，就另外去找份工作吧，北京这么大，难道还找不到事干？"

何谓很少吃菜，也许是他心里有事，他的酒也喝得很快，不一会儿就喝得有几分醉了。他说："还有，我离开报社后就等于把自己最爱的女人拱手让给刘涛了。我现在在石梅眼里，肯定是一个懦夫，更是一个小人。所以，我输得很惨。"

其实，我明白，就是他不离开报社，石梅也不可能喜欢他。按理说，何谓也是很不错的。论工作能力，他有；论才华，他也不在刘涛之下。为什么石梅不喜欢他呢？这其中的原因当然只有石梅知道。我说："你既然这么喜欢石梅，你就找机会去和她解释一下吧，也许她会理解你的。"

何谓说:"再解释也没用了,说真的,我现在真怕见到她了。既然这次我输了,那就是命中注定,我与她不可能在一起了。"

说罢,何谓又端起酒喝,我看他喝醉了,就叫他别喝了,何谓听了我的劝,便没再继续喝酒了。随后,我让他坐着休息会儿,帮他把碗筷洗了。

这时,隔壁传来《梁祝》的钢琴曲,何谓听着听着就大声地哭起来,我只好把他扶到床上让他睡觉。看到他喝成这样,我放心不下他,就在他屋里坐着,见他睡着了,我也有些困了,就倒在他床上也睡着了。

第二天一早,我就起床赶去报社上班,发现石梅仿佛不是以前我所认识的她了,似乎多了一些不可理解的成分,眼前总是晃动着何谓那伤心的样子。觉得她真有些对不起何谓,更觉得是她把他伤成这样,本来他在报社干得好好的,因为她工作丢了,心里还常常想着她而难过,这爱真就这么重要吗?

石梅见我看她的眼神有些不对,便问道:"大为,你今天怎么了?"

我装着若无其事的样子,说:"没什么,昨晚可能没睡好。"

石梅说:"不是没睡好,是你肯定心里有事,我从你的眼睛里就看出来了。"

我说:"我真没事。你想,我还能有啥事呢?每天上班下班,无忧无虑的,也不为某个女人而伤感。"

石梅也许听出了我的话,她想了一下,但仍然没问,她说:"就算你昨晚没睡好,那你怎么没睡好,想家了还是想你的女朋友了?"

我笑着说:"家也没想,女朋友更没有。"

石梅说:"那你想什么?"

我真不想搭理她了,说:"啥也没想。"

石梅仍不相信,说:"那你为什么失眠?"

我本来就有些生气，更不想让她再问来问去，我说："我昨晚见到何谓了，他叫我去他屋里喝酒，他可是在借酒消愁，你知道我为什么失眠了吧？"

石梅是个聪明人，她一下就明白过来了。瞬间，她那开心的笑脸也随着我的话而消失，说："他与我无关，你别听他胡言乱语，他是在自作多情。"

我真控制不住了，生气地说："石梅，你知道何谓有多爱你，而且他说起你就伤心……"

石梅打断了我的话，说："别说了，他伤心关我啥事？你问他，我啥时候说过我喜欢他？这完全是他自找的。"

我听石梅这样说，便也不好再说什么了，只低头忙自己的事。过了好一阵，石梅说："《青年文学》杂志给你朋友欧霞寄了吗？"

我说："寄了。"

石梅说："要是你有诗，也可以给我，我帮你寄给我那位编辑朋友。"

我说："谢谢了，我现在还没有写得比较好的。"

这时，我想起了彩霞来看我的情景，从她的话中，我听出了她对我来北京当记者充满着羡慕。可她不知道，我有多么羡慕她，能在北京上大学，那才是真正地进入了高等学府，学成后肯定前途无量。正好没事，我便按她说的地址乘车去了北京工业大学。进入大学校园，让人耳目一新，宏伟气魄的图书室，视野开阔的体育场，有着时代风采的健身房，文化味极浓的教学楼，富有生活气息的职工宿舍，没有红绿灯如网的水泥路，到处郁郁葱葱，竹林掩映，到处能看到鲜花怒放。有大食堂、小饭馆、小银行、超市，设施太齐全了，要什么有什么，大学对于我来说是一个新的世界，也是我所向往的地方。

本来我想去找彩霞，可这么大的校园又去哪儿找她呢？我便在校园里走走看看后，就乘车回报社了。

二

那天，我正在办公室改一条新闻稿，改来改去总觉得不满意，我干脆放下稿子，随手拿起一本书翻着。突然欧霞来了，我感到很吃惊，忙跑过去问道："欧霞，你怎么来了？"

欧霞可能是因为见到了我，很高兴地说："你这里很难找呀，我好不容易才问到这里。"

我给她倒了一杯水，心想：她怎么来北京了，是来旅游的？不像！或者是专门来看我的？但看着也不像。那她到底是来做什么的？我真的一时猜不出来。我说："是的，北京这么大，肯定难找，你怎么不给我打电话，让我去接你嘛。"

欧霞喝了口水，说："本来我想给你打电话的，但考虑到你可能很忙，就没打电话了。再说，你们这么大的报社，我还找不到吗？我只是想来看看你们报社是啥样子。"

石梅走过来，看了看欧霞，问道："大为，她是从你老家来的吧？"

我说："是的，她叫欧霞，就是你给她推荐诗去《青年文学》杂志发表的那个，是我的老乡，更是我的朋友。"

石梅听我这么一介绍，似乎心里明白了什么，她又从头到脚重新审视了一下欧霞，仿佛要从她身上看出个什么究竟来，说："你好，你的诗我早就拜读过，不但诗写得好，人也长得很漂亮，真是诗如其人啊。"

　　我又给欧霞介绍道："她叫石梅，是我们报社记者，她的诗也写得很好，你这首诗就是她给你推荐去《青年文学》杂志发表的。"

　　欧霞说："哪里，还要石老师多指点哟。"

　　石梅说："《青年文学》杂志你收到了吗？"

　　欧霞说："收到了，看到我的诗发表了，非常高兴。所以，我很向往北京，以前我投过很多杂志都没能发表，这次请大为帮我带来北京，没想到还真发表了，还是北漂好。"

　　我听欧霞这么说，觉得她太不了解北京了，也跟我没来北京之前想法一样，以为像电视上看到的一样，很多北漂的人，经过努力后，最后都取得了成功。其实，那只是少数人这样，多数人都抱着梦想而来，吃尽了苦头，到最后却一事无成。我说："其实，北京没有你想象的那样好。"

　　欧霞坐了一会儿，我手边的事也忙得差不多了，就带她去我的宿舍坐坐。她来到我的宿舍后，说："你就住这里，怎么这么潮湿呀？"

　　我说："这是地下室，是报社为职工租的宿舍，在北京这个地方，能有这么一个小小的空间就不错了。"

　　欧霞说："我原以为你们会在那高楼大厦里办公，住的是宽敞明亮的房子，可现在看来，你们也真的很不容易。"

　　我说："是呀，我们报社现在也不景气，所以办公和住宿的条件都不好。"

　　欧霞问："你这宿舍住几个人？"

　　我说："三个。"

"三个呀？"欧霞看了看说："这一间屋这么小，还住三个人，那不是很挤吗？"

我也叹息了一声说："是呀，是单位安排这么住的，报社有的人不愿意住这里，自己出去租房子住，那就方便多了。"

欧霞说："你怎么不出去租房子，找个条件好一点的地方住，肯定不一样。"

我说："我也想出去租房子住，可才来北京，我哪有钱啊？"

欧霞无奈地说："是呀，你才来北京，肯定都还没理顺。不过，我相信你以后会发展得很好的。"

我问道："欧霞，你是哪天来北京的？"

欧霞说："我是前天晚上到北京的，昨天去天安门逛了逛，今天才来找你。"

我说："你这次来北京，是来玩还是来办事？"

欧霞说："我是来北京找事干的，也想像你一样，北漂，多好呀！"

我说："你找到工作了吗？"

欧霞说："没有，来北京后再找。哎，大为，你们报社还要人吗？我也想来你们报社工作，像你一样当记者。"

我笑着说："这个很难，因为现在报社没招人，不过我可以帮你问问，但希望不大。"

欧霞说："我走时，已把重庆的工作辞去了。这次来就没打算回去了，一定要在北京待下来。"

我一听她是把工作辞了来北京的，知道她决心已定，也不好再劝她了。

我说："欧霞，我们先出去吃饭，你才来北京，说什么我也得为你接风。"

欧霞说："好。"

我们就去了外面的一家小餐馆，点了几个菜，要了两瓶啤酒，倒上，我端起酒说："欧霞，那次我来北京时在你家的旅馆住了一晚，没想到能认识你，也算我们有缘分吧，来，为我们的这种缘分干杯！"

欧霞与我碰杯后，说："那天，我收到你寄来的《农民文学报》，我认真看了，这张报纸办得很好，也读了你写的那篇《一个奋飞的企业》，写得真好，我好羡慕你们当记者的，出去采访多风光呀！"

我说："欧霞，我也一样，在没来北京前，我也跟你一样，很羡慕那些当记者的，更是向往那些北漂的人。现在北漂了才感觉到，其实北京也并不像想象的那样美好，你一定要有心理准备。"

也许是欧霞才来北京，或者她见到我，显得非常高兴，很快我们两瓶啤酒就喝完了，她说："大为，今天我高兴，啤酒喝着不过瘾，我们是不是再喝点白的？"

我说："行。"

我便要了一瓶牛栏山二锅头酒，倒上，便和欧霞边喝酒边聊天。

欧霞喝了酒，话也多了起来，而且也显得很天真活泼，更是对北京充满着向往，仿佛她来到北京了，她的人生就会变得更精彩。我问道："欧霞，你以前在重庆哪儿工作？"

欧霞说："我在重庆一个经济信息公司上班，那可是国营正规公司。而且我是大学毕业后通过考试才进去的。要是我不来北京，我会在那公司干得很好的。以我的能力，说不定将来还可以捞到一官半职的。可我就是不安于现状，也不想这辈子就这样碌碌无为。"

我说："那你来北京，你爸同意吗？"

她又喝了一口酒，说："他肯定不会同意的，但我决心要来，他也没办法。"

我又与欧霞碰杯后说:"你男朋友同意你来北京吗?"

欧霞笑着说:"我哪有男朋友?"

我们喝了好久,欧霞和我都喝得有点醉了。我说:"欧霞,你住在哪儿?我送你回去吧。"

欧霞说:"我住在东直门外一家宾馆,但我现在还不想回去。大为,你陪我逛逛街吧。北京这么大,这么好玩,我想看看我曾经向往的北京!"我说:"好,那去哪儿逛呢?"

欧霞说:"随便,你带我去哪儿都行。"

我明白她的意思,她对我似乎有点意思,我心里明白,但只能装着不知道。随后,我带她到附近的街道上走了走,那沿街一个紧挨一个的商店,那些风格、色调不同的商品,让人看得眼花缭乱,给人的感觉就是,北京可真是繁华无比啊!

我们走到了一家商店门口,欧霞推开玻璃门走进去,店员说"欢迎光临"。欧霞拿起了一件衣服看了看,这是一件黑白相间的羊毛衫,在右边胸口处还别有一个黑色玫瑰胸针,带流苏。

欧霞问我:"大为,这件衣服好看吗?"

我看了看,说:"好看。"

欧霞说:"这是我在北京看上的第一件衣服,我想买下。"

我说:"既然觉得好,那就买下吧。"

最后,欧霞买下了那一件衣服。出店门的时候,她低头又看着身上的旧衣裳,似乎感觉很幸福,很快乐。最后将她送回到那家宾馆后,我就回到报社上班了。

三

欧霞来报社看了我之后，不知她是对我在报社工作的向往，还是真的想在北京留下来，她让我帮她问问我们报社还招人不，她也想来报社上班。她说当记者真是多风光呀，而且她还是业余写作者，相对来说专业也还对口。我从她的眼神里看出，她说的都是真心话。

于是，我去报社问了一下同事，他们说好像最近没听说要招人。心想：他们也许是不知道，而记者部刘涛刘主任有可能知道，因为他是主任，经常在刘副总编身边转，他肯定知道。我便跑去问记者部主任刘涛："刘主任，我们报社还招聘人吗？"

刘涛说："没有听说最近要招人，你去问一下刘副总编，他分管报社业务。"

我不明白，他怎么不直接回答，而是叫我去问刘副总编，是他不好说还是根本就没招？管他的，他叫我去问一下刘副总编，那我就去问一下嘛。我来到总编室后，刘副总编放下手中正在审阅的稿子，问道："于大为，你有事？"

我说："刘总，我想问一下，报社还招人吗？我有一个朋友她来北京了，还没找到工作，她很想来报社工作。"

刘副总编笑了说："现在报社人员已满，近期也没打算再招人了。你叫她先找个事干，如果以后再招人时，我们会优先考虑。"

我说："刘总，能不能看在我和她是同乡的分上，破例招她进来，她的写作功底真的很好，而且她的诗也在《青年文学》等一些刊物上发表过，是个人才。"

刘副总编听我这么一说，他笑着说："听你这么一说，她真是个人才。只可惜我们报社现在人已满。哎，大为，我看你对她好像有点意思吧？"

也许是刘副总编这时心情好，或者是他这时不忙，居然还开起我的玩笑来。平时看他十分严肃，据说他在来北京前，就是某高校的讲师，因为爱好写作，就来北京与朋友一起创办报社，经过一番努力，报纸终于办起来了。而他深知办这一份报纸很不容易，所以对待工作格外地认真。我说："我和她只是普通的朋友，但因为是老乡，所以我才帮她嘛。"

刘副总编说："既然这样，你就让她先去别的地方找找，磨炼磨炼，对她以后的发展肯定有好处。比如，先去饭店或者酒店打个工，让她先感受下在北京生存下来不容易，这样，她以后若是能进报社才会更加珍惜这份工作。"

我听刘总的这番话像是说给我听的，但我只能装着不明白，说："谢谢刘总了。"

中午吃了饭，我就乘公交车去欧霞住的那家旅馆，也许是有心事，提前一个站我就下车了，下车后才知道自己提前下了车，于是，我就慢慢地走着。街上人来人往，不说很多，却也不少。人们的方向不一，似乎怎么走都在逆向行走，嘈杂无法画上句点。初冬的天气寒风凛冽，枫树叶子飒飒作响，落得满地金黄。

走了大概二十分钟，终于到了欧霞住的旅社，我把报社暂时不招人的消息告诉了欧霞，欧霞听后有些失落，仿佛让她的梦想破灭了一样，我现在才明白，她来北京就是想找一份像我这样在报社的工作，这谈何容易呀？她说："既然你们报社不招人，那我就另外去找事干，我就不相信北京这么大，还找不到工作了。"

我说:"欧霞,我看你……还是回去,好好在你那单位上班,以后哪里招人你再来,如果你在这儿盲目地去找,工作肯定是很难找的。"

欧霞说:"我走时已将工作辞了,现在怎么还回得去呀?我来了就没打算回去。再说,如果来北京这么几天就回去,别人会怎么看我?"

我看欧霞是下定决心要在北京待下去了,也不好再劝她了,便说:"那好吧,欧霞,你就慢慢地去找工作,我回去上班了,有啥事就来找我。"

欧霞说:"好的。"

我在单位上班时也一直在四处给欧霞打听,有没有报社或杂志社要招人的,也拜托石梅帮忙问问,看哪里还招人,不光是报社杂志社,就是其他的宾馆、饭店也行。石梅好像不以为然,而且还有点不高兴,说:"大为,欧霞是你的女朋友吧?不然,你怎么还想尽一切办法帮她找工作,你是想把她留在北京,就可以天天与她约会,对吧?"

我说:"不是,她是我的老乡,人家来北京,人生地不熟的,我只是想帮她找个事干。你想,如果她真找不到工作,又不想回去,她这样待下去多难受呀!"

石梅说:"好了,你别解释了,我还不明白你心里是怎么想的吗?"

我说:"这事先不争论了。石梅,你人脉广,关系多,如果有这方面的资源,你就帮帮她。"

石梅说:"好,我看在你的分上,尽力吧。不过帮不帮得到这个忙,现在我还不知道。哎,大为,你叫我帮她,也是帮你吧?"

我笑了笑,没有说话,继续做着我的工作。

几天过去了,我到处打听也没能打听到哪里要招人,我拜托的刘涛、王基、石梅也没有联系到。那天中午,我去到那家旅馆找到欧霞,她正在睡觉,见我来了,她起床开门说:"哎,这几天跑得太累了,我先问了报社和杂志社,还有书画院都说不招人,就是企业商店我也问了,都没找到工作,大为,你帮我问得怎样了?"

我说:"我也帮你到处在问,又拜托朋友也在问了,还没联系到。"

欧霞说:"以前,是我把北漂想象得太美好了,来北京后才知道工作难找。"

我说:"欧霞,我想你还是回去,在重庆找个工作肯定比北京容易得多。"

欧霞听我这么一说,就生气地说:"我说过,我来了就没打算回去,我还要继续找,相信总有一天,我会找到工作的。"

虽然欧霞这么说,但我还是看出了她的失落,本来我想回去上班的,但看她有些迷茫的眼神,我便决定下午留下来陪陪她。我转开了话题,问道:"欧霞,你认真读了你发在《青年文学》杂志上的诗吗?你看你的诗写得多好,你的诗能上全国这么有影响力的大刊,确实要写得好才行。"

欧霞说:"这都得感谢你,要不是你,我的诗能发出来吗?我这些天在北京,真切地感受到了,诗好像离生活太远了,要在生存得到保障的情况下,才会有心情写诗。"

我推开窗子,外面的阳光很好。在这冬天里,很难见到这么好的阳光,我说:"欧霞,今天下午外面的阳光好,你也别再去找工作了,我们出去走走。"

欧霞说:"好,也应该放松一下了,我来北京这么多天了,却从来没放松过。出去走走,或许希望就在外面等着我呢。"

我就与欧霞沿着外面的街道走着,或许是今下午太阳很好,街上的行人也很多,那些行人说着标准的北京话,有说有笑。走了好一阵儿,我们来到一个广场上,广场上甚是热闹。欧霞说:"北京真好玩,比我们重庆好玩得多。"

我说:"其实,哪里都一样,只是你才来北京,对这里有一种新鲜感,所以觉得好玩。"

欧霞说:"记得有人说过,最好玩的地方就是故乡。"

我说:"你想家了?"

欧霞笑着说:"是的,我现在才想起家的温暖,也才体会到家的美好!"

这时,我看见前面的花台前,有一个人在撑着画板在写生,我走过去一看,是她——谢雨。我叫道:"是你呀,谢雨,你在这儿画画?"

谢雨听到我在叫她,回过头一看是我,赶忙起身说:"于大为,于大记者,没想到今天能在这儿碰到你,你怎么有空闲来这里玩?"

我介绍道:"这是谢雨,也是北漂的,在一家书画院上班。她是我的朋友,叫欧霞,写诗的,才从重庆来北京。今天下午阳光好,我陪她出来走走。"

谢雨说:"是啊,入冬以来难得有这么好的阳光,我就来写写生,正准备参加一个画展。"

我说:"好,那你先画吧,我们去转转。"

谢雨说:"好,你们先去逛逛嘛,晚上我请你们吃饭,也算为你的朋友接风。"

我听后很高兴,我和谢雨只有一面之交,她却这么豪爽,请我吃饭为我朋友接风,这让我在欧霞面前很有面子,也肯定会让欧霞开心的。因为她来北京后就一直在忙着找工作,还没感受到朋友在一起时的那种快乐。我说:"好,那太谢谢你了。"

随后,我又和欧霞四处转了转,而谢雨仍在作她的画。

第六章

一

我们大概逛了一个小时，又回到广场上，可谢雨还在那里写生。她穿着很时髦，作画时也很专注，似乎忘记了不远处的喧嚣和热闹。夕阳的红晕透过树叶间的缝隙，洒在她的身上，斑驳稀疏，却是美得醉人。可能是感觉到了有人在看着自己，她转过身来。我细细打量了一番，她长得眉清目秀，有种不食人间烟火般的干净，不过眉宇之间还是带着一种这个年龄特有的忧郁，更不失一个画家的气质。她愣了一下，又停住了正在收拾东西的双手，又重新掏出画笔，摆好画架，沙沙地画了起来。她的眼睛里明显有一种发现了美好事物的异样光彩。

我们走了过去，她的速写也才刚刚完成，连忙收起画板说："今天下午的阳光很好，我觉得自己这幅速写还不错，不过回去后还要再认真修改一下。"

我看着她那高兴的样子，知道她对这幅写生很满意，我说："谢雨，你这幅画拿给我欣赏一下呗，让我也感受一下艺术的魅力，因为画是直观的，任何人都可以欣赏。"

谢雨把画递给我，说："好的，你看看吧，请你多提意见，因为我知道你是诗人。诗人的眼光也许与常人不同，会看出画里面的东西来。"

我笑着说:"诗人不敢当,欧霞才是诗人。提意见嘛,更是不敢,我不懂画,都说'隔行如隔山'。"

欧霞笑了笑,说:"我只是爱写诗,哪里称得上诗人。我说大画家,你这画画得多好,可与凡·高的《向日葵》比美。"

谢雨笑着说:"没想到你还这么懂画呀,我这画哪敢与世界名画相比呢?但听你这么说,我还是很高兴的,因为我一直朝那个方向努力,也一直把自己当成一名画家,只是现在还没有具有影响力的成名作而已。"

我们看了看后,就把画递还给谢雨,她把画装好,我们就来到旁边的一家餐馆准备吃饭,这家餐馆在一个小区门口,取名"丽丽家常菜"。餐馆不大,一个店面,上下两层,总共面积也不过百十平方米。装修也简朴,看上去上不了什么档次,但是收拾却是异常整洁。亮堂堂的玻璃门,白净净的墙壁,朱红色的酒柜,宽敞透亮的配菜间、厨房。玻璃桌面下压着大红桌布,煞是温暖、喜庆。

经营小餐馆的是夫妻俩,不用说,这餐馆中"丽丽"便是女主人的小名儿了。看这年纪,小夫妻俩也不过三十出头。男的身材高大,许是厨师出身的缘故,有着厚实的肩膀、粗壮的胳膊,给人一种膀圆肩厚的感觉。女的则生得眉清目秀,小巧玲珑。饭馆生意很好,男的掌勺。女的则负责点菜,上菜,有空时还会给丈夫打打下手,切切菜、配配菜什么的。餐馆走的是中下层路线,经营家常菜系,什么红烧肉、水煮鱼、炒鸡蛋、拌粉皮,很有"家"的味道。

也许是谢雨经常来这儿吃,看来她和小夫妻俩有点熟。小夫妻俩见我们到来,笑着招呼我们坐下,便给我们倒上茶,说:"谢老师,你好像好久都没有来了呢,今天你们吃点啥?"

谢雨要来菜单,说:"你们点吧,这家餐馆我来吃了好几次,全是北京风味菜。"

我将菜单递给欧霞，欧霞说："好，那我来点吧。"

欧霞一下子就点了好几个菜："北京烤鸭、金针鸡丝、红烧牛肉、樱桃肉、木须肉、京酱肉丝、京都排骨。"

点完了，她问道："你们看够了不？"

我说："都七个菜了，就我们三个人吃得完吗？"

谢雨说："没事，尽管点，我请客。"

菜端上桌后，谢雨问道："是喝啤酒，还是喝牛栏山二锅头？"

我说："还是喝啤酒吧。"

欧霞说："喝牛栏山二锅头更过瘾。"

谢雨说："对，喝牛栏山二锅头好。"

随后，谢雨叫服务员拿了一瓶牛栏山二锅头酒，我们三人各倒一杯。她端起酒杯说："来，没想到今天在这儿碰到你们，我很高兴。换了平时，我们都各忙各的，想聚一下都难，来，为我们今晚的相聚干杯！"

我们端起酒各喝了一小口，然后吃菜，谢雨说："多吃菜，酒慢慢地喝，这些菜全是北京风味，很好吃的。"

欧霞说："说真的，我真羡慕你们，能在北京找到自己喜欢干的工作，我不知何时才能找到一份满意的工作。"

我说："欧霞，工作慢慢地找嘛，相信你能找到工作的。像谢雨，才来北京时，也好久没找到工作，后来还是找到她喜欢干的工作了。来，祝愿你也早日找到一份自己喜欢的工作，干杯！"

谢雨也端起酒说："对，我才来时确实是这样。四处找工作都找不到，我也迷茫过，当时连回去的想法都有了，但后来还是找到事干了。所以，在北京找工作，急不得，得有耐心，得慢慢地来。欧霞，我也敬你一杯，愿这次北漂成为你人生的一个迈向成功的转折点。"

我问道："谢雨，你在准备一个作品参加画展吗？是啥画展？"

谢雨说："是中国画报出版社举办的'亮丽青春'画展，我想投几幅画去试试，有些人的作品参展一次就产生了很大的影响。我也想有一天，我的作品能产生一定的影响，从而成为一名名副其实的画家。"

我举起酒杯，说："谢雨，我先祝贺你的作品能入展，再祝愿你的梦想能够实现。"

谢雨听我这么一说，心里非常高兴，仿佛她的作品已经参展了，也在画展上产生了一定的影响力，她赶忙端起酒来说："来，我敬你一杯，谢谢你的吉言。"

我与谢雨碰杯后，说："你肯定可以成功的，从而实现自己的梦想。我觉得，你为这次参展作品付出了很多心血，因为付出得越多收获的也就更多了！"

欧霞也端起酒，我们又一次畅饮。不知不觉中，一瓶牛栏山二锅头都已经喝完了，谢雨说："还要酒不？"

我和欧霞都说："喝得差不多了，不要酒了。"谢雨说："好，今晚就喝到这里，改天再聚。"

随后，大家起身走出了餐馆。

谢雨说："走，去看看我的画室，就在前面不远。"

我本来想乘公交车回去，但听谢雨这么一说，也只好和欧霞跟着她向她的租赁房走去。这也是一个小巷子，沿着巷子进去，便是一个四合院，走进四合院，谢雨说："这个四合院都是北漂人租的。那个搞演艺的付和就住在右边这间，左边这间是一个浙江来的在一家餐厅工作的女孩租的。"

我们来到谢雨的屋里，这本是一间不大的房间，可她却用布帘隔成了两间，一间是她的卧室，一间是她的画室，那张大大的桌上还放着未画完的作品，书架上也放着一些美术杂志和书。屋内暖气融融，谢雨还现场展示了一下，她弯着腰手拿毛笔，挥洒自如地在宣纸上作画，她铺开宣纸，蘸好红色颜料，先画六七个红色嘴唇，随后用毛笔蘸墨水画叶枝茎根，十分钟后，一丛牵牛花立在岩缝中，红花黑枝色彩鲜明，栩栩如生……

我吃惊地说："谢雨，没想到你不但画得这么好，而且屋里也弄得这么温馨，有情调。"

欧霞说："是人家布置得好，哪像你们那宿舍，几个大男人不收拾，看起来多乱。"

谢雨说："当然，这间屋只是我暂时租住的，太窄了，要是宽点，肯定就不一样。我的梦想是将来能在北京有一套我自己的住房，还能有一个大大的画室。"

欧霞看得更心动，她说："谢雨，你真行，让我大开了眼界，也让我对北漂有了新的认识。我会努力找工作，将来也能在北京有一个属于自己真正的家，我也要布置一个漂亮的书房，到时一定请你们去玩。"

谢雨听后，与欧霞拥抱了一下，说："你一定行，要相信自己。"

也许是我喝了酒，看她俩激动的样子，我也走上前去，把她俩抱在一起。

在看完谢雨的画室和她现场作画后，我便说："谢雨，时间不早了，我们该回去了。"

谢雨把我们送出门，叫道："你们以后有时间一定要来玩。"

随后，我和欧霞乘公交车把她送到宾馆，进入房间后欧霞却紧紧地抱住我，发疯地吻我……我说："欧霞，你……这是？"

欧霞说:"大为,自从我见到你的那天起,我就喜欢上你了,我这次来北京。也是因为你……你今晚就留下来陪我好不好?"

他的吻,让我不能自已,我们就这样……

二

刘涛虽然是记者部主任,但他还是在为报纸的前途担忧,那次在会上张总编说正在申请全国公开刊号。据他了解这是肯定不可能的,因为这张报纸是民办性质,在没有一个省部级单位主办,经费也无法得到保障的情况下,中国新闻出版署是不可能批给公开刊号的,至于那天张总在会上说这个事,是为了给大家鼓劲。

刘涛一直担心这事,总想给自己尽快找到一个好的去处,先离开这里是最好的。那天,他给《当代农民》杂志投去了一篇通讯稿,责任编辑编好稿子送审后,审稿签发的贺总认真读了这篇稿子后,觉得他这篇通讯稿写得不错,不但新闻点子抓得好,而且文笔也优美,是个难得的人才。下午,贺总叫办公室打电话通知刘涛去他办公室,他有事找刘涛。

刘涛接到电话,他不知道是啥事,以为是叫他去商量修改稿子,他便乘公交去到《当代农民》杂志社,办公室人员把他带到里面的总编室,贺总亲手给他泡上茶,说:"你就是刘涛?"

刘涛说:"是的,贺总,有什么事?"

贺总说:"《一叶托起太阳的小舟》这篇通讯稿是你写的?"

刘涛说:"是的,那是我上个月去四川采访了一个偏远山村,那里有一位女代课教师,把自己做嫁妆的钱拿来买了一只小木船,每天义务接送住在河对岸的学生上学放学,为学生撑起了一片希望与梦想。她的事迹感动了我,我就写了这篇长通讯,因我们《中国工人报》报纸是内刊,所以我就把稿子发给你们杂志,为的是能把这个充满正能量的先进事迹传得更好。"

贺总笑了说:"你这篇讯写得很好,你是一个很难得的新闻人才。我想问问,你愿意来我们杂志社工作吗?正好我们杂志才有一个记者调走了,记者部还差一个人。"

刘涛一听,非常高兴,没想到他正在为以后前途担忧,他们的报纸是内刊,说不定哪天报纸停办了,他又去哪儿找工作呢?真是得来全不费工夫,他似乎有点不相信,说:"真的呀,贺总?"

贺总点头说:"真的。不过,我还是先征求一下你的意见,如果你愿意来,过两天我在编务会上提出来,听听大家的意见,具体能不能行,现在还不能确定,你回去等通知。"

刘涛回到报社,他就盼望着真的能去《当代农民》杂志社工作,那毕竟是一个公开发行的杂志,不但全国影响力大,而且经费有保障。几天后,他终于接到《当代农民》杂志社办公室打来的电话,说他已被《当代农民》录用了,叫他把这边的工作交接好,尽快去报到上班。

刘涛回到办公室收拾他的东西,我忙问道:"刘主任,你也把工作辞了?又去哪儿上班了?"

刘涛显得非常得意,好像他是一个十分抢手的人才一样,脸上露出了坏笑,"我呀,有好多家报社都叫我去,我才看不起那些报社,这次是《当代农民》杂志的贺总亲自来请我,我才去的。说真的,我也是看到人家一片诚意嘛!"

我真羡慕他,凭自己的能力找到这么好的工作。不管怎么说,那个杂志是全国公开发行的,肯定比我们这个内部报纸强,只可惜我没这样的机会。同时,我也发觉,在北京其实并不是我想象的那样难以生存,只要有能力,还是能闯出自己的一片天地的。我说:"刘主任你真行,去了那家全国公开发行的《当代农民》杂志了。哎,你是去干啥工作?"

刘涛十分得意地说:"贺总说了,叫我先去当记者,只要我干好了,他会提拔我当记者部主任的。凭我的能力,我肯定能干好的。"

我听得出,他这些话是有意说给石梅听的,可石梅并不怎么领情,却低着头做事像没听见一样,不理他。我不知怎么说她,人家对她这么好,她却不领情,真难为刘涛了。人就是这样,没有得到的东西总觉得珍贵,一旦得到后却不懂得珍惜,感情也是如此,刘涛对石梅也算是情真意切,我暗自为刘涛叫不值。

刘涛收拾好东西,走了出来,站在石梅的背后说:"石梅,如果有一天,你想离开报社,你就来我那儿,我只要给贺总说声,他肯定会同意的。再说,我在那儿,至少也有个关照嘛!"

石梅并不领他的情,好像还特别讨厌他,也没正眼看他,只冷冷地说:"刘涛,我可没打算离开报社,也谢谢你的好意。"

刘涛说:"假如有一天,这个报社不存在了,当然,我只是个假设,你总不能还要守在这儿吧?"

石梅说:"我就不信,好好的报社真的就不存在了,就算真的是这样,我也不会去你那儿的。"

刘涛讨了个没趣,他转身边走边说:"'狗咬吕洞宾,不识好人心。'"

在刘涛走了后,我说:"石梅,刘涛对你多好。"

石梅哼了一声说:"他是在自作多情,我是什么人?在我们当地,很多比他还能干、还有钱的人追我,我就是随便挑一个,都比他强十倍百倍。"

我看她有些生气了,便也没有再说什么,而是认真地写稿子。

这时,欧霞打电话给我说:"大为,告诉你一个好消息,我在一个饭店找到工作了,当服务员,每月工资300元。"

我听后不知是为欧霞在饭店找到工作感到高兴还是难过,因为来北京是想找到比她以前更好的工作,主要是想进报社当记者,可天不遂人愿。但没想到她会去到饭店打工,想必这也是无奈之举,再说她来北京或多或少都是因为我,我却无能为力,想来多少都有点对不起她。我说:"好呀,欧霞,现在干啥都不重要,关键是能有个事干,先干着吧,以后再去找你想做的工作。"

欧霞说:"我也是这么想的,我也不想一辈子当个服务员,但现在我会好好干的。"

晚上,刘涛来宿舍收拾东西,他边收拾边哼着歌儿,看起来非常高兴。其实,他的东西也不多,除了被子,就是一些书。我说:"刘主任,你真走了呀?"

他笑着说:"不是真走,难道是说着玩的?"

我说:"其实你在我们报社也干得很好,刘总对你多好,还是记者部主任,你还走啥呀?"

他说:"在报社办公室我不好明说,你们要有个心理准备。"

我问道:"啥心理准备?"

刘涛说:"《农民文学报》是个内刊号,对吧?"

王基说:"是的,我们报纸目前还只是一个内刊号,不能公开发行。不过,我听刘副总编说,正在打通关系申请公开发行刊号,听说刊号很快就会办下来了。"

刘涛说:"你们做梦吧,现正在整顿内部报刊,你说国家新闻出版总署还能批号给你?"

我不明白,问道:"全国整顿内部报刊,怎么个整顿法?"

刘涛说:"有些省部级办的业务报纸转公开发行,其他的一律作为非法出版物取消。"

王基不信,说:"我说刘涛,你别以为你走了,就乱散布谣言,这有点不厚道吧?"

刘涛说:"好,好,算我啥都没说。"

说罢,刘涛提着东西往外走。我和王基将他送到门口,刘涛说:"你们有时间一定来《当代农民》杂志社玩。"

这一夜,我失眠了,想着我才来北京半年,刚熟悉了这儿的工作,就听说报纸要被取消了,如果报社没有了,我又去哪儿干?论文凭没文凭,论技术我没技术,如果才来几个月就回去,别人还不知怎么看我?我问王基:"你说刘涛说的是真的吗?"

王基似乎想睡觉了,他说:"你还要不要人睡觉呀?你一会儿走来走去,一会儿上卫生间,你不睡觉,就别影响我,我明天还有采访任务呢。我还以为你今晚有啥事,原来是在为这事担心呀,你就当刘涛是在乱说得了,告诉你,天不会塌下来的。"

为了不影响王基睡觉,我也闭上了眼睛,强迫自己不再去想,慢慢地也就睡着了。第二天上班,报社召开职工会,张总不在,会议由刘副总编主持,他说:"最近,全国正在进行内部报刊整顿,相信我们报社有的人也看到《中国新闻出版报》上发的那条消息。但我要告诉你们，我们《农民文学报》是合法的报纸，是办有内刊号的，现在我们正在打通关系，去办一个国内统一刊号，可能要不了多久，这个刊号就会下来，到时我们的报纸肯定又会迎来一个发展机遇。现在，大家一定要有信心，不要因为一些谣言而影响了工作。"

有人问道："要是这个国内统一刊号办不下来，那我们的报纸就要停刊了？"

刘副总编说："怎么会呢？我们中国有这么多农民，现在的农民都有文化了，好多作家、诗人都是农民出身。所以，社会需要我们这张报纸，大家一定要有信心，该干什么就干什么，尤其是在这关键时期，更应该把报纸办得更好。"

在这次会议之后，大家似乎又看到了希望，先前那些议论的担心的人，也不再到处打听和散布谣言了，报社的工作又恢复了正常。可我却怎么也静不下心来工作，总觉得报社很快就要被取消了，如果国内统一刊号办不下来，报纸就要停刊，到时我若没有去处，又该去哪儿呢？

正好今天是周末，彩霞叫我陪她去游颐和园，这是我求之不得的事。要是搁以前，我想都不敢想，现在她却主动约我，让我有点受宠若惊。我早早地出门，和她乘车去颐和园，彩霞说："大为，今天学校不上课，你也不上班，我便叫你陪我来颐和园玩玩，你不会介意我耽误了你的时间吧，大记者。"

我笑着说："你怎么这样说呢？彩霞，说真的，我来北京这么久却还是第一次来这里玩，与其说我陪你，还不如说是你在陪我，我高兴还来不及呢！"

我们出于好奇，走遍了每一个角落。如昆明湖、十七孔桥、万寿山、长廊、佛香阁、排云殿、石舫等等。但最吸引我的，还是山后的谐趣园。它被称为"园中之园"，据称它的创意来自江南的苏州园林。小巧玲珑，别具一格。小桥流水，山石林立，溪水潺潺。俯瞰水面，朵朵荷花，亭亭玉立；片片浮萍，卧于水面，随风飘荡，好不惬意！

彩霞说："走，去看看西堤。"

我说："好，看西堤去。"

颐和园的西堤，据说就是模仿杭州西湖的苏堤。长长的堤岸上绿柳成行，六座风格各异的亭桥横跨堤上，供游人观赏。更有巍峨的"罗锅桥"架在湖上，气宇轩昂。泛舟昆明湖上，每每特意光临桥下，穿行其下，目睹其雄伟身姿！桥畔常聚集许多孩童，有的在戏水，有的在捞鱼……好不轻松惬意。

穿过高大的桥洞，则是一条河流，引向后湖。那里完全是另一番景色。河道蜿蜒曲折，自然天成，少了金碧辉煌，平添几分野趣。甚至可以看到农村的稻秧、芦苇，以为到了桃花源、杏花村……更慨叹颐和园之大，景物之多。对了，若是再向西眺望，只见远处一抹青山，矗立着一座高塔，那便是园外的玉泉山宝塔，也是颐和园"借景"的名作。

这时，天上下起小雨，我说："彩霞，下雨了，我们回去吧？"

彩霞笑了一下，说："雨中游，更有一番景致。"

雨不大，淅淅沥沥。整个湖光山色，亭台楼阁，都被一片薄雾笼罩，时隐时现。像水彩画卷，又像雾里看花，朦朦胧胧，只见那远处的十七孔桥，似长虹卧波，柔美之极。近处的宫闱廊檐，挂着水帘似的雨滴。花草树木，被雨水冲洗得娇艳欲滴，空气更加清新，景物更加鲜亮。这是平日里享受不到的！

我们坐在长廊下，彩霞和我坐得很近，不知是无意还是有意，她却向我靠了靠，我趁机将她拉入怀里，我能很清晰地听见她的呼吸加快，这让我感到幸福来得太快了，仿佛以前遥不可及的事，现在却变成了现实。可不一会儿，她却起身说："大为，你知道我今天为什么约你出来玩吗？是因为我快要毕业了，现在马上进入实习阶段了，我想请你帮个忙，能不能让我来你们报社实习一下。"

我听后不知怎么回答她，现在正是全国内部报刊整顿时期，我们报纸是内刊，面临停刊的危险，我自己都不知道去哪儿！再说，即使不停刊，要来报社实习也得张总和刘副总编同意，我只能和他们说说看，也不知他们能不能同意。我笑着说："好的，我回去给张总和刘副总编说说看，但能不能行我就不知道了。"

彩霞笑着说："大为，你真好，不管能不能去你们报社实习，我都会感激你的。"

三

第二天上班，我就来到刘副总编办公室，他叫我坐，说："你这次出去，就拉到一笔广告，张总还夸你是个人才，所以你好好干，将来肯定会发展得很好。哎，大为，你是有什么事吗？"

我说："刘总，我有个朋友是北京工业大学的大三学生，她快毕业了，她想来我们报社实习，你看？"

刘副总编想了一下,说:"她是工业大学的,来我们报社实习,专业不对口吧。哎,她是学什么专业?"

我说:"她是学行政管理的。"

刘副总编笑着说:"学行政管理的,来我们报社实习,专业也不对口啊?我建议她去别的公司或企业去实习,对她将来的发展更有益。"

我听后觉得刘副总编说得很有道理,走出刘副总编办公室,我就将刘副总编的意思打电话告诉了彩霞,彩霞听后有些不高兴了,她说:"我想来报社实习,一是我想学习一下写作,报社是个锻炼人的地方;二是因为有你在报社,好有个照应。既然这样,那我就去联系别的单位,说不定还真像刘总说的那样,对我将来的发展有好处。"

本来我认为我与彩霞渐渐地走近了,而且很可能会走在一起的,哪知我将这个消息告诉她后,她这么不高兴,我现在也不知怎么办。说真的,我也很想帮她,但我却无能为力,我只希望她能理解。我说:"彩霞,对不起,我真的无能为力,你要理解我!"

彩霞说:"没事,大为,我理解你的,也非常感谢你!"

这时,石梅告诉我北京"朝阳青年诗社"举行诗歌朗诵会,叫我和她一起去参加。我说:"我没有加入'朝阳青年诗社',我去参加活动不好吧?"

石梅说:"我就是想介绍你加入,诗社李社长是我的朋友,我给他说说,你加入应该是没问题的。"

我说:"这次是什么活动,我需要准备什么不?"

石梅说:"将你写的诗抄好带几首去,现场朗诵一首,这次活动主要是一个诗歌朗诵会,也可以朗诵自己的作品或是名家的作品。当然,我建议还是朗诵自己的诗更好,因为这样可以在现场展示一下你的作品嘛!"

我按石梅说的，在以前写的诗中选了几首自己认为好一点的诗，再适当地做了些修改，抄好后给石梅。石梅看后说："大为，你的诗写得不错，清新自然，乡土味浓，很有特色。"

我听石梅这样夸我，心里也有些高兴，说："因为我特别熟悉农村生活，农村的乡土人情深深留在我的记忆中，我就想以诗表达出来，但不知这样的诗，别人会喜欢不？"

石梅说："艺术是相通的，不分国界，不分地域，只要达到表达与艺术统一，能引起读者共鸣就是好作品。诗也一样，只要写出了特色，读起来有韵味，就是好诗。"

下午两点，我来到办公室，石梅说："你怎么才来，我等你好一阵儿了，诗社活动两点半开始。"

我说："还有半个小时，来得及。"

石梅说："诗社在东郊，乘公交车中途还要转车，快走吧。"

等我和石梅乘公交车来到诗社活动地点时，活动已经开始了，是在一个居委会会议室，前来参加活动的人都坐满了。正好主持人说："下面请'朝阳青年诗社'李社长讲话，大家欢迎！"

我们随便在后面空着的位置上坐下，在大家的一阵热烈掌声后，李社长说："同志们，今天下午，'朝阳青年诗社'在这里举行诗歌朗诵活动，这是'朝阳青年诗社'成立以来，每月开展一次活动的内容。因为活动是诗社的载体，能促进诗社的发展，增进社员的友谊。今天这次活动，主要是让大家朗诵名家或自己的作品，好让大家在朗诵中受到诗歌艺术的熏陶，以便能创作出更好的作品来。"

主持人说："下面朗诵开始，请举手，自由朗诵。"

前面一位戴眼镜的青年举手后，他朗诵了舒婷的《致橡树》。

我如果爱你——
　　绝不像攀援的凌霄花,
　　借你的高枝炫耀自己;
　　我如果爱你——
　　绝不学痴情的鸟儿,
　　为绿荫重复单调的歌曲;
　　也不止像泉源,
　　长年送来清凉的慰藉;
　　也不止像险峰,
　　增加你的高度,
　　衬托你的威仪。
　　甚至日光。
　　甚至春雨。
　　不,这些都还不够!
　　我必须是你近旁的一株木棉,
　　作为树的形象和你站在一起……

　　在他声情并茂地朗诵完之后,赢得了大家的掌声。随后也有几个人朗诵了他们自己创作的诗,而且朗诵得十分好,要是能配上音乐,肯定不亚于电视里播放的诗朗诵。

　　石梅举手,她朗诵了她那首《乘112路车驰过北京的冬天》,朗诵完后也迎来一阵热烈的掌声。石梅叫我举手,可我不知是怕自己的诗写得不好,还是怕自己的普通话不标准,始终都没有举手,石梅有些生气了,她轻声说:"大为,你快举手呀,大胆地朗诵你的诗。别怕,我相信你朗诵得会很好的。"

不管石梅怎么说,我仍没举手。这时,石梅自己举了手,她将我的诗稿拿过去,她说:"下面我给大家介绍一位朋友,他是我们《农民文学报》记者,他的诗写得很好,只是他今天感冒了有点不适,所以无法朗诵,下面由我替他朗诵一首《淡忘一些事情》。"

> 奔忽的脚步,在缓缓地延伸。
> 天空、旷野、还有理想,
> 朝同一个方向奔走。
> 追赶了,好远好远的一段路,
> 累了就一觉睡去,
> 犹如淡忘一些事情。
>
> 那一歪一斜的脚印,
> 沿着时常眺望的远方爬行。
> 沉甸甸的心,
> 已在无端地颤动,
> 如一首自弹自唱自己欣赏的曲子。
> 转眼间,黎明的星光,
> 已敲响启程的钟声。
>
> 踏浪而来又踏歌而去。
> 奔忽的脚步,

> 总是在无休止的构想里飞奔。
> 沉重的背包，压得人直喘气。
> 荒凉的大地上，
> 只有小鸟成为唯一的知音……

我没想到，石梅用十分标准的普通话很动情地朗诵，而且朗诵得很好。我听着她朗诵着我的诗，仿佛是在朗诵一位名家的诗一样，听起来那么优美，那么有激情。在她朗诵完后，大家热烈鼓掌，也纷纷向我投来鼓励和赞扬的目光。

活动结束后，李社长走过来与我握手，十分热情地说："于大为，石梅刚才朗诵你的诗，大家反响非常好，你的诗写得不错，欢迎你加入我们诗社！"

石梅说："社长，我早就向你推荐过于大为，现在你看到了吧，他确实是一个很有才华的人，说不定他将来会成为大诗人呢！"

李会长笑着说："好，你写个申请书来，我批了。"

一般诗社搞活动是不安排食宿的，因为只是个民间组织，没有经费来源，在活动结束后大家就散了。我说："石梅，我们赶快乘车回去，现在回伙食团吃饭还来得及。"

石梅却没有着急走的意思，说："我说大为，你也太小气了吧，我不但帮你朗诵了诗，还介绍你加入'朝阳青年诗社'，说什么你也得请我吃顿饭吧？"

我说："对呀，我怎么没想到呢？是该请你喝两杯了，表示感谢嘛！哦，还有那次你帮欧霞推荐诗去发表，还没感谢你呢，两次合成一次，那我今晚就多敬你几杯！"

石梅笑着说："好了，你的理由也太多了，我只要你有这句话就行，你请我吃饭，我买单。"

我说："那怎么行？我请你吃饭，肯定是我买单。"

我和石梅去来到一家名为"北京风味"的餐馆，这是一个小餐馆，但看起来里面收拾得很干净。石梅拿起菜单，一下点了好几个菜，她笑着说："两个荤菜，两个素菜，一个汤，够吃不？"

我说："够了，这么多菜我们俩可能还吃不完的。"

石梅说："好不容易出来吃顿饭，多点一点菜，吃不吃得完，那是另外一回事，别让人家笑话。"

菜端上来后，我们要了几瓶啤酒，石梅递一瓶给我说："自己倒。"

我倒上酒与石梅碰杯后就喝。石梅说："大为，你看到了吧？你的诗我给你朗诵后，大家对你的印象都还不错，说明你的诗写得很好。"

我说："不是我的诗写得好，是你给我朗诵得好。"

石梅说："要是你的诗写得不好，我还能朗诵得好吗？你就别谦虚了，来，我敬你一杯。"

我与石梅碰杯喝下后，又吃了点菜，不知不觉中，我俩每人都喝了两瓶啤酒了。石梅说："再拿两瓶，我今天高兴，我们每人再喝一瓶。"

我说："我喝得有些醉了，石梅，我看咱俩就别喝了吧？"

石梅说："不醉不归，'人生得意须尽欢'嘛！"

石梅又拿来酒，当我们喝完这两瓶后，石梅就起身准备去结账，我拉住她说："说好的是我请，还是我去结账吧。"

石梅也没有再和我争，她说："好，那你去结账吧。我改天请你去唱歌。"

结完账后，我们就走出餐馆，我说："石梅我们该回去了，天已经黑了。"

　　石梅说："不行，我请你去唱歌，这是郊区，歌舞厅多的是，我还是在老家时去歌舞厅唱过歌。走，今晚就去唱唱歌，好好开心玩。"

　　我真拿她没办法，只好陪她去找歌舞厅唱歌。

第七章

一

这是一个郊区,虽然是冬天,但街上还是很热闹,夜市中小摊的叫卖声与行人的说笑声汇在一起,给这窄窄的街道增添了几分人气。

还没有走多久,我们就来到了歌舞厅,然后走到大厅最里面的位置坐下,服务员端来茶,并提了一件啤酒来。我想:这服务员也真是,来歌厅唱歌还提啤酒来,这不是硬要我们消费吗?我说:"不要啤酒,我们只唱歌。"

服务员笑着说:"哪有唱歌不喝酒的呢?"

说罢,她就连开了好几瓶。石梅说:"开嘛,反正我们是来玩的,玩就得喝酒。"

然后,她开始点歌,问道:"大为,你唱啥歌?"

我说:"我不会唱歌。"

石梅笑着说:"那好,你就听我唱。"

然后,她开始唱歌,在唱完了一曲《故乡的云》后,由于她唱得好,有很多人为她鼓掌。石梅倒上啤酒,说:"来,喝酒。"

石梅是在城市长大的,具备都市女孩的气质,不但喝起酒来豪爽,歌也唱得很动听。不管从哪方面讲,她都是讨人喜欢的那种女孩。我说:"还喝呀？再喝就要醉了。"

石梅听后有点不高兴，她说："你歌也不唱，总不会酒也不喝吧？那你来这里，还玩啥？来，喝！"

我只好又陪她喝酒，这时石梅说："我们去跳舞。"

我说："舞，我也不会跳。"

石梅无奈地笑着说："走嘛，在这里乱跳都行，没人笑话你的。"

石梅用手硬拉我来到最前面，那里有几对男女在跳，她就带着我走，没几下我就慢慢地能跟上她的脚步了，她笑着把嘴凑近我的耳朵说："你看，跳舞多简单，你一下就会了。"

听她说完，我就没先前那么紧张了，心想：跳舞也并不是那么难。随后，我又主动倒上酒说："来，喝酒。"

那一晚，我们喝酒、唱歌、跳舞，似乎忘却了一切的烦恼，沉醉其中。感觉这时的石梅有些醉了，但她又拉我去跳舞，也不知她是站不稳，还是有意地把整个身子都扑入我的怀里，我明显感觉到她的心跳，更感觉到她丰满的乳房紧紧地贴着我，而我也紧紧地抱住她。我此时才明白，难怪那么多人喜欢来歌舞厅玩，原来是为了能在音乐中忘却现实中的烦恼。

随后回到座位上，我说："石梅，时间不早了，你也喝醉了，我们该回去了。"

石梅说："我还要唱歌，还要喝酒。"

她又倒上酒，我也只好陪着她喝。不知玩了多久，石梅又拉我跳舞，可刚起身她就摔倒了，我赶忙扶起她，把账结了之后，就扶着她走出了歌舞厅。这时已是晚上十二点，没公交车了，刚好对面有家小旅馆，没办法，我只好扶她向那儿走去。我说："石梅，没车了，我们今晚回不去了，就在这儿将就住一晚吧。"

石梅醉醺醺地说："我不回去，我要唱歌，我要喝酒。"

我开好房后，把石梅扶到床上，说："石梅，你早点休息吧，我去另一间房睡觉了。"

石梅用手拉着我说："不，我不要你走，我要你在这儿陪着我。"

我只好在床边坐下，看着她，她太好看了。因为刚喝了酒的缘故，脸上红红的，醉眼迷离的，而且她的眼里充满着渴望，我的目光与她的目光相碰时，我像被电击了一样，全身就热血奔涌。我说："好，我不走，我在这儿陪着你。"

也许是我也喝了酒，坐着坐着我就倒在床上睡着了。等我醒来后，发现自己正睡在石梅身边，我赶忙起床，再看看石梅，幸好她还没醒，我赶忙走出她的房间回到自己的房间，可我就怎么也睡不着了，石梅那美丽的倩影，一直在我眼前晃动……

第二天早上，石梅起来后，她来敲我的门说："大为，起床了，我们该回去上班了。"

我吃惊，石梅怎么知道我就住在隔壁呢？我开门叫她进来坐会儿，她说："我就在外面等你。"

我说："石梅，你怎么知道我就住在你隔壁的房间呢？"

石梅笑着说："凭感觉。"

我们乘公交车回到报社时，刚好到上班时间。办公室程主任来到记者部通知，她说："由于报社租的那几间地下室合同到期，那里要作为棉纺厂的职工宿舍，所以就不能再租给我们报社了。所以，请住在那里的人员另想办法租房子，本周之内必须搬走。"

王基说："我们自己出去租房子，报社还补贴房租吗？"

程主任说："这个我也请示过张总，他说现在报社这么困难，哪有钱补贴房租呢，自己想办法吧。"

石梅说："还好，我没住那地下室，我一直都是自己租房子住，这样进出方面，更自由自在。"

我也不知道怎么办，一直都住在那儿，房租、水、电费都不用管，现在突然要我去租房子，我真有些接受不了，因为我不像他们，家里有钱寄来，而我，一切都只能靠自己。既然报社都这么安排了，不去租房子也不行，再困难也得想办法，我相信通过自己的努力，一切都会好起来的。我说："石梅，你那儿租房子，一个月房租要多少？"

石梅说："我就在八里庄租的房子，每月房租一百元。"

我说："这么贵呀？"

石梅说："北京这个地方，随便租间房子每月房租少说也要一百元。"

我说："那我又去哪儿租呢？"

石梅说："你别急，我托人帮你问问。"

第二天，石梅就告诉我，她一个朋友帮我问到一间房，房子不宽，但屋里能放下一张单人床和一张小书桌，一个人是可以的，每月房租八十元。我说："行，在哪儿呢？"

石梅说："在十里铺那边，一会儿我就带你去看。"

下班后，石梅就带我去找了房东，我看了看这房子，进出是不经过老板的大门，而是从房边单独开了一个小门，进出也方便，屋里单人床和小书桌也放好，老板说："你看看吧，这间行不行？要是不行，我还有间大的，可房租要贵得多。"

我说："就这间吧。"

老板拿出租房合同，上面的条款很多，大致是安全问题自行负责，房租得最少一次交半年。我说："老板，能不能一个月一个月地交，我才来北京，哪有这么多钱一下子交齐半年呢？"

老板说："如果你不交半年，那我就不租了。在北京这个地方，每天都有人来租房子，我还怕房子租不出去吗？"

石梅见此情况，说："交嘛，我先借给你，你到时领了工资还我就是。"

我说："那太谢谢你了。"

石梅说："谢什么呀？这点钱，小事一桩。"

我在合同上签了字也交了房租，老板把钥匙交给我后，说："你放心，这儿住绝对安全，也很清静，有啥事你就来找我。"

随后，我回去把东西搬来，也把我租房子的消息电话告诉了欧霞，欧霞说："哪天我来看看。"

随后，等我搬好行李，送走石梅，就随便吃了点晚饭，然后独自沿着租赁房外的胡同慢慢地走着。20世纪80年代的北京城，胡同还算比较多，大多是古建筑，凹凸不平且积满泥水的青石板证明了它历史的悠久，两边的房屋则丝毫看不出岁月的沧桑。夜色里的灯光映照在胡同里几棵枝叶稀疏的杨树上，又从叶隙间漏下来，在地上形成斑驳的光影。远离闹市的胡同，有种清幽，恍如隔世般，我觉得住在这儿更有一番境界。

转了一大圈，又转回到租赁房前，可又想到被褥还没有搬来，就只能返回报社租的寝室。王基在外面吃饭也刚回来，他问道："大为，你找到房子了吗？"

我说："今天才去找的，就在朝阳区那边的胡同里。"

王基问："每月多少房租呢？"

我说："每月八十元。"

王基说："这么便宜？"

我说："是的，哎，你也想去租？"

王基说："不，我有一个朋友在东四那边有房子，他叫我去和他一起住，房租我们一人一半。"

我说："这样很好嘛，能节约一半的房租。"

王基笑了说："我说你怎么句句都是钱呢？我在乎那点钱吗？说实在的，我们各一半，都比你这贵，他租的是两间大屋，每月房租三百元，就是各一半我每月也得一百五十元，我是看在朋友的面上，才答应与他一块住。"

我听后，不知怎么回答他，王基家庭条件比我好，但也不能处处靠家里支持。我的家庭经济条件比较差，所以我会处处节约，做到不乱花钱，只要能有个住处，在北京能待下去就行，哪能与他人比呢？

我说："王基，你啥时候搬呢？"

王基说："明天就得搬，不然，东西就要被扔出去了。"

二

那天上午，我忙了大半天，写完新闻稿又修改，快到下午下班的时候，我想该去看看欧霞了。于是，我乘公交车去西直门外郊区，找到了欧霞打工的那个小餐馆。

这个餐馆不大，在北京算是很小的一家餐馆了，但地处街道热闹处，生意还不错，里面有几个人在吃饭。正在忙前忙后的欧霞见我来了，跑过来说："你怎么来了？"

我说："我来看看你，不知你在这儿工作还习惯吗？"

欧霞淡淡一笑，显得很无奈的样子，我从她的眼神里似乎看到了生活的辛酸以及坚强，还有她对未来充满着信心。她说："我从小到大还没干过这么重的活，现在突然干这活，肯定不习惯。不过，我会努力干好的。"

听她这么说，我心里有些过意不去，她是因为我才来北京的，本来我应该给她找个更好的工作干，但我一无权二无关系，说白了我也是一个北漂的人，也是一个打工的，又能有什么办法帮她呢？只好说："是呀，在北京这个地方，能找到一个工作，就不容易了，餐馆虽然辛苦，但至少能有个事干了。"

欧霞看我在为她担心而且有些难过，她笑了一下，说："还站着干啥，快坐呀！"

我就在外面的一张桌前坐下，欧霞给我倒上一杯水说："你先坐会儿，我要去端菜了。"

我看见欧霞将一个一个菜端来，一会儿客人要酒，一会儿客人要茶，一会儿客人又要饮料……在欧霞把那桌要上的菜上全了之后，她走过来说："你还没吃饭吧？就在这儿吃，我请客。"

我说："好，我就在这儿吃，但不要你请，随便给我弄几个菜吧。"

欧霞说："好，我知道你喜欢吃什么，我给你点，你坐会儿，一会儿就好。"

欧霞将菜端上来后，她给我拿了两瓶啤酒倒上说："这时没事，我来陪你喝几杯。"

我吃着欧霞为我点的菜,真有点重庆的味道,比起其他的餐馆多了些麻辣,我说:"欧霞,在北京一般都没有麻辣菜的,你这饭馆有重庆风味菜?"

欧霞笑着说:"没有,我是叫厨师特地加的麻辣,说真的,我也好久没吃过这麻辣味的菜了。来,大为,谢谢你来看我,干杯!"

我就与欧霞碰杯后喝干,正当欧霞又要倒酒时,这时老板娘走过来说:"欧霞,你看又来客人吃饭了,忙都忙不过来,你还在这儿喝酒呀?我不是和你说过,上班时不能喝酒吗?"

看到老板娘这样说她,我也有点过意不去了,更暗自为欧霞难过。她在重庆老家作为一个单位的正式职工,整天过得无忧无虑、自由自在,却跑来受这份罪,这是何苦呀?她也许跟许多人一样,心中怀揣着梦想来北漂,但愿她通过自己的努力,能有一个更好的发展。

欧霞说:"对不起,老板娘,这是我的一个老乡,他是北京一家报社的记者,今天来看我,我才陪他喝了几杯。"

老板娘听欧霞这样说,她又看了看我,笑着说:"他是记者,又是你的老乡?那你就好好陪他喝吧。哎,您贵姓?"

我赶忙说:"我叫于大为。"

老板娘说:"于记者,欢迎您来我们小店,还希望您帮忙多多宣传,想要什么菜,你尽管点,一定要吃好!"

我说:"谢谢老板娘了!"

老板娘又说:"欧霞,你就好好陪你这位老乡,也代我多敬于记者几杯酒。"

说罢,老板娘就走了。欧霞听了老板娘的这番话,对我这记者身份不知有多羡慕。她说:"大为,你在报社工作多好,走到哪儿都受人尊敬,我好羡慕你哟！"

我说："欧霞，很多事情都不是你想象的那么好。哎，你在这儿工作，有休息日吗？"

欧霞说："这么个小餐馆天天都有人来吃饭，我哪有什么休息日，天天都要上班。"

我说："那你上班都干些啥活？"

欧霞说："我们一般上午十点来，帮着弄菜、洗碗、拖地、擦桌子，啥活都要干。"

我笑着说："在这儿多好，包吃包住，每月工资一分不用都行。"

欧霞笑着说："我不知现在的人怎么了，都羡慕别人。好吧，那我们都羡慕自己吧，哪怕是自我安慰也行。"

我又和欧霞喝酒，吃完后，欧霞送我出餐馆，她说："大为，你去我寝室里坐坐吧，就在对面那楼下。"

我说："还是不去了，你还要上班。"

欧霞说："走，稍微耽搁会儿没事，因为你还从没来过。你去看看嘛，下次如果你来找我，你就知道我住在哪儿了呀。"

我又跟着欧霞来到她的寝室，这是一间很小的原用于停车的门面，她推开卷帘门，我走了进去，屋里虽小，却收拾得干干净净，而且还散发出女人特有的气息。

欧霞说："你租的那房子呢，比我这间大吧？"

我说："可能差不多，但我没有你收拾得这么干净。"

欧霞笑着说："你们男人，哪知道收拾房间呢，整天就知道玩。"

我看见桌上她写的诗，我拿起来认真地读完，感觉写得不错。也许是我也爱写诗，我从她写的诗中，感觉她是一个坚强的人，在这么艰苦的情况下，还在写诗。有人说：文学青睐苦困。我想诗也同样青睐敢于面对困难的人吧，欧霞在诗的陪伴下，会生活得更充实。我说："欧霞，没想到你整天干活这么累，还写诗。"

欧霞说："诗是我的爱好，当诗人是我的梦想，所以不管回来得再怎么晚，工作得有多累，我都会坚持写下去。我相信总有一天，我会成功的。"

我拉着欧霞的手说："欧霞，我看到你因为我来北京受苦，我心里真的过意不去，好想帮你找到你喜欢的工作，可我却没有这个能力，真的！"

欧霞也顺势扑入我的怀抱，不知是被我说的这话感动或是她真喜欢我，我也紧紧地抱住她，想用我的心去温暖她那失落的心灵，更想给她一些战胜困难的勇气。她说："大为，为了你我什么苦都能吃，说真的，我在家从小到大都衣食无忧，也没干过什么重活，现在来到北京，却在这样的小餐馆打工。虽然累，但我觉得很充实，而且能和你在一起，我觉得很幸福。"

我说："欧霞，我相信总有一天，一切都会改变的。"

欧霞最后在我脸上亲了一下，说："大为，我爱你！"

当我想亲她时，她却转过身去，说："对不起，大为，你回去吧，我还得去餐馆上班。不然，老板娘又要批评我，我得一直忙到晚上十二点才能下班。"

我只好走了出来，欧霞关好门后，陪我走了一会儿，她就回餐馆了。

我四处走了走，前面不远就是北京莲石湖公园，我便走了进去。公园山形门，汉白玉石卧，三门无遮挡，游人随进出。来到莲石湖畔，一湖清水碧碧阔阔。湖岸旁边，新植的芦苇，一排排一丛丛，顶上的如雪芦花，在秋风中唱着飞舞的歌；水中的莲荷，梗叶残破，它们在水下积蓄力量，等待来年长出更美的新荷。

这时，我意外地碰到了彩霞，她穿得很漂亮，真看不出她还是一个在校大学生，简直就像是一个时髦的上班族女孩。她和一个女同学也来这儿散步，我走上前去，招呼道："彩霞，你也来这儿散步呀？"

彩霞见到我，高兴地说："今天下午没事，我便和同学来这儿走走，没想到在这儿碰到你。"

我说："是的，我也没想到你会来这儿。"

彩霞说："大为，快过年了，你们报社放假了吗？你今年过年回家不？"

要不是彩霞提醒，我还真没想到快过年了，我想了一下，说："我才来北京不久，还没打算回去，你呢？"

彩霞说："我还是要回去过年的，不然，学校放假后食堂不开饭了，我连吃饭的地方都没有。再说，我年年都回去的，今年过年如果不回去，我妈妈会担心的。"

这时，与她一起的那女同学走过来，问道："彩霞，他是你的老乡？"

彩霞说："他叫于大为，既是我的同乡，又是我的同学，现在在北京《农民文学报》当记者。"

那女同学听后，投来十分羡慕的目光。随后，我们寒暄了几句，她们继续在公园里逛着，我便匆匆地离开了。

三

还有几天就过春节了,为了让大家能赶回家过年,报社提前放假了。

在放假前,报社组织大家开会,张总说:"这个月的工资提前发给大家,过年了,从北京回去也好给家人和朋友买点北京的特产回去。另外,也希望大家回家与朋友聚会时,别忘了尽力联系到你们那些既需要宣传又有经济实力的朋友,以赞助或者广告的形式合作都行。支持我们报社的发展,就是支持文化事业。"

开完会后,有的要回家过年的人都赶着去商场买东西,又去火车站买车票,脸上露出了既高兴又迫切的神情。过年和回家在所有人心目中,是最让人期待的一件事,因为不管去哪里,家永远是让人思念的地方。石梅问我:"大为,你回家过年不?"

我说:"我才来几个月,今年就不回家过年了,好好在北京玩儿几天,你呢?"

石梅说:"我也不回去过年。"

我看了看她说:"为什么呀?你已经来北京两年了,怎么不回去过年呢?"

石梅说:"不知怎么的,我自从来北京后,就没想回去,因为我现在还一事无成。"

我不知道怎么说她,已来北京两年了,而且也在报社上班了,还要干出啥惊天动地的事呢?她老爸是宣传部部长,难道还需要她挣钱,还需要她有多大的出息吗?我想,这些对于她的家庭来说都不重要,重要的是希望她过得开心。要是我的家庭背景也像她这样，我肯定会回家过年，也好回去看看父母。想到这里，我说："石梅，你爸是宣传部部长，他肯定不指望你要做出啥成绩，而是希望你平安快乐，对吧？"

石梅说："我爸也是这么说的，但我却不是这样想的。总之，我就是不想回家过年。"

我说："石梅，你来北京两年了，你难道不想家吗？"

石梅说："我很想家，做梦都想回家。"

听完她说的话，我也开始思念我的父母亲，心情一下就低落了许多，便也没有再继续说下去了。

下午，报社就正式放假了，我在食堂里吃了晚饭就回住的地方去了。天天都在上班，好不容易轻松下来，我就躺在床上美美地睡上一觉。直到晚上六点我才醒来，去外面买了点菜回来，开始弄晚饭吃。吃完饭后，总觉得无聊，看书也不是，写诗好像也没有心情，因为下午才睡了觉，所以现在是睡意全无。

这时，我突然想到老乡何谓，好久没见到他了，也不知道他回家过年没有。趁着今晚没事，何不去找他玩玩？于是，我便乘公交车来到他的住处，一进门就看到他和付和正在喝酒，我叫道："老乡，你喝酒咋不叫我呀？"

何谓见我来了，赶忙起身叫我坐，说："我刚才和付和还在说起你呢，真是说曹操曹操就到。再说，你又没有电话，我到哪儿去找你？"

我说："是呀，报社放假了，不好联系了。正好，我来了嘛！"

何谓赶忙拿筷子和酒杯，给我倒上酒，说："老乡，你今天来晚了，要按咱们四川人的规矩入席三杯，你就喝三杯吧。"

我说："这可不是在家乡，这是在北京，按北京的规矩是入席一杯，对吧？"

何谓说:"你才来北京几个月呀,就按北京的酒规了,我来北京几年了,今天才第一次听说北京还有这么个酒规。付和,你来北京这么久了,有这么个酒规吗?"

付和笑了笑,说:"不管有没有,就按大为说的办,他先喝一杯入席。"

我站起来将那杯酒喝下说:"二位,我可以入席了?"

何谓说:"可以入席了,我说大为,你今天有啥好事,这么高兴?"

我说:"能有啥好事轮到我呢?只是我们报社放假了,我没回老家过年,想好好地在北京玩儿几天,明天又不上班了,所以一下觉得轻松了许多。"

何谓又给我倒上酒,说:"来,快过年了,我们为新年的到来干杯!"

何谓接着说:"大为,你还不知道吧,付和马上就要去参加一部电影的演出,虽说不是主角,但这次他演一个次要人物,比以前跑龙套又迈进了一步,与真正的主角只差一步了。"

我一听,高兴地说:"付和,你真行,很快就要成为大明星了。来,我敬你一杯!"

付和高兴地说:"还差得远,有的人从演配角到主角转眼之间,有的人一辈子也没演到主角。我一定要努力,哪怕再遥远,也一定要努力实现我的梦想。"

何谓说:"说得好,付和,我敬你一杯,祝你早日实现自己的梦想。"

付和喝完酒后,恍然大悟地说:"不能再这样喝了,你们俩是老乡,都以我为圆心,变着法子来让我喝酒。"

何谓笑着说:"你可是未来的大明星呀!"

付和说:"何谓,你也是北京大报的专栏作家,大名鼎鼎,而且靠稿费就能维持生计,你看现在搞写作的又有几人能靠写作来维持生计?你说,该不该敬你?"

何谓端起酒杯,说:"我明白你的意思了,大不了又要我喝两杯,来,敬我。"

付和说:"我先敬你,喝!"

我也端起酒杯,说:"我也敬你,干杯!"

大家喝完酒后,已是晚上十点过了,趁着高兴,付和说:"今晚喝得这么高兴,但不能就这么散了,因为我们难得聚一回。"

何谓说:"那你的意思是还要怎么玩?这大冷的天,总不能去逛街吧?"

付和说:"我去打电话,约几个搞演艺的朋友,去歌舞厅唱歌,你看如何?"

何谓说:"那太好了,你去打吧。"

付和拿出大哥大,连打了好几个电话后,说:"我们打车去西郊外的那家歌舞厅唱歌,他们一会儿就到。"

我们打车去到西郊外那家"水中月"歌舞厅,我们找好位置坐下,付和的朋友也来了,是三个年轻漂亮的女人。付和介绍道:"这位叫何谓,是作家。这位叫于大为是诗人。这三位是我的朋友,都是搞演艺的,这是荣荣,这是莉莉,这是朱燕。"

她们坐下后,付和就去点歌,他唱歌唱得很好,一曲《故乡的云》让全场人都为他鼓掌,随后,莉莉又唱了《我爱你 塞北的雪》,也唱得非常动听。大家又倒上啤酒,边喝边唱,何谓也唱了一首《北国之春》,虽然唱得不算好,但还是唱完了。随后,付和便叫大家一起跳舞,他带头请朱燕跳,说真的,他们的舞姿非常优美。何谓请莉莉跳,他们跟着节拍舞动着。只有我和荣荣坐着,过了一会儿,荣荣说:"走,大诗人,我们也去跳舞吧。"

我笑着说:"我跳得不好,所以不好请你嘛。"

荣荣起身说:"在这儿跳又不是表演,没人说好与不好的。走,我请你跳。"

我便和荣荣一起跳起来了,也许因为荣荣是搞表演的,她跳舞更是大胆,一上来就紧紧地抱住我跳,我慢慢地也跟上了她的脚步,跳完后,荣荣说:"你跳得这么好,还说不会跳,也难怪文人胆小,有色心没色胆呀!"

大家听荣荣这么说,都哄堂大笑。在那暗淡的灯光下,我认真地看了一下荣荣,高高的个子,加上她时髦的打扮,气质不凡。

也许是大家都喝了酒,在酒精的促使下,接下来就更疯狂了。付和把身边的莉莉拉进怀抱,而莉莉也并没有生气,还顺势亲了他一下。

荣荣走过来拉着我的手,说:"走,我们跳舞去。"

荣荣紧紧地抱住我,在她扭动着身躯时,想亲她,她却把脸转开,笑着。我回头看了看,付和与莉莉他们跳舞时却抱得更紧,脸与脸都贴在一起了。

回到座位上,我们又喝了一点酒,喝完后发疯地又唱又跳,看起来大家都玩得非常开心。当我们走出歌舞厅时,已是子夜一点了,付和和她们打车走了。何谓说:"大为,这么晚了,你别回去了,就在我那儿住一晚吧。"

我说:"好,就去你那儿挤一挤了,反正我明天又不上班。"

随后,我和何谓就打车回到他的租赁房。

第八章

一

　　春节了，北京的年味很浓，到处都张灯结彩，实在是热闹极了。
　　在大年三十这天，北京下了一场大雪，外面的树上、房顶上都铺满了厚厚的雪，天空中飘飘扬扬地洒着漫天飞舞的雪花，而其中又夹杂着逼人的寒气。
　　这是1989年北京的第一场雪，正如天气预报所描述的一样，是一场大雪，整个晚上都在下，有时甚至是鹅毛大雪，从窗外看去，灰蒙蒙的天空下，草丛树木上显现出一层白色，被纵横的仍然湿漉漉的道路间隔得并不连续。这与小时候下雪的感觉完全是不一样的，每到冬天，那里都会出现大雪封山，一片白茫茫的场景，水面上结着一层薄冰，屋檐下挂着一串串冰棍，树叶都被冰包裹着变得晶莹剔透，就像一片玻璃般的树叶冰雕。
　　下雪后，总会晴的，但在晴天到来之前，天还是会继续冷下去，那是雪融的时期，也是变晴前的时期。雪融，那是下雪的时日里最冷的时候。还好，雪不会无休止地融下去，总会有那么一瞬间，融化得干干净净的瞬间，一无所有，剩下的，只有自己的心情。天已亮了很久，但也许外面下着雪，我还躺在床上，这时听到有人敲门，我问道："谁呀？"
　　"是我，你怎么还不起床？"是欧霞来了，"你不知道今天过年吗？

怎么还睡着？"

我穿衣起床，说："知道，但今天天冷嘛。反正没事就在床上多睡会儿。"

欧霞提着一条鱼和一些菜，她把菜放在桌上，自己倒了一杯水喝，说："大为，今天过年，我一个人在北京，想到你也是一个人，我就过来陪你，你欢迎吗？"

听欧霞这么说，我不知道是开心还是难过，眼睛都湿润了。这大过年的，看着那些一家一家的不是放鞭炮，就是弄吃的，多热闹呀。可我和她一样，都是一个人孤零零地在北京，要是在老家不知今天有多开心。还好，有欧霞在北京，她还主动来陪我过年，我心里真的好感动。我说："当然欢迎，你来我很高兴！"

欧霞说："快把炉子加上炭，我们也好好弄点菜，开开心心过年。"

我按欧霞的吩咐，把炉子加上炭，欧霞看我笨手笨脚的，她走过来说："算了，还是我来弄吧。"

我看欧霞那熟练的动作，仿佛这屋里因她的到来，而多了一些年味。我说："欧霞，这鱼和菜，你是什么时候去买的？"

欧霞说："你看看时间吧，现在是十点过了，你以为还早呀？我早上起来就去商场买好后，乘公交车过来的。"

我看了看墙上的石英钟，真的已经十点半了，我笑着说："我都睡晕了，要不是你来叫我，我可能要睡到吃午饭呢！"

欧霞说："你就是懒猪一个，还愣着干啥，快来帮我弄菜。"

我就帮着欧霞弄菜，我看欧霞熟练地弄饭弄菜，而我却帮不上什么忙。我问道："欧霞，你从小到大都没做过饭吧？但怎么这么熟练，你是天生就会弄？"

欧霞说："世上没有人天生就会弄的,我告诉你,我从小到大没弄过饭菜,都是我妈弄给我吃。是来北京在餐馆打工后才学会的,你看我学得多快呀!"

我投去十分羡慕的目光,"欧霞,你真行,啥都一学便会。"

欧霞叹息一声说："这是没办法的办法。不过,大为,你也得学着点,一个人在北京,总不能不弄饭吃吧?"

没过一会儿,饭菜都已经弄得差不多了,这时,我问道："欧霞,你买酒了没有?"

欧霞说："我说大为,全都要我买来呀?你也太抠了吧。"

我明白她是逗我玩的,我看她正忙着,便说："好,酒我买。"

我便到外面的小卖部,特地买了一瓶好酒,菜被端上桌之后,我倒上酒,与欧霞碰杯说："欧霞,今天过年,今年就这样过去了,但愿我们在明年过得更好,更开心!"

欧霞说："是的,但愿来年我们都会更好,来,干杯!"

我说："欧霞,我们慢慢喝,慢慢吃,按老家的风俗,年饭吃得越慢越好。"

欧霞听我提起老家,说："我想,我爸妈他们这时也一定在吃年饭,我爸最疼我,说不定他们还在不停地念叨着我。"

我被她的思乡之情所感染,接道："是的,我想这时我爸妈也肯定在吃年饭,他们也肯定跟你爸妈一样,也很牵挂我。"

欧霞说："从小到大,我一直在父母身边,今年还是第一次没在家过年,大为,我好想家哟!"

欧霞说着说着,眼泪就流了出来,我紧紧地握住她的手,说："欧霞,别难过。你爸妈肯定为你高兴,他们的女儿能独立生活了,能到外面去闯荡了，说明他们的女儿长大了，你说是不是？"

虽然，我这么劝欧霞，但我的眼睛也湿润了，可我还是努力控制住，没让眼泪掉下来。这种感觉也许只有在外漂泊的人才能体会到。不过还好，有欧霞来陪我喝酒，多少还是有一点过年的氛围，这让我也得到了一丝安慰，欧霞举起酒杯，"大为，今天过年，有你陪我，我也很高兴。在这陌生的城市，能和你在一起，我开心，来，喝酒！"

不知不觉中，菜没吃多少，酒却喝完了。欧霞说："大为，快去买酒，我还要喝。"

我说："欧霞，我们都喝得差不多了，不能再喝了。"欧霞也知道自己喝得差不多了，也就没再让我去买酒了。

我扶欧霞去床上休息后，就收拾好碗筷，等我收拾好后，看见欧霞已睡着了，我走过去给她盖被子时，发现她的眼角挂着泪水，我赶忙给她擦去，这时她醒了，她一把拉着我的手，连忙坐起来，说："来，大为，坐过来，让我靠靠你。"

我就坐了过去，欧霞靠在我的杯里，我也紧紧地搂着她，也许是她真的很想家了，一滴一滴的泪水沿着她的脸上滑下来，掉在我的手上，我说："欧霞，你别想得太多了，今天过年，应该高兴才对。"

我放开了她，说："欧霞，今天过年，街上很热闹，走，我们也出去走走，今天下午外面也不算太冷了。"

欧霞说："外面下着雪，怎么去走？"

我说："去看看雪景，瑞雪兆丰年嘛！你听，外面多热闹，小孩们在玩雪球，大人们笑得多开心。"

欧霞说："好，我们就出去走走吧。"

我们出去后，虽然穿得很厚，但仍感觉到冷。雪正纷纷扬扬地下着，外面早已经是白茫茫的一片。大街上行人很少，只见对面的草坪上有很多人在玩。我们走过去只见小孩们在堆雪人、打雪仗，大人们在一旁时不时地鼓掌，也时不时地为孩子照相，玩得很开心。我说："欧霞，我们也去堆雪人吧？"

欧霞说："好，堆雪人，在重庆是很少见到下雪的。"

欧霞叫我帮她去弄雪，我弄来好多雪，她慢慢地堆了一个大雪人，我看了一眼，说："你这是堆的谁呀？"

欧霞说："我心中的白马王子。"

我说："你心中的白马王子，他是谁呀？"

欧霞说："不告诉你。"

我说："他这么丑，是你心中的白马王子，你也太没欣赏水平了吧？"

欧霞说："再丑在我心中也是最帅。"

我开玩笑地问："欧霞，这个人是我吗？"

欧霞笑着说："不是，你可别自作多情了。"

玩了好长一段时间，欧霞说："时间不早了，我也该回去了。"

我就把她送上了公交车，我也回到租赁房了。

二

春节放假的这几天，由于外面下着雪，我几乎就是在屋里看看书、写点东西，偶尔与欧霞出去玩玩。放假的时间总是过得很快，很快就到年后上班的时间了。

我来到办公室，大家都来上班了，有的带来了家乡土特产让大家品尝，有的讲起回家后发生的高兴事，好像都还沉浸在欢乐的气氛中。石梅问道："大为，春节你没回家，这几天在哪儿玩呢？那天我来你租赁房找你玩，你都不在家。"

我心想：石梅还来找我玩，她在北京可是一个交际家啊，好像到处都有她的熟人，她还找不到玩处？当然，她说的也许是真的，大过年的，大家都回家了，她跟我一样独自留在北京，怎么会不孤独呢？可她跟我不一样，她有一个有钱的老爸，为什么不回去过年呢？而我却是为了节省一点路费没回去，不过还好有欧霞在北京，让我愉快地过了一个春节。我笑着说："我除了去看看欧霞，几乎都在家，我也不知道你要来找我玩，要不然，我就在家等你嘛！"

石梅一听欧霞，就有点不高兴了，但她很快调整了一下情绪，强装笑脸说："早知，我该早点与你约好，我这几天都找不到人玩，多孤独呀！"

我笑了笑，说："我也想找你玩，可不知道你住在哪儿。你又不告诉我你的地址，我怎么来找你？"

石梅说："你呀，如果你有这份心，肯定能找到；如果你压根就没有找我玩的意思，肯定就找不到。"

"你说得有道理，但我心中却不是这么想的，我是真的想去找你玩的！"我虽然这样解释，但石梅说的话也在理，这几天我确实没想到去找她玩。因为她在我心目中，还只是一个普通的朋友，不像欧霞，虽然没有表明，但大家都认为我们是恋人，所以我经常去找她玩。而且有她陪我，我当然就不会感到寂寞了，相反这个春节还过得十分快乐！

　　下午，办公室程主任通知开会，张总编在会上说："今天开个会，想必大家现在还沉浸在过年的高兴中，但从今天开始年就算过完了，大家把心收回来。回到报社了，就要好好上班，该干什么就干什么，力争在新的一年里，把自己的工作做得更好，把我们的报纸办得更好。"

　　大家热烈鼓掌。张总编继续说："记得我在报社放假的会上说过，让大家回去尽力为报社联系点广告或赞助费，不知有谁联系到了？"

　　张总编看了看大家，几乎没有一个人回答。张总编说："看来，大家回去只知道走亲访友了，而忘了工作。这正常，过春节嘛，就应该开开心心玩，既然回家没有联系，现在上班了就得努力，多动动嘴，多跑跑腿，争取能有更大的收获。"

　　散会后，张总编为大家安排了一个晚餐，说是为大家接风洗尘，其目的是为了让大家聚聚。晚上六点，大家准时来到报社外的那家餐厅，这是一个很大的餐厅，装修也算豪华，我们被安排在一个包间，共坐了三桌，总编、副总编和主任们坐在一起，其他人坐另外两桌。

　　大家倒上酒后，张总编端起酒站起来说："今晚，我们在这里聚餐。我先简单说一下我们报社的发展，我明确地告诉大家，我们报纸可能会从一个内刊变成一个全国公开发行的报纸，到那时我们会把这份报纸做成一个产业，集新闻与文学为一体的国家级大报。我想到那一天，我们在座的各位，也会因报纸的影响而备受读者的关注，也可以通过这张报纸的平台,实现自己更美好的梦想。来,我祝愿大家在新的一年里,工作顺利,万事如意,干杯!"

大家纷纷端起酒杯,将酒喝下。吃完饭,我回到租赁房,张总编的一席激动人心的话还在耳边回响,让我看到了希望。此时,我的心情十分激动,这一夜,我兴奋得一直都没睡好。

接下来的几天,大家纷纷出去采访或联系广告,而我却一点眉目也没有。石梅说:"大为,你怎么愁眉苦脸的,是在为拉广告而发愁吗?"

我说:"是呀,你看他们都有这样那样的关系,或采访或拉广告去了,我不但没拉到广告,连新闻采访也没得写的。"

石梅说:"你急啥呀,不是才上班没几天吗?慢慢来,你看,我一点儿也不着急,车到山前必有路。"

我知道石梅这样说,是在宽慰我,但我又从另一种角度去想,我哪能和她比,凭她老爸的关系,随便找个企业赞助一万两万,肯定没问题。现在企业老板,眼睛是盯着利益的,他给你赞助还要看有没有回报。如果我们《农民文学报》是一张公开发行的报纸,出去肯定拉得到赞助和广告,偏偏我们这是一张内部报纸,有的企业老板根本就瞧不上眼,所以,我感觉到压力很大。我说:"哎,石梅,你说慢慢地找,去哪儿找啊?一是我和一些企业老板没有什么关系,二是我又不认识人,你说,这要从人家手里拉回来钱,容易吗?"

这时,王基走过来说:"大为,你明天有事没有?如果没事和我去天津玩,我要去拍一些天津古文化街的照片。"

我想了想,说:"好,我正愁没事干。"

第二天,我和王基乘公共汽车来到天津,下车后我们打车去到古文化街。在报社待久了,偶尔出来玩玩也确实开心,不但可以游山玩水,还可以放松心情。难怪那么多人喜欢旅游,当然出门采访不同于旅游,有自己的任务。我问道:"王基,你怎么不去当地宣传部门报到,好有个人陪同嘛!"

王基笑着说:"我才不喜欢去宣传部门报到,有人陪同有啥好呢?礼节性的东西太多,我这性格就是喜欢自由采访,想玩就玩,多自在。"

我说:"也是,那我们俩就好好地玩几天吧。"

王基说:"不行,这照片要得急,今晚就得回去弄出来。"

我一听有点失望了,早知刚出来就这么急着回去,那我还不如不来。我说:"王基,你有这古文化街的简介吗?"

王基笑了说:"我早已弄到这里的简介,对这里的一切都有了个大概的了解。这天津古文化街位于南开区东北隅东门外,海河西岸,系商业步行街,现在属津门十景之一。天津古文化街一直坚持'中国味,天津味,文化味,古味'的经营特色,以经营文化用品为主。古文化街内有近百家店堂。1986 年建成开业。自古以来,这一带就是天津最大的集市贸易和年货市场,每年春季,天津规模盛大的皇会 —— 娘娘诞辰吉日就是在这里举行,届时表演高跷、龙灯、旱船、狮子舞等。新建的古文化街内除两端牌楼及宫前戏楼为仿清大式建筑外,其余近百栋房屋皆为仿清民间小式古建筑。"

"古文化街的皇会,也是一个遐迩闻名的传统活动。皇会最初叫'娘娘会'。相传农历三月二十三日,是'天后宫'海神娘娘的生日。清代康熙年间开始,在海神娘娘诞辰之前出会四天。每逢此时,民间的法鼓会、大乐会、鹤龄会、重阁会、中幡会、高跷会等,沿街表演各种技艺,呈现一番盛况。古文化街修复以后,每年农历三月二十三日,又恢复了皇会。在这一天,以龙灯、高跷、旱船、秧歌、法鼓、中幡、狮子舞和武术等表演为主,街头熙熙攘攘,热闹非凡,这也成为丰富市民文化生活的一次盛会。'市井相连'的古文化街,尽管来自祖国四面八方和天津的各种工艺品,应有尽有。但这其中具有浓厚天津地方特色的杨柳青年画、'泥人张'彩塑和'风筝魏'风筝等最为著名。"

我听后,很佩服王基,平时看他很少说话,没想到他有这方面的才能。我问:"王基,你拍这些照片是我们报社用吗?"

王基说:"不是。当然,如果我们报纸要用也可以用,是一个杂志社向我约的,我也想挣点外快嘛!"

随后,我们就沿着古文化街慢慢地游玩,王基不停地照相。下午四点,我们赶去天津汽车站,买好回北京的票。上车后,王基坐在前排,我坐在后排,挨着一个四十多岁的男子旁边坐着。那男子问我:"小伙子,你是去天津办事的呀?"

我有些累了,想睡觉,顺便答应了一声:"是的,你呢?"

他说:"我也是去天津办了事。哎,你这是去北京干吗?"

"我回北京报社。"

他听我这么说,睁大了眼睛,问道:"你是报社记者?"

"是的,我是北京《农民文学报》记者。"

他似乎还是不相信,问道:"你是记者?"

我把记者证递给他看了后,他才真正相信了,笑着说:"好样的,小伙子,你是大学毕业?"

我点了点头,不是我有意撒谎,是省得再给他解释。他递了一张名片给我说:"我是湖北龙口化工厂驻北京办事处的,有时间欢迎你来采访。"

我接过他的名片,眼睛一亮,高兴地说:"好,刘主任,到时我一定来拜访你。"

三

报社其他的人纷纷出去拉到广告后,便开始在众人面前显示他们的能力。有人说什么他是如何如何的行,去到那家企业里,没一会儿工夫就说动了老板,他当即决定给我们报社两万元赞助,叫我们帮他宣传两个整版;他是利用一个朋友关系,认识了一位家电公司老板,人家二话没说就同意给一万广告费……听他们个个说得这么起劲,我为自己过了年上班这么久了还没拉到一分钱广告费而着急。

石梅听后,走过来说:"大为,你看看人家,他们通过这样那样的关系,一出去就拉到赞助了,我想他们也不是天生就能拉广告,而是锻炼出这种本事的。"

我说:"是的,但他们本来就有这层关系嘛。"

石梅说:"关系是人去找的,比如我和你以前不认识,现在我们不就成了同事了吗?所以,你要处处留意,说不定某种关系就在你身边,相信我,也要相信你自己,一定能行。"

听了石梅的这番话,我的心情似乎也好了很多,我从内心感谢她,是她一直在身边鼓励我,我想她作为一个女人都这么有境界,而我作为一个男人,是不是该认真思考一下,自己到底有没有能拉到广告的可能。

这时,我突然想到那个湖北龙口化工厂驻京办事处的刘主任,我便翻出他给的名片,给他打电话,接电话的人是个女的,她问道:"喂,您好,哪位?"

我说:"您是龙口化工厂驻京办事处吗?"

她说:"是呀,请问您找谁?"

我说:"我是北京《农民文学报》社的记者,我找一下你们刘主任,他在吗?"

刘主任接过电话:"喂,请问您是哪位?"

我说:"我是北京《农民文学报》社的记者于大为,就是那天从天津我们一起坐车回北京的那个,您还记得我吗?"

刘主任笑了说:"哦,是你呀?于记者,请问你有什么事?"

我说:"刘主任,你那天说如果有时间可以去你那儿玩吗,我今天没事,想去你那儿看看,也顺便采访一下,你今天有空吗?"

刘主任说:"我有空,欢迎你来采访,你们报社有车吗?"

他这么问,以为我们是很大的一家报社,其实我们现在只是在一个起步阶段,报纸也是内刊,哪来车哟。但为了我在他心目中不掉价,我说:"报社的车今天出去了,你的办事处就在北京大兴县吧,我乘车来就是。"

刘主任说:"那我安排车来接你吧?"

有这么好的待遇,怪不得人人都想当记者。可以想象,北京那些大报的记者们,出门采访,不光是买机票火车票优先,每到一处都会受到热情款待。当然,我这个记者哪能和他们相比呢?再说这次真正的目的不是去玩,也不是去采访,而主要是去拉点广告或赞助费回来,说白了,就是去向他要钱。我说:"不必了,大兴县不远,我乘车来就是,哪里能麻烦您呢,我马上出发,估计一小时就到。"

刘主任说:"好的,那我就在办公室等你。"

在我乘公交车去到大兴县,再问到龙口化工厂驻京办事处时,已是上午十点多钟了,刘主任十分热情地接待了我,并吩咐女秘书给我泡茶说:

"快去，给于记者泡杯茶，人家可是大记者，今天能来我们这儿采访，真是难得呀！"

随后，刘主任说："于记者，我们真是有缘呀，要不是那次乘车坐在一起，我哪里能认识你这位大记者呢？"

我笑着说："是的，刘主任，今天我是特地来拜访你的，不会给你添麻烦吧？"

刘主任笑了一下，说："哪有什么麻烦，就是专门请也请不来，因为我这个办事处不光是销售，还要联系新闻媒体进行宣传报道，以扩大产品的影响，使销量提升，既然你今天来，就拜托你好好给我们厂宣传一下嘛！"

随后，刘主任给我介绍他们厂的生产情况，他们厂主要是生产"美妍"牌护肤系列产品，这种产品销往全国各地，下一步计划是打入国际市场。

刘主任一边说我一边记，不清楚的地方我便问，刘主任都一一做了回答。采访后，刘主任叫上他年轻漂亮的女秘书一起，陪我去外面一家高档的餐厅吃饭。酒桌上，刘主任很少喝酒，他说："于记者，我不能喝酒，下午我还要去谈一笔业务，就让李秘书陪你喝几杯吧，你一定要吃好。"

李秘书先前装着不喝酒，可慢慢地她便放开了喝，最后就一杯接一杯地与我干杯，当我喝得差不多的时候，李秘书也没有再劝，她也是尽了个地主之谊。最后，我和刘主任说："刘主任，你先前说你们有宣传任务，厂里给了你们宣传经费吧，你看能不能适当赞助我们一点？"

刘主任说："行，我知道现在报社凡是涉及宣传，都得花钱。你看，给多少赞助费呢？"

我说："我回去给你发个新闻稿之后再发个通讯，你给我们报社五万元赞助费，如何？"

似乎一说起钱，就有点不亲热的那种感觉，刘主任思考了一下说："哎呀，于记者，厂里一年才给我们十万元宣传经费，我们不光是在你那报上宣传，还有其他的新闻媒体。这样，最多我给你一万赞助费，你就帮帮忙，只要这次宣传好了，我们还可以长期合作，你看如何？"

我看刘主任实在不想多给了，就说："好，就一万，希望我们能长期合作。"

临走时，刘主任叫李秘书去拿两盒"美妍"牌护肤品来送给我说，这是我们厂生产的产品，你拿回去试试，也好了解我们的产品质量嘛。我接过护肤品，告别了刘主任，又乘车回去了。我没有直接回租赁房而是回到报社办公室，石梅见我提着两盒护肤品，拿过去看了看说："大为，你买护肤品干什么？你们男人又不用，是不是买来送给我的？"

我说："不是，是我去采访龙口化工厂驻京办事处时，他们送我的。"

石梅说："好呀，你又不用这个，就送给我了。你也看到的，以前刘涛送我纪念品，我还不要。当然，你不同，我就喜欢你送我纪念品。"

说真的，本来我想把这护肤品送给欧霞的，但听石梅这样说，我也不好再说什么了，便说："好，就送你。"

石梅拿着护肤品闻了闻，又看了看，高兴地说："大为，谢谢你送我纪念品，我好高兴的。其实，我现在用的护肤品远比这个高档，但我认为这套护肤品对我来说，更有意义。"

听石梅这样说，我似乎也明白了她的心思，仔细想来，她是不是喜欢我？但马上转念一想，这是不可能的事。

下午下班后，我总觉得将这两盒护肤品送给石梅了，有点对不起欧霞，我便去附近的商场，寻找美妍牌护肤品，可连找了好几个商场都没找到。我想：难道他们厂的产品还没能进入北京市场，怪不得他们需要宣传。走着走着，我突然在一家路边小商店，发现了这美妍牌护肤品。我问道："老板，这美妍牌护肤品多少钱一盒？"

老板说："八十元一盒。"

我说："这么贵呀？能不能便宜点？"

老板说："这是最便宜的价格了，你要几盒？"

我说："两盒。"

我买了两盒，付了一百六十元，却花了我半个月的工资，有些心疼。我看着手中的两盒美妍牌护肤品，心里为能买到相同的护肤品而高兴。我便乘车去欧霞的餐馆，将两盒护肤品送给她说："欧霞，我去一个化工厂采访，厂里送了我两盒护肤品，我就专门给你送来。"

欧霞接过护肤品，高兴地说："大为，你真行，出去采访还有人送纪念品，谢谢你！"

我看欧霞餐馆里吃饭的人多，她也在忙，便说："欧霞，你这时太忙了，你还是先忙吧，我回去了，改天我再来看你。"

欧霞问我："你吃饭没有？"

我说："吃了。"

欧霞说："好，大为，等我有空了，我再陪你好好玩儿。"

第二天上班，彩霞来到我报社，她告诉我，她通过朋友介绍，已联系好准备去北京一家民营企业——北京健身器有限公司去实习。我听后，高兴地说："很好的，彩霞，你去那公司实习，专业也对口，好好实习，争取将来有更大的发展。"

彩霞笑着说："本来我是想来你们报社实习的，来不了。"

石梅说："也是在北京，要是在我们舞钢，随便你想在哪儿实习，只要我和我爸说声，肯定没问题的。"

彩霞说:"我主要是想在北京实习,再过两个月毕业后,我好留在北京。要是我想去其他地方实习,肯定不用这么麻烦了。有些省市的企业还非常欢迎北京的大学生去那儿实习呢。"

我说:"就是,最好在北京实习,毕业后好留在北京工作。"

彩霞叹息了一声说:"没有关系,想留在北京工作是非常困难的。"

第九章

一

我终于拉到赞助了,这是我万万没想到的,但事实就在眼前,我不得不相信这是真的。本来我也可以像其他人一样,在办公室好好地吹嘘一下,说自己在没有任何关系的情况下,跑出去三说两说地就把刘主任说动心了,人家大大方方地给了一万。虽说在报社一万不算最高的赞助,但也不少了,一下子,信心倍增。

我回到办公室,下决心要写好这个稿子,才对得起刘主任这笔赞助费。要说写新闻稿,我确实没有经验,但凭我写诗这么多年的功底,知道写作是相通的,通过这段时间偶尔写点小稿子和读别人写的新闻稿,觉得写这么一篇稿子应该不难。我便花了一天的时间将这篇新闻稿写出来,还认真地改了多次,才拿去送审。

随后,刘副总编叫我去他办公室,他十分认真地说:"你这篇稿子,我看了,哪是新闻,全是宣传他们厂产品的广告。我说于大为,我们是报纸,不是广告宣传窗,要以新闻的形式宣传才行。"

说实话,我知道这篇稿子宣传语言太多了,根本没有新闻的内容,说白了就是纯粹的广告宣传,我也不是不知道新闻稿怎样写,也不是不知道要写成什么样才叫新闻,但刘主任要求这样写,人家是给了钱的,不好好宣传他们的产品，难道还写些与产品无关的话？我说："我去采访时，他们要求好好宣传他们的产品。"

刘副总编看我没生气，他也不好再生气地批评我了，而是缓和了一下语气后，说："他们要求这样写，你就听他们的，你是记者还是他是记者？"

我说："刘总，人家可是给了我们赞助费的。"

刘副总编愣了一下，问道："他们给了赞助费，给了多少？"

我说："说好了，给我们报社一万元的赞助费。"

刘副总编说："虽然他们给了赞助费，但宣传也要讲究策略。在写新闻稿的基础上，再谈谈产品，不就行了。你这样直接地宣传产品，是不是有点过了？"

我说："刘总，我想这次我答应他们先就这样写，这篇稿子就这样发，你看行不行？"

刘副总编又认真地看了一遍，也在稿子上做了些修改，说："那好吧，稿子这期发。记住，下次写稿子时，一定要注意，必须是新闻稿才能发。"

我听后，心里还真有些不服，是他刘副总编在大会小会上叫我们出去拉广告，他们也不可能不知道出去拉广告有多难吧？人家那些企业看到的几乎是那些全国公开发行的大报，只要别人能瞧得起我们这张内部报纸，还给了这么多广告费，我已经是很感激了，只能在写稿子时多宣传他们的产品，这样我觉得才对得起人家。我说："好，我记住了，谢谢刘总！"

随后，刘副总编在审稿单上签了字，说："这笔赞助费，你要催紧点，争取尽快到账。"

我说："好，我这就叫他们早点将钱打过来。"

我走出刘副总编办公室，石梅说："大为，你这稿子刘副总编签发了，他让你修改没有？"

我说："没有，他以前叫你修改过？"

其实，我这篇稿子在刘总那儿也几乎是没通过的，但我不想告诉她这些，因为我认为我的写作功底并不比她差。要说写新闻稿，虽然她在老家就是当记者的，但我发现她写的新闻稿子，还是不怎么好，也许新闻稿本身就是没有多大的写头，不像诗，可以发挥想象，充满灵气。而新闻稿大都是一种照搬式的写作，也只是为了完成任务而已。

石梅说："我好几次找他签发时，他审得特别严，不是这儿要修改就是那儿要删，真是烦死了。"

我说："我这次找他签字很顺利呀，他没有叫我修改。"

石梅说："可能是你的稿子真的写得好，没有修改的地方。"

我笑着说："哪里，我写新闻稿没有经验，这个稿子是化工厂给了一万元赞助费的。"

石梅说："也难怪，人家给了钱的稿子就可以按人家的要求写，刘总肯定会网开一面的，因为给报社带来了经济效益嘛！"

我说："也许是吧。哎，石梅，你什么时候出去拉赞助呢？"

石梅笑了笑，说："过段时间再说，我可没有你这么着急。我说呀，大为，急是办不好事的，这就是我的性格。"

我拨通了刘主任电话，我告诉他说："刘主任，你们厂的那新闻稿我已写好，刘副总编已签发了，这期就发出来。"

刘主任高兴地说："好呀，太谢谢你了。于记者，哎，你试用了我们厂的'美妍'牌护肤品了吗？效果不错吧？"

我说："试用了，效果很好的。"

刘主任说:"好,在报纸出来后,一定给我留几份,我好拿去宣传。"

我说:"好的,我给你留十份吧。刘主任,既然稿子都签发了,你看那一万元赞助费,你能不能现在就打来?"

刘主任说:"随时都可以打。我看这样吧,等报纸出来后,你给我送样报时也把你们报社的账号带来,我就马上打钱,你看如何?"

我说:"好的。"

可正当这期报纸进入编排时,报社接到通知,内部报刊一律停刊。这个消息一传出,整个报社都人心惶惶,都在不断地打听,我们这张报纸是不是真要停刊了?我不知所措,好不容易来北京,在报社工作才大半年,业务刚刚熟悉,报纸就要停刊了。若报纸停刊后,我又能去哪儿,要么回家,要么就在北京另外找事干。

最终,我担心的事发生了,报纸停办了。那天,张总编主持召开会议,他说:"今天召集大家开最后一个会,因为现在大家都知道,全国内部报刊整顿,凡内部报刊一律停办,本来我们《农民文学报》正在办理公开发行的刊号,哪知正遇上全国内部报刊整顿,在这关键时期,所有公开刊号一律不得申请。没办法,我们这张报纸是内部报纸,所以也只能停办,但愿你们通过《农民文学报》这个起点,以后能有一个更好的发展前途。"

接着刘副总编说:"在这两年间,我们因为这张《农民文学报》从全国四面八方走到一起,也共事了这么久,现在报纸停办了,希望大家记住这份友情,记住这份经历。我想,对于我们每一个人来说,这只是一个起点,不是终点,祝愿你们今后能找到更好的工作,实现更美好的人生价值。"

张总编说:"会后,大家把这个月的工资领了,有些账该报的就报了,从明天起,大家就不用来这里上班了。今晚,我们安排了晚餐,让大家开心地喝几杯!"

晚上，大家去了报社外面的楼下那家大酒楼，所有人都去了，在倒上酒后，张总编端起酒杯，说："今晚，我们报社在这里举行最后一次聚餐。这两年多，大家因为这张报纸走到一起，算是缘分，以后我们大家还是朋友。来，为这份缘干杯！"

大家纷纷喝酒，但看得出，大家心里都很难过，想到报纸停办了，报社从此就不存在了，明天大家就要各奔东西，便纷纷举杯说："来，干杯！"

石梅坐在另外一桌，她端起酒走过来，与我碰杯，说："大为，说什么我们也在一个办公室上班这么久，明天报社就不存在了，以后你有啥打算？"

我说："这事太突然了，我还没想过去哪儿，也不知道以后干什么，你呢？"

石梅说："我也不知道，但有一点，我绝不回去。如果就这样回去了，朋友们肯定会笑话我的，你说是不是？"

我没有作答，沉默了许久。

放眼看过去，有的同事一句话也不说，而且还自己倒上酒独自喝着，也许是因为大家都喝了酒，话也就多了起来。王基说："大为，你说这么一个好好的报社，怎么说没有就没有了呢？"

我端起酒杯，说："别想这么多了。王基，喝酒，还是刘涛走得好，他好像早就知道报社会有这么一天的。"

王基说："其实，我也知道我们报社总会有停办的这天，因为是个内部报纸，随时都有可能停办，但哪里想到会这么快？"

这时，石梅走过来说："王基，大为，我们喝酒。"

我看她也有些醉了，便说："石梅，你不能喝了，你已经醉了。"

石梅说："我还要喝，我没醉。"

不管我们怎么劝，也劝不住她，她又倒上酒，喝了起来。最后，石梅喝醉了，王基说："石梅，我送你回家吧？"

石梅说："我不要你送，我要大为送。"

不知石梅是装醉或是真醉了，大家都拿她没办法，我只好叫辆出租车把她扶上车，她就倒在我的肩上睡了，车到了，我叫醒她并扶她去她的租赁房。她开门后，我就把她扶去床上，我看她是真醉了，就给她脱掉鞋子，给她盖好被子，正当我想转身走时，她伸出手拉住了我说："大为，你别走，留下来陪我。"

我看她喝了酒那红红的脸，我不知所措，我想让她松手，她却将我的手越拉越紧，因为我也喝了酒，被她这么一弄也弄得我全身发热，激情涌动，我也就没管那么多，扑了上去亲了起来。亲着亲着，我想起了欧霞，便赶紧松开了石梅。她醉得太厉害了，我一松她就倒下睡着了。我也喝得有点多，便也一头栽倒在床边呼呼大睡起来。

二

等我醒来后，已是天亮了，石梅早已起床，正忙着做早餐。她看着我说："你醒了，反正不上班了，再多睡会儿吧。"

我看了看屋里，才发现自己睡在了石梅的床上。

我去到卫生间洗漱后出来，石梅将煮好的面条端来说："大为，快吃吧。昨晚我们喝多了，谢谢你送我回来。"

原来是这样，石梅喝多了要我送回来，我也喝了酒，接下来的事当然顺理成章地发生了。我说："是呀，我们昨晚都喝多了，石梅，对不起，我……"

石梅似乎是知道我要说什么，赶忙打断了我的话，看得出她不想我说这个，好像啥也没发生一样，这下我松了口气，她这么做，让我不知是更加喜欢还是更加担心，她心里到底是怎么想的？我真弄不明白。她说："你看我不是好好的，你不也是好好的吗？我们能发生什么呢，啥也没有发生，对吧？"

我明白石梅的意思，于是我也笑了笑，说："是的，啥也没发生。"

石梅说："哎，现在不上班了，我也好好玩几天去。哎，大为，你有什么打算，是继续留在北京还是回家？"

我不知怎么回答她，我才来北京大半年，没想到报纸就停办了，我怎么回去？要是回去后有人问我怎么这么快就回家了。我怎么说呢？还是留在北京好，因为北京总比家乡好找事干。我说："我还是选择留在北京。"

石梅说："好，我们都努力去找工作吧，我相信你一定能找到事干的。"

我吃了早餐后，就回到了我的租赁房，之前天天上班，多想有时间能闲下来休息几天，现在突然一下子没班上了，反而觉得轻松不起来了。我随手拿起一本书，可翻了几页就看不下去了，只好又倒在床上睡觉，可怎么也睡不着，我寻思着去哪儿找份工作呢？我突然想到刘涛，好像那次听他说他们杂志社要招记者，便想去问问。

下午，我通过打听，终于找到了《当代农民》杂志社，来到了刘涛的办公室,他现在可是记者部主任了,他见我来了,客气地给我倒了一杯水,问道:"大为,你怎么来了,有事?"

我想刘涛十有八九已猜到我今天来找他的目的,我说:"刘涛,你真行,现在又是这个杂志社新闻部主任了,看来你真是个当主任的人才呀!"

刘涛笑着说:"是的,上个月才提拔我为新闻部主任的。我呀,没任何关系,全凭自己的本事,不容易呀!"

我说:"是的,刘主任,你能在北京这个地方混到这个职位,确实不错了,祝贺!"

刘涛说:"大为,你说吧,你今天来找我有什么事?"

我说:"刘主任,我们《农民文学报》停办了,我没事干了,不知你这儿还要人不?"

刘涛笑着说:"我早就知道会有这么一天的,所以我早就离开了。不过,我们杂志社前不久才招了两名大学生,现在不招人了,实在不好意思啊。如果以后要招人,我一定告诉你。"

我听后立马起身说:"好的,那就谢谢了,你忙吧,我先走了。"

本来我还想在他那儿坐会儿,但看他也比较忙,一会儿这个送稿子来审,一会儿那个来问事,一会儿电话又响,看来他真是个大忙人,我也不便在这儿久坐,便起身离开。刘涛把我送出门,亲切地说:"大为,你先别急,工作慢慢地去找,我相信你肯定能找到适合你的工作。"

我走出了杂志社,又到附近的公司、商店去问了问,都说不招人。原来我所想象的北京这么大,随便在哪儿肯定都能找个事干。现在想来,那是我太天真了。在北京这座城市,不是你想找个事干就能找到的,我只有回家了。也许是累了,也许是因为没找到工作有些失落,躺在床上,翻来翻去始终睡不着。

我眼前又想起彩霞了，来北京后彩霞还专门跑来见过我，虽然她当时好羡慕我能在报社当记者，但实际上我才真正羡慕她，一个工业大学毕业的大学生，还是正儿八经考上的，那才是真正有出息。我努力让自己不去想她，可就是做不到不想她，要说彩霞并不比石梅和欧霞长得漂亮，但她在我心目中永远是那么高贵、那么美丽。

我真想马上乘车去北京工业大学，很想见见她，在这个时候，我多么需要安慰，哪怕只是她的一句话，或者是一个微笑，对我来说也是一种力量。可我想来想去，觉得这时去不合适，有损我在她心目中的形象，让她保持着那份对我的羡慕，也何尝不是一件好事。而且欧霞为我来到北京吃尽苦头，我也不能对不起她啊。

随后，我便乘车来到欧霞打工的餐馆，正是晚上六点吃饭的时间，餐馆里坐满了吃饭的人，欧霞忙来忙去，她见我来了，高兴地说："你来了，吃饭没有？"

我见到了欧霞，心中想到和石梅暧昧不清，瞬间觉得很对不起她，也不敢正眼看她，我说："没有，今晚就在你这儿吃。"

欧霞叫我坐下后，给我倒上一杯水说："你坐会儿，我去给你点几个菜。"

我说："现在别忙，还是等你忙完后，我和你一起吃吧。"

欧霞说："我可能要晚上十二点才下班。大为，你还是先吃吧。"

其实，我想等她忙完后一起吃，就是让她陪我喝酒，我心里有好多话要和她说，似乎只有说出来，心里才会高兴，可哪想她要忙到十二点。我点头说："好，那只好我先吃了，如果等到晚上十二点，我不知饿成啥样。"

过了好一会儿，欧霞将菜端来，菜很简单，一个肉丝一个小菜汤。欧霞说："你一个人吃，我怕你吃不完浪费，就给你点了一菜一汤，够不？"

我说："菜够了。哎，给我来瓶啤酒吧。"

欧霞好像看出我有什么心事，说："哎，大为，今晚你一个人也要喝酒呀，是不是有什么心事？"

我说："没什么心事，只是我们《农民文学报》停办了，我没班上了。"

欧霞听后吃惊了，她瞪大眼睛看着我说："真的吗？好好的，怎么就停办了呢？"

我说："真的停办了，所以我想喝酒。"

欧霞给我拿来两瓶啤酒，无奈地说："大为，我这时忙，不能陪你喝，你也要少喝点。"

我点了点头，便倒上酒边吃菜边喝酒，等我吃好后，欧霞仍在忙，我说："欧霞，看来你今晚很忙，没时间陪我，那我就先回去了，我改天再来看你。"

欧霞担心地问道："大为，你喝了酒，没事吧？"

我说："没事，你放心吧。"

欧霞似乎还不太放心，她又说："大为，你别急，工作慢慢地找，我相信你能找到事干的。"

欧霞把我送出餐馆门口，她就回去忙了，我没有急着回家，而是在外面的街上走走，这是北京初春的夜晚，仿佛热闹了一天的城市将要安静下来，各种鲜艳的霓虹灯在商店的招牌顶上闪闪烁烁，与天上的星星相映汇成了一幅喜气洋洋的图画。

我仍沿着街边走着，夜市上的人非常多，有卖烧烤的、有卖瓜果的、还有卖衣服的……在卖烧烤的小吃摊儿，有一个六岁的小妹妹特别引人注目，她有一双大大的眼睛，穿的衣服也干干净净的，她提着十几个小袋子在卖炒瓜子，一袋两元钱。我应该支持一下她，我就顺便买了一袋瓜子。夜市的老板们都喊破了喉咙，只是为了吸引顾客前来购买他们的物品，还有买几样送几样的。那里售卖的物品种类繁多，让人看着眼花缭乱。

三

　　我在租赁房里待了几天后，想到这样也不是办法，还是得去找份工作，我便想到了湖北龙口化工厂驻北京办事处。可话又说回来，以前是以记者的身份去采访他，而且人家也十分热情地接待，那是他高看我一眼，现在报纸不办了，再去找他帮我找个事干，肯定不合适，人家会怎样看我？

　　想来想去，除了去找刘主任，实在没有别的办法，能不能行应去试试看，哪个人没有需要帮助的时候呢？何况这是报纸停办，又不是我犯了什么错误被开除的。吃了早饭，我便乘车去到大兴县湖北龙口化工厂驻京办事处，正好刘主任在，他见我来了，说："于记者，你来了，你是给我送报纸来了吧？"

　　我坐下，喝了口他给我泡的茶，避开他的话题，说："刘主任，我今天没给你打电话就跑来了，正巧你在。"

刘主任说："本来我今上午有个事要办，但你来了，我先推一推，今上午就不去了，陪陪你。"

见刘主任依然对我这么热情，他还不知道我的来意，我怎么告诉他我今天来的目的呢？我有些不好意思地说："对不起，刘主任，今天我来耽误你的事了。"

刘主任说："哪里，于大记者来，我当然要好好接待你。"

我坐了好一阵儿，都没说出口。然而不管多么难以说出，但还得说出来。我给自己鼓了鼓气，大着胆子说："刘主任，实在对不起，新闻稿我已写好，刘副总编也签发了，可报纸却停办了，所以，这稿子就发不出来了。"

刘主任听后，感到吃惊，但马上就回过神来了，又笑了笑说："怎么，你们报纸停办了，是什么原因呀？"

我说："是全国报刊整顿，可能是北京的报纸太多了，我们那张《农民文学报》是行业报纸，所以停办了。"

刘主任听得似懂非懂，似乎也很善解人意，从他的表情上我还是看出他相当吃惊，更有些不相信。但事实也摆在眼前了，他也不得不相信，他说："没事，既然报纸停办了，新闻稿发不出来也没办法了，谢谢你，于记者。"

我说："刘主任，报纸停办了，我也失业了，不知你们办事处要人吗？"

也许我说这话太突然了，刘主任一点思想准备也没有。他略略思考了一下，显得很为难地说："对不起，于记者，对于你来说是大材小用了，我这个小小的办事处，哪能用得起你于大记者。再说，这个办事处的工作人员是厂里统一安排的，我也无能为力。"

我听后，明显感觉到刘主任这时看我的目光，没有先前热情了，而且变得冷冷的，我看他的表情前后判若两人。我起身说："刘主任，既然你还有事，那我就不打扰了，我得回去了。"

刘主任起身说："好，于记者，我就不留你了，今天上午我确实还有点事要办，改天再请你喝酒。"

我走出办事处，那紧张的情绪没有了，似乎说出来了，心里就像一块石头落地了，觉得全身上下都轻松多了。我没有急着回去，而是去外面的大街上逛了逛，想看看这里有没有工厂在招人。可转来转去，没见到一个工厂企业，全是一些这样的公司那样的办事处的牌子，看来在这大兴县找个事干也不容易。我便乘车回到了我的租赁房。下午，我在床上躺了好久，怎么也睡不着，想着自己该去哪儿找工作呢？

晚上，我又去了何谓的住处，他刚下班回来，我叫道："老乡，你才下班呀？"

何谓见我来了，他高兴地叫我快进屋坐，他边和我说话边弄饭，我说："弄你自己的饭就行了，我是吃了饭来的。"

何谓也不客气地说："好，那我随便弄点吃。"

我说："老乡，你还在《中国城市报》上班吗？是不是还在编副刊？"

何谓说："是的，我现在在《中国城市报》编副刊。大为，你如有稿子，我帮你发就是了。"

没想到，他这么快就答应给我发稿子，想以前在老家时，稿子写好后到处投，几乎都是石沉大海，没有消息。我说："哎，老乡，你这么快就答应发我稿子，我的稿子还没写出来呢！"

何谓笑着说："当然，我们是老乡嘛，发篇稿子是小事。"

我说："还是熟人好，想想以前我写那么多稿子，到处投都发不了，要是早点认识你就好了。"

何谓说:"你早点认识我?那时我不是和你一样,都只是个业余作者,我才去《中国城市报》工作没几个月呢。"

我笑了,其实我是在和他开玩笑,我今天来找他,不是想发篇稿子,而是想问他报社还招人不。我便问道:"哎,老乡,你们报社还招人吗?"

何谓说:"现在没招人了,前几天我们报社新来了两名大学生,说是实习,可能表现好的话,还能留在报社工作的。"

我说:"老乡,你可能听说了,我们《农民文学报》停办了,所有人全部解散了。"

何谓听后好像一点也不惊奇,似乎早在他的预料之中,"听说了。真可惜呀,办得好好的报社,怎么说停就停了呢?"

我说:"是的,现在报社没有了,我也不知去哪儿找个事干。"

何谓说:"是呀,现在北漂的人很多,想找个事干,真的很难。"

我说:"如果找不到工作,就得回家了,因为没了经济来源,待在北京哪来钱租房子和吃饭?"

何谓想了想,说:"大为,在你没找到工作之前,你可以试着写副刊稿和报纸专栏文章,如果写得好,还可以解决吃住问题。"

我听后,觉得这也是一种维持生计的好办法,本来写作是我的最爱,平时业余时间都在写,现在没工作时用写作来挣钱维持生活,何乐而不为。我说:"真的呀?老乡,你们报纸有专栏吗?"

何谓说:"我们报纸现在没开专栏。不过,我可以给你介绍一些有专栏的报纸。你可先写点散文随笔的文章给我,我可以帮你发表,但要针对当前的热点,文笔要优美,主题要鲜明。"

"你这儿有副刊的报纸吗?让我看看,我也好学着写点这方面的文章。"

何谓随手就从他桌上拿了几份有副刊的报纸,说:"如果要写副刊稿,你就先读读报纸副刊上的文章，研究这些报纸大概会发哪方面的文章，才好对着写。"

我接过报纸，翻了翻，发现上面发的文章，也不是特别好，就是一些小情趣，只是语言优美，读起来轻松且能让人回味。我说："老乡，这几份报纸就让我拿回去看，好好研究一下报纸上发的文章，也好学着写嘛。"

何谓说："好的，但你得写出自己的风格才行。"

我说："你们报纸副刊可以发诗吗？"

何谓说："以前可以发，现在不发诗了，因为大家都反映诗没人读，所以全部发散文随笔。"

我说："好，我也回去写散文随笔。哎，老乡，你给报纸副刊写专栏，一月能收入多少？"

何谓说："多少不一定，但平均每月也有好几百元吧，房租和吃饭够了。"

我说："这么多呀？"

何谓说："大为，你可以往这方面试试，如果你真能写专栏稿子，那就不去找工作都行，起码能维持生计。"

我听何谓这么说，仿佛又看到希望，他能写专栏稿子，我为什么不能写？等我回到租赁房后，已是晚上九点，我认真地读着报纸副刊上的文章，先前觉得写得不怎样的文章，越读就觉得越有味，慢慢地品，才深觉这些文章写得真好。这时，欧霞来了，她提着菜，我问道："欧霞，你怎么来了，今晚没上班？"

欧霞笑着说："今晚来吃饭的客人不多，八点多吃饭的人就走了，我看餐馆没什么事了，就先走了，想着来看看你，顺便给你买点菜来。大为，你找到工作了吗？"

不提工作还好，一提起让我头疼，这么大的北京城，想找点事干，怎么就这么难？我有些垂头丧气地说："没有，我已去了很多地方找，都没找到。"

欧霞问道："那你打算怎么办？"

我说："还能怎么办，只有继续找了。"

欧霞说："大为，你先去找那些杂志社和报社，在那儿干才真正适合你。"

我说："现在报社和杂志社都要大学生了，像我这种没上过大学的北漂人，想找那种工作比登天还难。"

欧霞听我这么说，她微笑着走近我，紧紧地抱住我，好像这时只有用她的温情才能给我安慰，给我力量，"别泄气，要对自己有信心，我相信你，一定可以的。"

我说："也没什么，我先试试给报纸副刊写稿，如果写得好，再有哪家报纸找我开个专栏，这样，我吃住的钱就能解决了。"

欧霞听后高兴地说："真的呀，大为，写文章也能维持生活，那太好了。"

第十章

一

随后我和欧霞去逛街。正值初春,北京的夜晚还是有点冷,但街上的行人却很多,仿佛只有春天的氛围才会让人们心情舒畅,那亮亮的灯光将街道照射得格外美丽。欧霞说:"大为,我好不容易有这么清闲的晚上,我们就好好逛逛吧,你啥也别想,逛街就开心地逛嘛!"

我看欧霞开心的样子,也不忍心让我的不开心影响到她,我笑了笑,说:"好吧,有你陪我逛街,我肯定开心。"

欧霞听我这样说,她走过来,十分亲热地挽着我的手走着,时不时还将头往我身上靠靠,说:"大为,这北京真大呀,比起我们老家重庆热闹多了,你说是不是?"

我说:"傻瓜,这是北京嘛,当然比重庆大,今晚我就陪你好好逛逛。"

街道上各种摊点的叫卖声与行人的欢笑声汇在一起,使这里充满了繁华热闹的气氛。年轻人三人一伙,五人一群地走在大街上。有人喊:"里脊肉!里脊肉!"我也跟着要了一串,欧霞吃着我买的里脊肉慢悠悠地来到了大商场,商场里的人群更是络绎不绝,各式各样的商品琳琅满目,看得我眼花缭乱。边上时不时还有人在叫嚷着:"大拍卖!大拍卖!不要错过了！"一听到这声音，人们全都拥过去了。一会儿，那里的货物就被抢购一空了。我们又来到了玩具柜台，那里的玩具真多啊，我真想把这里所有的玩具都买下来，因为我小时候从没玩过这么高档的玩具，所以很想买来玩。"欧霞，我们买个自动玩具来玩，好吗？"

欧霞说："我说大为，你又不是小孩子，买这玩具干啥？"听她这么说，我也没有那么强的欲望了。

接着，我们又逛了许许多多的地方，尽管很累了，但我还是意犹未尽，要离开时我真有些依依不舍。

欧霞说："大为，我来北京这么久了，还是第一次晚上逛街，这里多么繁华热闹呀！"

我说："欧霞，你喜欢逛夜市，我现在不上班了，以后我就天天陪你逛。"

欧霞说："你倒好，不上班了多悠闲。我呢，餐馆晚上最忙，哪有时间来逛街。"

我说："不是我不想上班，是我没找到事干。现在看来，北京真难待呀，再待几天，我吃饭的钱都没有了。再这样下去，还不知道能待多久呢。"

欧霞说："大为，别这样，你要像刚来时那样，对未来充满希望和信心才行。你看我，来北京后，不是找到事干了吗？虽然，找的工作不是我想的报社或杂志社，但在这个小餐馆里工作，我一样生活得好好的。"

我说："欧霞，谢谢你的鼓励，我会努力去找工作的。我现在想通了，不管干什么，只要有工作干都行。"

前面又是一个商场，我陪欧霞走了进去，一楼是卖服装的，欧霞看了看一件红色上衣，我让她试试，欧霞说："我又不买，怎么可以试呢？"

服务员笑着说:"不买也可以试的,说不定试了就喜欢了,你就试试吧。"

欧霞看了看我,我说:"那你就试试吧。"

欧霞取下衣服,去到里面的试衣间把衣服穿在身上出来,说:"大为,你看我穿上好看吗?"

我看了看,欧霞穿上这件衣服真的好看,好像这件衣服是专门为她量身定做的。我真想给她买下,可当时我身上是真的没钱,只能暗自叹息。我说:"欧霞,你穿上这件衣服太漂亮了,真的,这件衣服好像是专门给你定做的。"

欧霞听我这么一说,她笑着问道:"真的呀?大为,我穿着真的好看吗?"

欧霞说完又到镜子前照了照,她转来转去,也觉得这件衣服很好看。服务员走过来说:"你穿这件衣服太合身了,买下吧。"

我问道:"这件衣服多少钱?"

服务员说:"这样,给你打七折,一百六十元。"

欧霞说:"这么贵,一百六十元,差不多是我半个月工资了,不买不买。"

我看欧霞确实很喜欢这件衣服,虽说她是我的女朋友,但我确实没办法,现在漂泊在北京还没有班上了,就连饭都快吃不上了,哪还有钱给她买衣服。这让我内心还是会有一些失落感,看到一个心爱的人这么喜欢一件衣服,却买不起,这对一个男人来说,怎么面对她?但我想,今天我买不起,将来我一定买得起。到时我有钱了,一定加倍地给她买,让她过得开心、过得快乐,因为我相信总会有这么一天的。我说:"欧霞,以后我有钱了,一定给你买。"

欧霞说:"大为,我只是随便看看,真不想买的。"

我们又来到二楼,这是珠宝店,我们又到处看了看,欧霞看上了一个戒指,服务员赶忙拿来出来,让她戴上试试,欧霞说:"很适合我戴,哎,多少钱?"

服务员说:"这个呀,是2.5克金,要五百元,请问你要吗?"

欧霞说:"这么贵呀?不买。"

随后,我就和欧霞走了出去,我说:"欧霞,你最近还写诗吗?"

欧霞说:"才来北京时写了几首,但这段时间没写了,我每天干活这么累,哪还有时间写哟。再说,我觉得写诗没用了,实实在在地生活才是真。"

我说:"欧霞,你一定要写,写诗是你的爱好,当诗人是你的梦想,你就想这么放弃了吗?"

欧霞说:"是的,以前当诗人是我的梦想,现在我不这么认为了。在北京这个地方,要成为有钱人才是我现在的追求。"

我听她这么说,有些不理解,我问道:"欧霞,你好像来北京还不到一年吧,怎么就变了?"

欧霞说:"不是我在变,是现实让我在变,整天写诗能当饭吃?当然,大为,我是说我自己,不是说你爱好写作不对,你有你的追求,不管你做什么,我都支持你。"

随后,我们去到一个啤酒摊前,我说:"欧霞,我们难得出来逛夜市,也难得这么开心,我们去喝几杯?"

欧霞说:"好,你去点几个菜,今晚我开心,我们就好好喝几杯。"

菜端上来后,我和欧霞倒上啤酒就喝了起来,碰杯后,我们一饮而尽。欧霞说:"大为,你现还写诗吗?"

我说:"我一直都在坚持写,因为写诗是我的爱好,而且当诗人是我的梦想。"

欧霞说:"大为,你真行!难怪我这么喜欢你,也许就是你这种对事业、对梦想的那份执着吧。"

"我会一直坚持写下去的,相信总有一天,我的诗会上中国最大的文学刊物《人民文学》《诗刊》,我还要出诗集。"

"希望这一天早点到来,到时你出了诗集,一定要第一个签名送我,我会好好珍藏的。"

我又端起酒杯准备与欧霞碰杯。就在这时,一位戴眼镜的中年男子走过来,他说:"欧霞,你们怎么在这儿喝酒呢?"

欧霞回头一看,笑着说:"哦,是申总呀,我与朋友逛街,顺便在这儿喝几杯。申总,你也来喝几杯吧。"

申总笑了笑,又看了看我,问道:"欧霞,这位是?你还没给我介绍呢。"

欧霞说:"这位是我重庆的老乡,叫于大为,是一家报社记者。大为,这位申总,是一家珠宝店的老板。"

申总说:"这样,去前面那家大餐厅喝酒,怎么能在这个路边摊上吃。走,二位,今晚我请客。"

我说:"谢谢了,我们已喝得差不多了,改天吧。"

申总说:"去吧,不管喝多少,只要你们去坐坐也行,因为我今晚没事,也想和你们聊聊天。"

我一看这个男人就有点讨厌,他看欧霞的目光色眯眯的,肯定不是一个好东西,但我也不能明确地表现出来,只是不怎么理睬他罢了。欧霞不知是早已和他有交往,还是为了不影响和气,她笑了笑,显得很为难的样子,她说:"大为,走吧,这是申总的一片好意。"

我们就来到前面那家大餐厅,这个餐厅装修算是比较好的了,里面吃饭的客人很多,我们来到一个包间,看得出来,申总和老板娘很熟,他点了菜,要了几瓶啤酒。菜端上来后,申总倒上酒,分别递给我们,他说:"来,欧霞,于记者,我们干杯!"

本来我不想理他,但出于礼节,我还是尽量控制自己的情绪,也知道他请我们喝酒完全是为了展示他有钱,更主要的他是在讨好欧霞,不管他出于什么目的,我也只能附和他,因为有欧霞在,我不能做出任何失态的举动,否则多丢她的面子。

随后,申总端起酒杯,说:"欧霞,那天我来你那餐馆吃饭,我的包掉在你那饭店里,是你帮我保管着才没丢,谢谢你,来,我敬你一杯!"

欧霞说:"申总客气了,我们店里有规定,凡客人掉的东西,都得好好保管等客人回来拿。"

申总又端起酒说:"于记者,我也敬你,你是大记者,今晚你能赏脸,真让我无比荣幸。"

"哦,我们《农民文学报》现在……"欧霞似乎看出了我的心思,她打断我的话说:"大为,申总呀,可是个珠宝店的大老板,他整天这么忙,能请我们喝酒实在不容易,难得申总一片盛情,我们就干杯吧!"

大概过了一个多小时,大家也喝得差不多了,申总把账结了后,我们走出饭店,他说:"你们还要逛会儿吧,我有事就先走了,再见!"

二

　　这几天，我在屋里认真思考着，读了一些报纸副刊上的文章，也摸清了报纸副刊一般喜欢用哪种风格的文章。

　　我便试着写了一篇散文《一路看风景》，将那晚陪欧霞逛街的一些感受写出来，写好后我又认真做了修改，再抄好投了出去，顿时觉得自己完成了一项伟大的任务。由于高兴，就在附近的商场买了两瓶啤酒和一些菜，回来后就一边唱歌一边做饭，似乎看到自己的这篇文章已经发表了一样，而且还看到发表在十分显眼的位置。

　　饭菜弄好后，我就倒上酒，自个儿喝起来，自言自语地说："于大为，你真行，不但能写诗，还能写散文，你找不到工作就别找了，做个自由撰稿人吧，一样能在北京生活下去。"

　　说完后，我又自个儿端起酒杯，说："来，于大为，我敬你，祝你成功，干杯！"

　　吃完后，我便躺在床上睡觉，不知是喝了酒，还是写了一篇自己认为十分满意的文章，这一觉我睡得特别踏实。在梦中，我梦见欧霞来了，她径直走到我的床前，我俩紧紧地拥抱在一起……

　　在我起床后，已是下午五点多钟了，又该弄饭吃了，但觉得自己还没饿，想着刚才的那个梦，感觉屋里也变得温馨了许多。我随手拿起报纸看了看，觉得我写的那篇文章最适合何谓的《中国城市报》副刊用，我又赶忙认真地抄了一份，乘公交车去了何谓的住处。

　　何谓正在吃饭，他见我来了，便说："大为，你吃饭没有？"

与何谓是老乡，又这么熟了，我就不用客气，没吃就直接说没吃。我说："我还没有，你这儿有吃的吗？"

何谓笑着说："有，饭我煮得有多的，只是菜就是这大白菜哟。哎，还喝酒吗？"

我说："酒就不喝了，就吃大白菜，我说何谓老乡，我的大作家、大编辑，你也吃这么简单？"

何谓说："是呀，你以为我的日子过得很滋润吗？又是报纸副刊编辑又是专栏作家？其实在北京这个地方生活，容易吗？"

我听后，有些不理解，但也有同感，像我找事干找了这么久仍没找到。虽然他有一份工作，又开有专栏，可费尽力气，挣的钱也只能维持生活，因为在北京生活，开销很大。我说："老乡，你是怕我天天来你这儿吃吧？"

何谓笑着说："别说天天，就是你顿顿来吃，也吃不穷我。我是说其他的开支，比如人际交往、一般的应酬等，开支很大。"

我说："那你就别去应酬了，好好上班，空了写写稿子不就行了。"

何谓说："大为，我不知怎么说你，要想在北京混下去，就得处好各种关系。俗话说得好，在家靠父母，出门靠朋友嘛！"

何谓说的话我听得似懂非懂的，但也从中悟出了一些道理。难怪他自从离开报社后，很快就找到工作了，这不光是他的能力强，更重要的是他有一定社交能力，能应付各种场合，这也叫生存的本领。而我恰恰就缺少这方面的能力，我深知自己不如他。吃完饭后，我将稿子递给他，说："老乡，你是大编辑，我写了一篇散文，叫《一路看风景》，请你看看能否在《中国城市报》上发表。"

何谓接过稿子，认真看了看，说："你这篇文章我读了，写得不错，我可以在《中国城市报》副刊上发表，但要做一些修改，那样主题会更鲜明一些。"

我说："为什么要修改呢？我认为写得很好呀。"

何谓笑着说："先不谈为什么，到时我给你修改后发出来，你对照着读一读，你就会明白的，或许你会从中悟出一些道理来。"

我说："那这么说，我这篇文章写得不是很好，对吧？"

何谓看我有些失落，他又认真地看了看，想说什么却没说出口，他怕打击我的积极性，委婉地说："不是你写得不好，是你还没有经验，以后你多写写，就会懂得给报纸副刊写稿的规律了。"

我和何谓交谈了起来，我们谈写稿，也谈其他的，谈着谈着似乎让我忘了目前的处境，像是进入了另一种时空，在梦想里奔跑，在希望中遨游。

一直聊到夜深时，我的心情也舒畅起来了，便起身告辞，何谓送我出门，说："大为，你有空常来玩。"

我说："好的，如果稿子发出来，请及时告诉我。"

何谓说："看你着急的，如果你这文章发了，我肯定及时告诉你。"

我没有乘公交车回家，而是慢步沿着街道走着，想是否又能发现一个可写的题材。因为写文章，全靠发现时的灵感。可走来走去，仍没有发现什么值得写，感觉这街上就跟平时一样，依旧人来人往，依旧车来车去。在前面的商场前，我却碰到了石梅，她叫道："大为，你怎么在这儿？"

我说："我去一个朋友那儿玩了会儿，你呢？"

石梅说："我现在没班上了，天天在玩，晚上也出来逛逛，你呢，找到工作了吗？"

我叹了口气，说："没有，想在北京找份工作，真的比登天还难。"

石梅笑着说："我才不找工作呢。我爸说了，叫我在北京好好玩，每月他按时给我打生活费来。"

她有一个当官的老爸可真好，一出生就注定有了这些，而我就是奋斗一辈子，也难达到她目前的状况。我说："石梅，你可真幸福啊！"

石梅说："大为，别感叹了，你来得正好，陪我好好逛逛嘛！"

我说："好，反正我没事干。"

我就陪石梅到商场里逛了逛，在一个服装柜前，石梅认真地挑选衣服，她挑选了一件粉红色的风衣，她问道："大为，你看这件衣服如何？"

我说："很好看，你想买？"

石梅说："是的，春天了，得买件适合春天穿的衣服了。"

我说："那你去试试吧。"

石梅拿下衣服去试衣间里穿上，走出来让我看看，说："大为，你看，我穿这件衣服好看吗？"

我说："很好看。"

石梅到镜子前左看右看了好一会儿，问道："服务员，这件衣服多少钱？"

服务员说："给你打七折，三百六十元。"

石梅说："太贵了，这么一件衣服哪里值三百六十元呢？"

服务员说："你如果要，那就三百元，这是最低价了，可以不？"

石梅说："好，我买了。"

石梅去试衣间，将衣服换下来，叫服务员装好，付钱后高兴地提着衣服走了出来。也许是她买了衣服，好像得到了某一种满足一样，时不时挽着我的胳膊，时不时又牵着我的手，我们一路有说有笑地走着，在别人看来我们就像是一对恋人，我都有点不好意思了。可石梅却和没事人似的，我试着挣了好几次都没挣脱她的手，最后，我也就不再挣了，她都不怕我还怕什么呢？

石梅说："大为，现在报社没有了，你有什么打算？"

我说："我现在真不知道怎么办。万一找不到工作，只好回家。"

石梅不解地问道："你回家干什么，有工作吗？"

我说："没有，回家也是帮父母干农活。"

石梅听完后，说："要是我肯回家，我爸随便也能给我弄个工作。哎，大为，你先找找看。万一找不到工作，我爸的一个朋友，好像在北京有一个建筑公司，到时叫我爸帮你问问，看他那儿还要人不。"

这太好了，但我想老板又不认识我，就算要人，我去了也不一定要我，因为北漂的人太多了，大家都在找事干，他随便找一个人干活，肯定都比我强。我说："他不认识我，能要我吗？"

石梅说："昨天我爸打电话叫我去他朋友那公司上班，我才不去那公司上班呢，我想去鲁迅文学院学习。我爸说，想读书是好事，他会托人帮忙，争取满足我这个愿望。"

我说："能进鲁迅文学院学习，当然好，不过我听说，要进鲁迅文学院学习得有作品。"

石梅说："大为，有些事你别看得这么神秘，只要关系到位，要有多少作品就有多少作品。哎，大为，你如果愿意去那公司上班，我就叫我爸帮你说说。"

说来也是，现在哪样事办不到呢？事在人为嘛。我说："好的，石梅，那麻烦你帮我问问吧，要是真行，我真的不知怎么感谢你。"

石梅说："大为，别说什么感谢，我们在北京相遇也算一种缘分，我希望你能在北京生活下去，而且还能过得开开心心的。"

随后，我送石梅上了公交车，自己也乘公交车回家了。

三

　　我除待在家里看看书外,有时也会到街上转转,因为总想找到一些写散文的题材,先是硬着头皮写,写好后又改,慢慢地就进入了写作状态。我每写好一篇散文稿,便认真修改,修改好后又去附近的邮局寄出去,也会去报刊亭买那些投过稿的报纸。可每张报纸副刊很少,几乎一周才有一期副刊。这副刊这么少,也难怪作者发稿难。

　　可再怎么少,也还是有副刊嘛。我仍一篇一篇地写,也十分留意那些报纸上有没有自己的文章发表。可一个月过去了,我投出去的稿子都没见上报,我有些急了,我写的稿子为什么不能发表呢?是我写的稿子质量不好,还是我不认识那些大编辑?或者像别人说的那样,一般作者投去的稿子,编辑看都不看。

　　其他投过去稿的杂志社,里面的编辑我不认识,这倒是事实。可何谓的《中国城市报》也没见我的文章发表。他不是和我说过,一定会发吗?怎么这么久了还没见发出来呢?那天,实在等不及了,我便去《中国城市报》的编辑部,找到何谓,何谓叫我进去坐,给我泡上茶,说:"大为,你怎么有时间来报社玩了,是来问你的那篇文章吧?"

　　何谓猜得真对,我是来问我稿子的,但也顺便来看看报社,我说:"是的,老乡,我那篇稿子能发表吗?"

　　何谓把我那稿子拿出来,只见稿子被他用红笔修改了许多,也见审稿单上总编的批语:"此稿文笔不错,但主题不够鲜明,不用。"何谓说:"你看见了吧,我也尽力改了,但最终还是被总编枪毙了,我也没办法。

不过，你可以抄好另投其他的报纸，我想也许会发表的。"

我接过稿子，有些失望了，以前我认为和编辑熟，一些文章就能发表，现在看来也不一定了，编辑只是初审，只是选稿，而最后的决定权还在总编。主要还是文章要写好，发作品不是靠人情，是靠作品说话。当然，这也不全对，如果不认识编辑，再好的稿子他不编，也就肯定发不了。我说："没想到，在报上发篇文章也这样难。不过，谢谢你，老乡！"

何谓看我先前的一股高兴劲都没有了，他又拿着稿子看了看，思考了一下说："走，大为，你去见一下我们总编吧。"

有这个必要吗？我的稿子都被总编拿下来了，去见他有用吗？我说："去见他有什么用？他又不认识我，说不定他会以忙为理由不见我呢。"

何谓毕竟是在这种场合中混过的人，他叹了一声，似乎在为我不去见总编而生气。但他还是没有表现出来，反而劝我还是去见一下，说不定对我会有好处的。他说："一回生二回熟。走，我带你去见一下，你与他交谈交谈，说不定下次你的稿子就能用了。"

说真的，我是真的不想去，我最讨厌的就是这种场合，但看何谓对我这么认真，而且坚决要去，我想如果不去见，会愧对他的一片好意，我说："好吧。"

何谓顺手递一包好烟给我，说："刘总编喜欢抽烟，你就顺手递一包烟给他。"

于是，我就跟着何谓来到总编室，何谓说："刘总，这是一位作者，就是写《一路看风景》的于大为，他想向您请教一下怎样写副刊稿。"

刘总见我进来，笑了一下，说："哦，请坐。"

何谓说："大为，你就好好向刘总请教请教吧，我有事先出去了。"

当何谓出去后，我就将那包烟递给刘总，说："刘总，请抽烟。"

刘总接过烟，抽出一支点上，笑着说："小于呀，看得出你是一个细心的人，我喜欢你这种性格。你那篇散文我看了，文笔不错，但主题好像表达得不够。现在报纸副刊用稿，要短而精，不需要太多与主题无关的叙述。当然，你会慢慢摸索出写作的技巧，也许是你写作的经验不足。我呀，以前也是专为报纸副刊写专栏稿的，所以对这方面很有研究。"

真没想到，刘总还是一个十分随和的人，先前是我误会他了，我说："刘总，你也写过报纸副刊专栏？"

刘总有些得意地说："是的，我以前不但编报纸副刊，还在好几家报纸副刊开了专栏。当然，写专栏文章较难，要围绕一个主题去写，这个你以后就会明白的。"

我说："那我以后得多向刘总请教。"

刘总又问："小于，你现在哪儿工作呢？"

我说："我以前是在《农民文学报》当记者，因报刊整顿我们报纸停办了，我现在没有工作，想写点稿子来维持生计。"

刘总一听，大吃一惊，说："你想靠稿费收入来维持生计？"

我说："因为我没找到工作，又不想就这样回老家，只能这样暂时维持一下生活。"

刘总说："小于，你要有思想准备，写作当个业余爱好是可以的，想靠写作来维持生计是非常艰难的，还是去找个事干吧，业余时间写点东西，以充实自己。不过，你这种精神让我感动，你去把何谓叫来。"

我不明白刘总的意思，我就去把何谓叫过来，刘总说："何谓，小于那篇文章呢？"

何谓叫我把稿子拿出来，他递给刘总，刘总在审稿单上重新写道：这期刊发。刘总说："小于，你这篇稿子我这期给你发，算我对你的支持。"

我站起来，激动得差点快流泪了，说："谢谢刘总！"

刘总又说："何谓，以后要多指点小于，他如果有稿子来，你一定要认真处理，能用的就优先用，就当我们对他的支持，他一个人在北京打拼，不容易。"

当我走出报社时，为自己那篇自认为很好的稿子却被编辑认为不怎么行而感慨，又为刘总这一席话而感动，其实报社那些编辑并不是我想象的那样高高在上，且不近人情，他们其实是十分平和又热心的人。在这个周末的副刊上，我的那篇散文《一路看风景》发出来了，我在报刊亭买了几份报纸，拿回家把发表出来的和原稿对了对，修改了许多，但就是他这么一改，文章好像变了个大样，我打心底里佩服何谓的写作水平。

这篇文章发表后，给了我很大的鼓励。我继续在家里认真地写，写好后又去寄，不但投《中国城市报》，还同时投其他报纸，写来写去，投来投去，就连寄稿子的钱都没有了。最后，也只剩下买一个大饼的钱了，管他的，先把肚子填饱要紧，我就买个大饼拿回家，倒上一杯白开水，边喝开水边吃大饼，吃着吃着鼻子一酸，觉得生活真的很不容易，又想到今晚上就没有饭钱了，这可怎么办？

正好，这时外面有人喊："于大为，于大为在吗？取汇款单。"

我赶忙跑出去，签字后拿到汇款单一看，是《中国城市报》寄来的，五十元稿费，我高兴极了，这张汇款单可真的是雪中送炭，来得正是时候，我大声地说："汇款单，万岁！"

我赶忙到邮局将这张汇款单取了，又把剩下的稿子寄了，回来买了菜又买了一瓶酒，晚上在屋里一个人乐着。也许是喝了酒，我便迷迷糊糊地倒在床上睡着了，在梦中，我仿佛又回到了小时候。我从小生活在乡村，儿时的我，每天除了和小伙伴们傻淘，就是赶着妈妈养的几只鹅去村头南边的草甸子上玩，摔泥泡儿、抓蚂蚱、抓蝈蝈……

但美梦总是不长久，没过一会儿我就醒了，我发现自己做了个梦。可自己还微笑着，从这个梦中可以看出，我是真的想家了。

第十一章

一

我又按刘总说的，认真思考着给报纸副刊写稿，而且还去了附近的图书馆读了一些大家的散文，也悟出了一些写作的规律。回到家里又继续写，写好了又修改，改好了再投出去，如此循环地过着每一天。眼看收到的五十元稿费又快花完了，此时，我最盼望的是稿费单能快点来。

果真不出我的意料，中午邮递员又在外面喊："于大为，取汇款单。"

我赶忙走出去签字，拿到汇款单，发现是另一家报社寄来的六十元稿费，可不知我的哪一篇文章被选用。我去邮局取了稿费后，又去到报刊亭想买份报纸，我问道："你们这儿有《京都日报》卖吗？"

老板说："没有，那个报纸只能邮局定，我们不卖，因为那样的报纸没人买，你去别的地方买吧，我这儿没有。"

我走出报刊亭，又去问了好几家报刊亭，发现都没有《京都日报》卖。我又顺便买了《婚姻与家庭》和《读者》等杂志，也想试着写些这方面的文章。但转念一想，现在刚摸到写报纸副刊的用稿规律，也才进入那种小文章的写作状态中，如果一下子又转去写《婚姻与家庭》上发表的那种文章，说不定到时那里没写好，这儿又丢了，那岂不是丢了西瓜拣芝麻，得不偿失吗？

我现在的生活是睡觉、看书、写作,悠闲自在,却也无聊,有时也去附近的图书馆看看书,偶尔也会在街上转转,真觉得自己像一个流浪人。下午的阳光很好,我去了附近的广场玩,没有想到,能在这里看见谢雨在写生。我走过去说:"谢雨,你没上班呀,怎么还有时间在这儿写生?"

谢雨见我来了,笑了说:"大为,你也没上班啊,怎么来这儿玩?"

我看谢雨那认真写生的样子,觉得她在这么热闹的广场上,还能静得下心来,旁若无人地画着,而我每天不上班,却静不下心来写作,难道她是超人?真是让我自叹不如,或者她对这画画的艺术格外钟情吧。要说对写作的钟爱,不能说如痴如醉,但若是让我放弃必定是万般不舍。我说:"现在报纸停办了,我没班上了。"

谢雨吃惊地问道:"你们报纸办得好好的,怎么说停就停了呢?那你现在干啥?"

我说:"我在玩,没事时写点文章,以维持生计。"

谢雨笑了说:"于大为,你真行,靠写作能维持生计了,真成专业作家了。"

我为难地说:"谢雨,你就别笑我了,我都支撑不住了,真想回家去算了。"

谢雨说:"大为,我理解你,也佩服你这种精神。哎,你来得正好,帮我当回模特儿,让我画一张人物素描,我准备去参加一个画展,正愁自己没有作品呢。"

我说:"好,反正我没事,那我就给你当模特儿,哎,我是坐着还是站着?"

谢雨放下画板,走过来叫我坐下,侧着身,还让我抬头,眼睛要平视前方。这些动作要是在平常肯定是能够做到的,可在她的要求下,却怎么也做不好。她说："大为，你别紧张，姿势要自然一点，像没事一样。"

在她的引导下，我按她说的姿势一直坐着，我说："好的，你就慢慢地画吧。"

她画画的时候特别认真，能感觉到她对艺术的那份执着，但我想，我给她当这模特儿，能达到她想要的效果吗？可不管怎样，我也能感受一下当模特的滋味，说实在的，真的不好受，动也不能动，只能一个姿势坐着，看似简单，却真的难熬。画了好久，我腰酸背痛的，忙问道："谢雨，你还没画好呀？"

谢雨说："别急，还有一会儿。"

我说："那我先去上个厕所，你也休息会儿再画吧。"

谢雨说："好，你去吧，休息会儿。"

我上了厕所回来之后，又坐在那儿配合，谢雨也继续画，不知画了多久，她终于画好了，我走过去看了看，画得真像，"谢雨，你画得可真好。"

谢雨说："这只是初稿，我回去还要做一些艺术处理。"

我疑惑地问道："画画还这么讲究呀？"

"当然，画画就跟你写文章一样，先初稿，再修改嘛。"

"也是，好作品都是一遍又一遍地修改润色出来的。"

"大为，你今天给我当模特儿，也辛苦你了，我请你吃饭吧。"

我开玩笑地说："有这种好事？那我以后就天天给你当模特儿，就天天有饭吃了。"

我和谢雨来到附近的餐馆，这家餐馆不大，可来这里吃饭的人却很多，我们走进去，找了一个最里面的位置坐了下来，谢雨说："坐里面清静点。"

我说:"是的,这里人也太多了。"

谢雨说:"这家饭馆不错,也便宜,我经常来这儿吃,菜的味道还可以,所以来这儿吃饭的人就比较多。"

服务员给我们倒上茶之后,谢雨去点了菜,说:"大为,我看你还是去找份工作,有了一份稳定的工作后,再用业余时间搞点写作,也不会这么累。"

谢雨说得对,我要找一份工作,靠写作来维持生计真的太累。可工作又去哪儿找,我不是没去找,也去找了很多地方,却始终没找到,在北京想找个事干,有时觉得比登天还难。我说:"我去找了,可就是找不到工作呀。"

谢雨说:"慢慢地找,像我刚来北京那阵子,也没有找到工作,就在我准备回家的时候,突然有一个朋友给我介绍去那家书画院。后来我平时在书画院里打杂,业余时间就出来画画。我相信通过自己的努力,说不定我的作品哪天会在一个画展上引起轰动,我也就一举成名了。"

菜端上来之后,她又要了一瓶白酒,我们倒上酒慢慢地喝。我不知谢雨的酒量如何,但看她喝酒时的状态,我想她还是很能喝的,只是出于好朋友,我们谁都没劝谁的酒,只是各自慢慢地喝。可没有想到,谢雨这时说:"大为,我敬你,谢谢你支持我画画。"

我说:"这没啥的,反正我也是玩,以后你要画素描时,就尽管叫我。"

谢雨又问道:"大为,你见到何谓了吗?我好久没见到他了,他还在《中国城市报》上班吗?"

我说:"是的,他仍在《中国城市报》上班,而且也写专栏稿,很忙的。"

谢雨说:"也难怪,他最近没约我玩,不过理解!"

我举起酒杯,说:"谢雨,祝你这次参加画展,取得成功!"

谢雨喝完酒,放下酒杯,便说:"这个画展是北京市团委组织的一次高规格画展,要求参展作品以素描为主,我得好好弄几幅作品去。"

我说:"那你可以请模特儿,好好画几幅。"

谢雨说:"像我这种业余画画的,哪有钱请,再说又去哪儿请呢?人家那些模特儿是大专院校才请得起的,收费也非常高。"

我们吃完饭后,谢雨说:"大为,这会儿还早,去我的画室看看吧,反正你也没事。"

我说:"好,那我就去看看你最近的作品吧。"

我跟着谢雨来到她的租赁房,她把最近画的一些作品给我看,我看着她这些画,不知是诗画真的相通,还是凭我的直觉,感觉她画得真不错,但具体说哪儿好呢,我也说不出来,就是感觉很好。她又说:"大为,你能不能在我的画室里,再给我当一回模特儿,让我再画一张?"

我不理解,刚才在外面才画了,怎么还要给她当一回模特儿,是不是在外面人多热闹没画好,现在又要重新画一张?但看在朋友的面子上,我也不好拒绝,我说:"你还要画呀?"

谢雨笑着说:"是的,在外面感觉不一样,现在在屋里,也许画出来的效果又不一样。"

我说:"那好吧。"

我便按她说的,坐在她的画室里,她关上门拉上窗帘开亮电灯,就慢慢地画着,画了好一阵儿,也基本画好了,可她对这张画还是不怎么满意。

谢雨说:"哎,如果有个女模特儿就好了。这样,大为,我自己当模特儿,你帮我,怎样?"

我吃惊了,说:"你当模特儿,我又不会画,怎么帮你?"

谢雨说:"我有相机,你给我照一下就行了。"

我说:"相机我不会弄,怎么照?"

谢雨说:"我调好焦距,你帮我按一下就行。"

她走了进去,站了各种姿势,说:"来,照,照呀!"

以前我没有弄过相机,但按她说的方法叫我按快门键就行,起先我还紧张,但连照了几张后,觉得这么简单,我就一连给她照了好几张,她走过来看了看,说:"很好,没想到,你还照得这么好。你等等,再给我照几张。"

她叫我等等,我也不知道她要干什么,她走进里屋,我想她可能又要穿其他的衣服出来让我照,她这人也真是,穿啥衣服照不是一样,干吗搞得这么麻烦呢?随后,她却脱得一丝不挂出来,我吃惊了,有些不好意思地看着她,她说:"你愣着干啥?这是艺术,快照呀!"

谢雨又摆出各种姿势,我就一连给她照了好几张,照完后她就进了里屋,把衣服穿好出来了,看了看照片说:"行,谢谢你,大为!"

我走了出去说:"谢雨,你忙吧,我先走了。"

谢雨出来送了送我,说:"大为,有空就过来玩!"

二

  我回到家里，怎么也无法入睡。想到谢雨那婀娜多姿的身材，还有她那各种迷人的姿势，让我全身都充满着激情，还沉浸在那美好的想象中。

  我多想再跑去她那里，敲开她的门，紧紧地拥抱她，想着想着每一个细节都像是真的一样，这让我兴奋地起床，拿起一本书看，可怎么也看不下去，又想写诗，却怎么也写不出来。

  我的眼前仿佛又出现了上初中时，关于彩霞的情景。那会儿我写作业写得太累了，因为天天被老师扯本子重新写，晚上做完新作业，又要补旧作业，就花去了整个自习的时间。之后就会去操场跑几圈，一解心头之"恨"。那会儿，我的作业本子都比别人用得快，体力也就是这样练出来了。记得初二运动会时，参加了个一千米，我被分到第二个小组了，就是彩霞那个组。第一个小组我们班同学已经拿了第一了，挺让人振奋的，那个同学体育一贯就好。相比之下，瘦瘦小小的我，从来没有在运动会上拿名次的经历。说来也奇怪，我当时怎么也紧张不起来，这个操场我太熟悉了，跑过很过回了，闭上眼，我还能听到划过耳畔的风。当时我一直紧跟着领跑的彩霞同学，跟到后来，身后就没人了，最后一个弯道的时候，我加速把领跑的彩霞超了，最后用尽了全身的力气朝红线奔去，终点，很多同学向我涌过来，在那个操场，第一回碰红线……跑到最后一个弯道的时候，我都会特别兴奋，脚步、摆臂、呼吸，都在最后一个弯道的时候配合到了极致。加速、冲锋，把划过耳畔的风远远地抛在后边。跑完后，我看见彩霞已汗流浃背，衣服紧紧地贴着身体，好身材一览无余地展现在我的眼前，让我心动，直到现在我仍念念不忘。

谢雨的身材跟彩霞一样，很苗条，也很性感，而且让我这么真真实实地看到，我实在不敢相信这是真的，就像那次看到彩霞一样，让我兴奋得好几个晚上都睡不着觉。这次又看到一个少女美丽的身体，这让我更加兴奋了，时不时眼前就晃动着我所看到的，好像一团火，点燃了我对谢雨的爱慕。

没想到这时，刘涛来了，他喝得醉醺醺的，我赶紧叫他进来坐，他进屋后说："大为，我今晚喝了酒，顺便来看看你。"

这刘涛去哪儿喝了酒，今天喝得这么醉，平时我是很少看见他喝醉的。我说："刘涛，你这是去哪儿喝酒了？"

刘涛说："是我采访过的一家公司老总，这次他来北京办事，顺便请我去喝酒，你想，我那点酒量怎么受得了他们那轮番上阵。"

我给他倒上一杯水，说："你先喝喝水。"

刘涛说："大为，你没看见，那公司老总身边的小秘书多漂亮，而且酒量也好，那老总已五十多岁了，而小秘书只有二十多岁。哎，现实就是这样，有钱就什么都有。"

这还用说，现在的老板，哪个身边没有小秘书，有的连大字不识几个，身边的秘书却是大学生，现在有钱多好，有钱就是天王老子，要什么没有呀！我说："是呀，刘涛，你是一家杂志社的大记者，在别人眼中是无所不能的，你应该感到高兴。"

刘涛又说："以前，我也是这么认为，以为我是大记者，我有文化，我认为我成功了，现在看来，我才知道，现实并不是我想象的那样，我们这些记者也好，作家诗人也罢，在那些有钱人的眼中，啥也不是。"

我说："刘涛，你今晚怎么了，总说些伤感的话？这好像不是你的性格。"

刘涛说:"大为,你是知道的,我喜欢石梅,可她认为她爸是宣传部部长,就好像她高人一等,她一直拒绝我,再怎么说,我也是一个大学生,也是一个有追求、有理想的人。你说,我哪点不好?"

我明白,刘涛一直是放不下石梅的,好像没得到石梅就是失败。其实,这只是他一个人在单相思,人家石梅心里压根就没有他。我更搞不懂,要说刘涛论文凭有文凭,论才华有才华,还有能力,可她却看不上他,不知道这是为什么,我也想劝劝他,既然她心中没有他,就不必去想她,天涯何处无芳草呢?我说:"其实,你很好,你别这样失落嘛,说不定石梅心里是很喜欢你的。"

刘涛说:"我知道石梅以前是喜欢我的,都怪何谓,要不是他来报社,石梅能这样对我么?他一来就对石梅时时献殷勤,石梅这才离开我了。"

我说:"据我所知,石梅也不喜欢何谓呀!"

刘涛笑着说:"是的,自从那次我们打了一架后,我们俩都输了,而且我们都输得很惨。现在想来,我也不再怪何谓了。我们都是北漂来到这里,都在艰难地生活着,真的都不容易。"

我说:"是呀,都别争了,你要相信,如果你们真有缘,石梅早晚有一天会回到你身边的。"

刘涛说:"大为,你别安慰我了,我知道石梅永远不会再喜欢我了,再说,世界这么大,比她好的女人多的是,我又何必在乎一个石梅呢?"

也许是酒后吐真言,他也明白石梅不喜欢他,但他为什么还放不下,还要这么痛苦,这不是自己在折磨自己吗?他和何谓为这事还大打出手,那不是白争吗?要是换了我,人家心中没有我,我就努力地忘掉,可话是这么说,但如果真正爱上一个人,你会忘得了么?像彩霞,我知道我追不到她，但还是时不时地想起她，可也只是想想，没有太多的痛苦，一切都只能顺其自然。我说："是的，刘涛，石梅心中既然没有你，那你就别想她了，让自己过开心就行。"

刘涛说："大为，走我们唱歌去，我今晚高兴想好好玩玩。"

我说："现在都十点了，太晚了，还是别去了。"

刘涛拉着我往外走，说："大为，我们还是不是哥们儿？如果是，你就陪我去玩。"

我没有办法，只好陪刘涛到一家歌舞厅，刘涛说："走，就去这儿玩。"

我和刘涛走进了这家歌舞厅，歌舞厅里人很多，我们便找到位置坐下，服务员给我们泡了两杯茶后，又提来啤酒，刘涛倒上酒，说："来，大为，喝，我认为你够哥们儿，是兄弟。"

我便与刘涛碰杯后喝酒。刘涛又点了歌唱，虽然他喝醉了，但唱歌还唱得清楚，我们一边唱歌一边喝酒。这时，一个年轻漂亮的女人端着酒杯走了过来，说："刘记者，没想到你在这儿玩。你不但文章写得好，而且歌也唱得好，来，我敬你一杯！"

刘涛一看，他好像一时还没想起她是谁，他问道："你是？"

她笑了说："刘记者，你真是贵人多忘事，前天你来采访过我们，我是华夏传媒公司的小陈。"

刘涛笑了说："呀，小陈，没想到能在这里碰到你。"

小陈说："你们就俩人？"

刘涛说："是的，就我俩。"

小陈说："走，去我们那桌一起玩，人多好玩些。"

刘涛和我端起酒杯就走了过去，他们这里坐着五个人，三女两男，男的长得很帅，女的十分漂亮。

小陈介绍道："这几位是我们公司的同事，今晚大家聚餐后来这儿玩。这两位是记者，为大家在这儿相聚干杯！"

刘涛说："小陈，你们搞艺术的人就是不一样，不但人漂亮，而且能歌善舞，气质不凡，让我们好羡慕哟！"

小陈端起酒杯，与刘涛碰杯后，说："刘记者，这就不对了，我们搞艺术的人，还得靠你们宣传才行，应该是我羡慕你们才对。"

刘涛与小陈连碰了几杯，那几位又分别与我和刘涛碰了几杯。

随后，小陈就去唱歌，我也试着唱了一首《北国之春》。在其他人唱歌时，刘涛与小陈跳舞，他们一曲又一曲地跳，看起来他们都玩得十分高兴。我看得正投入的时候，一位女士也过来请我跳了一支舞，我从她跳舞时的步伐看得出，她是有专业水平的，我说："我不会跳，以后还得跟你学学。"

她笑着说："你是大记者，当然要认真学学，不然，以后怎么去交际？"

我与她跳舞时，也许有些紧张，先前跟不上她的脚步，而且也跟不上节奏，而她不一样，是搞艺术的，舞跳得特别好，慢慢地，我也跟得上她的步伐了。但在这里跳舞，又不是在台上表演，非要跳得很好，在这里只是玩，只要在音乐中，在暗淡的灯光下，男女抱在一起，也只是图个开心而已。

玩了好久，大家都喝得醉醺醺的，都好像乱了套似的，你抱我我亲你，只有我坐在那儿像什么也没看见。他们似乎都毫无顾虑，怎么开心就怎么玩，因为大家都喝了酒。直到凌晨一点过，大家都说该回去了，在走出歌舞厅时，小陈说："你们先走吧，刘记者喝醉了，我打车送送他。"

三

这几个月来,我努力写副刊稿,写好了又寄出去,可见报率很低,但还是偶有稿费来,现在看来,靠写稿子挣稿费维持生计真的太难,但让我感到欣慰的,是这段时间以来,所挣的稿费还是勉强让自己生活了下来。

这时,房东敲门,说:"小于,你那次交的半年房租已满,该交房租了,你还租不租?如果要继续租就请交房租。"

这房租好像才交不久,怎么就到期了,看来时间过得真快呀!现在又要交房租,可我哪有钱交呢?自从没上班后,没有了工资,我只能写稿子有点收入才维持了生活,一下子我又去哪拿这么多钱来交房租呢?我说:"这房子我还要继续租,只是我现在手头紧,房租我过几天交,你看?"

房东不高兴地说:"好吧,看你在我这儿租了一年多的分上,再宽限你几天,但别拖得太久。"

我说:"好,过几天我一定交。"

在房东走后,我的心一下子变得沉重起来,半年房租要四百八十元,我一下子去哪拿那么多钱呢?这房租不交就没有住处了,总不能睡大街吧?我在屋里待了一阵子,摸摸身上还有五十元钱,也只够几天的生活费,有些不知所措,我又能去找谁借呢?我看看时间,才下午三点,欧霞可能还没上班,这时肯定在家休息,我便乘公交车去她的寝室,敲了敲门,她正在睡觉,问道:"谁呀?"

真是打扰她休息了,但每次几乎没考虑这么多,而是想来就来,她也没说我什么,因为我们的关系特殊,我说:"是我,欧霞,你还在睡觉?"

欧霞赶忙起床开门，问道："大为，你怎么来了，有事？"

我去到屋里，她给我倒了一杯水，说："这时没事，我就想来看看你，是不是打扰你休息了？"

欧霞笑了说："大为，你什么时候变得这么客气了，你最近给报纸副刊写稿，发表得多么？"

要说写稿子，我也尽力了，可就是难发表，如果有份工作做个业余爱好当然好，要想以此来维持生计真难，但我也是没有办法才这样，要说找工作，我多想有一份工作，可就是找不到。以前，我想欧霞去干餐馆工作，真是太辛苦，现在看来，不管再苦，只要能有个工作干，就是幸运的。我说："我已尽力了，也写了很多，但发表得不多，偶有稿费来，也只能勉强能维持生活。"

欧霞说："是的，大为，你还是去找个工作，那样就不能这么辛苦，业余时间写作就没有这么大的压力了。"

我说："是的，我现在真想找个事干，再这样下去，房租都交不起，只能睡大街了。"

欧霞似乎明白了我的意思，她笑着说："大为，我就知道你这时来，一定是有事，你是不是没钱交房租了？"

我说："是的，房东今上午来催房租了，按规定一次最少得交半年。我这时哪有这多钱，半年得要四百八十元，所以就来找你了。"

欧霞说："没事，我昨天才领了工资，你先拿去把房租交了吧。"

我接过她给我的五百元钱，心里真不是滋味，但现在确实有难处，需要她帮忙，所以我就没有推辞，我说："欧霞，我挣到钱后一定还你。"

欧霞笑着说："别说还，大为，只要你能在这里生活下去，就是我最大的愿望。"

我不知是激动还是真的很想她，便紧紧地拥抱着她，欧霞却努力推开我，我不知道她怎么了。以前每次都是她主动扑入我怀抱，而这次她却拒绝我。我从她的表情上看出，她对我没有以前那种亲热感了，这仅仅是我的感觉，也不好问她这是为什么。

欧霞说："别这样，大为，这大白天的，别人看见不好。"

我不知这是为什么，以前欧霞主动拥抱我，而且还会十分温柔地与我说话，这次却显得有些陌生了，是她心情不好？还是我来找她借钱她不高兴？我看都不是，觉得她一定是有心事。我说："没事，别人看见也不怕，我们是在谈恋爱嘛！"

欧霞十分认真地说："谁说我们是在谈恋爱？"

这时，我无意间看见欧霞手上戴着戒指，我一下想起来了，是那晚我和她逛商场看的那个戒指，我问道："欧霞，你这戒指是我们那晚去看的那个吧，你去买了？"

欧霞一下子愣了，赶忙用手挡住，惊慌地说："是的，我自己去买了。"

我不太相信，她一个月才这点工资，怎么有钱去买这么贵的戒指，依我对她的了解，她平时还是一个十分节约的人，靠在餐馆打工的收入去买戒指，这有点不像她的性格。但现在我确实看见她手上戴着戒指，这到底是怎么回事？正在我犹豫时，无意间看见墙上挂着那晚在商场她试的那件衣服，我就明白过来了，但却没有问她了，我说："欧霞，对不起，我现在没钱，要是我有钱，肯定会给你买的。"

我明显感觉到欧霞见了我，没有以前那样亲切和高兴了，而且她总是在避开我的目光，仿佛在尽力隐藏她心中的秘密似的。我想这也正常，我现在失业了，连交房租都没钱，还有啥本事能让她过得开心幸福呢？她来北京这么久了，城里的花花世界，也可能会改变一个人，会让她变得更加实在起来。我转身将她先前给我的五百元钱悄悄放在她的床上，转身走出去说："欧霞，你好好休息吧，你下午还要上班，我就先走了。"

欧霞走出来，将我送上公交车后，说："大为，别写得太累，一定要注意身体，最好去找份工作，我相信你一定能过得很开心的。"

我说："好的，欧霞，你回去吧。"

我回到屋里，总感觉欧霞心中有人了，前思后想觉得她是不是与那个珠宝店的申总有关系了，是不是她成了他的情人？也难怪在北京这个地方，我现在过着跟乞丐一样的生活，还能给她什么呢？人家申总再不好也是珠宝店老总，有钱有地位，她想要什么就能给她什么，她能不喜欢他么？我再也没有心情写稿子了，而是躺在床上，想到自己最爱的人即将离我而去，自己面对连房租都没钱交的处境，眼泪情不自禁地流了出来……

第二天，我就去找石梅。石梅正好在屋里，她见我来了，笑着说："大为，今天太阳从西边出来了，你终于有时间来看我了？"

也许是我心情不好，见到石梅后，好想给她说说我心里的苦，我愣了愣，但还是没说出口，石梅看出我有心事，她说："大为，你有心事？"

我赶忙强装笑脸，说："没事，最近心情不太好。"

石梅给我倒了一杯水，说："我平时看你过得开开心心，怎么会有心事呢？对吧？"

我说："是的。"

石梅说："大为，你今天找我有啥事？"

我说："石梅，我上次听你说，你爸有一个朋友是一家建筑公司的老总，你帮我问了么，他那儿还要人不？"

石梅说："那天我给我爸打电话说了这事，我爸说他问问再说，可到现在还没听到回信。大为，你想去那建筑公司上班吗？在那儿干活很累的哟。"

我说："麻烦你帮我问问，不管再苦再累的活，我都愿意干。"

石梅叹息了一声，说："大为，你写稿子挣稿费生活不是很好的吗，何苦还去干那又苦又累的活呢？"

我说："石梅，你不知道，我靠写稿子挣点稿费连吃饭都不够，更别说交房租了。"

石梅笑了说："大为，我明白了，你现在一定是没钱交房租了吧？你怎么不早说，我爸才给我打了钱来，你说，要多少，你先拿去交？"

我不知怎么说，只呆呆地看着石梅，真有种想哭的感觉。石梅从包里拿出一千元递给我说："别不好意思，你先拿去交，一千元够不够？"

我说："要不了这么多，五百元就够了。"

石梅就给了我五百元，说："你先拿着，把房租交了，剩下的你也好做生活费。"

我说："石梅，这么多钱，我哪有钱还你？"

石梅说："大为，现在你别说还不还，先拿着花，我们都是外地来北京的北漂人，在这里能相互认识也是缘分。再说，我从心底里喜欢你，相信你将来一定会有出息的。"

我说："谢谢石梅，将来如果我挣到钱了，一定会还你。"

石梅说："大为，要是你北漂，以后连这点钱都挣不到，你也太没出息了，更不是我看好的于大为。"

我听石梅这么说，接过钱转身就赶了回去，把房租交了，心里也踏实多了。

第十二章

一

一大早，何谓就来敲门，我从睡梦中惊醒，问道："谁呀？"

何谓说："天都亮了，你还睡得着，真是享福哟！"

没事不睡觉干吗，说真的，我也不想整天这么无所事事，多无聊。像他们那样整天上班，有事干，多充实呀。我说："是你呀，这么早有啥事？"

何谓笑着说："快开门呀，没事我就不能来看看你？哎，大为，你怕开门，是不是你屋里睡着个美女？"

我赶忙穿衣起床，说："你就别开玩笑了，现在我连饭都吃不上了，哪还有什么美女来陪我哟。"

何谓走进来，他揭开被子看了看，笑着说："还真没美女。"

我开玩笑地说："是呀，我还想天上掉下个林妹妹，这可能吗？"

何谓说："其实，找个美女并不是你想象的那样难，关键是你会不会去讨女人喜欢。"

我说："何谓，别说笑了，快说，有啥事？"

何谓说："好，我说正事。今天我们报社要召开副刊作者会，由刘总亲自组织召开，其他都已通知了，就你还没通知到。所以，我就亲自来通知你，你呀，是刘总点名一定要通知你的。你看，刘总多看重你。"

我说："真的呀，你怎么不早通知我？我好准备一篇稿子去。"

何谓说："还准备稿子呀？你的稿子编辑部里压着好几篇呢。别婆婆妈妈了，快走吧。"

我说："好，我洗漱一下。"

何谓说："你快点嘛，我这是专程来请你哟，于大作家，我够哥们儿吧？"

我洗漱好了出来后，就与何谓一起乘车到中国城市报社，何谓说："你先去会议室坐坐，我有点事要忙。"

我就去了会议室，会议室里来了几位作者，他们都在相互交流着，看起来他们很熟。其中一位年轻的女士问道："你是来开会的？"

我点头说："是的。"

她问道："请问你叫什么名字？"

我说："我叫于大为。"

她突然笑了说："你就是于大为，我好像在报纸上读到过你的文章，真是久闻大名。我叫苏倩，也是专门为报纸副刊写稿的。"

我说："苏倩，我昨天在《中国青年报》上读到你的一篇文章，没想到今天就在这儿见到你，久仰！"

其他的几位听到我和苏倩的介绍，也纷纷走过来，与我交谈起来。其中一位戴眼镜的小伙子说："对于报纸副刊稿，我是偶尔写写，因为难写难发，稿费又低，我现在主要是给《婚姻与家庭》写稿，去找一些热点，再去采访一下当事人，只要按采访的事实写再顺通，稍加整理，就是一篇纪实文章，一般一篇5000字左右，稿费收入就得好几千元。"

我有点不相信，吃惊地问道："稿费怎么这么高呀？"

他说:"是呀,而且发稿快,只要稿子寄去没几天,就会收到编辑的录用通知,他们要求专稿专用,稿费就高嘛!"

苏倩说:"其实,我认为写稿要根据自己的情况,适合写什么就写什么,因为我们都有工作,只是在工作之余,业余爱好写作,稿费多少我认为都无所谓,你们说是不是?"

那戴眼镜的小伙子说:"苏倩,你那公司的工作忙吗?"

苏倩说:"一般公司都是企业,不比行政单位,肯定忙,所以,我写得很少。哪像你,在市政局工作、行政单位上班时也可以写稿,我好羡慕你们哟!"

他说:"是呀,我们上班一般事不多,没事时就看看书,偶尔还可以写写,不然怎么打发时间。"

苏倩问我:"于大作家,你在哪儿上班呢?"

我说:"我没上班,写写稿子,以维持生计。"

他们一听,都睁大眼睛看着我,好像不相信我说的是真的。其中一个人问道:"你是北漂来北京的,老家在哪儿?"

我说:"我老家在重庆,我是北漂来北京的,现在还没找到工作,只能靠稿费生活。"

苏倩向我投来敬佩的目光,说:"于大作家,你真行,靠写稿子也能维持生活,真不简单。在座的各位,请问你们能像于大作家这样不要工作,专门写稿,来维持生活吗?"

大家都不再说话,苏倩说:"当然,这光靠写稿挣稿费是十分辛苦的,如果没有毅力和决心,是肯定坚持不下去的。所以,于大作家将来肯定会干出一番成绩的。"

这时,前来开会的人几乎到齐了,大约二十多人,刘总编和何谓走进会议室,何谓招呼大家坐,他开门见山地说:"今天,《中国城市报》把大家请来,召开一个报纸副刊作者会,意在让大家更加明确我们报纸副刊的办报宗旨,投稿要求,力争让我们的报纸副刊办得更好。下面请刘总给大家做具体的讲解。"

刘总说:"《中国城市报》副刊,在大家的支持下,已办得有影响有特色,去年更是获得中国报纸副刊协会的表彰和肯定,也得到读者的高度认可。为了提高稿件质量,今天请大家来,就是要认真研究一下,下一步的办刊方向,明确一下今后的发展方向,好让大家对照着写稿,以提高用稿率。副刊,我们通常理解为是一种对文化,对思想的表达。如果读者能从副刊中或生动活泼、幽默俏皮,或有感而发、耐人寻味的文章中看到希望、感受美好、体验温情、拓宽视野、领悟真谛,那么副刊的作用也就得到了真正体现。报纸副刊的文稿,一般不要太长,千字以内最好。注意酌情酌字,讲究点语言规范,带点华丽,描绘一个看点或粉饰一个有画面感的情节或场景。重要的是主题一定要积极,带刺的或发牢骚的要坚决避免。文稿读后要给人一种启发、引导或享受,有一种积极向上的力量。写作时抓住现实生活中带热点的问题或老百姓生活中受关注的、具有代表性的题材予以发挥,描写尽量风趣、幽默、鲜活些。这方面文雪梅最有发言权,她的散文短而精,语言朴实优美,经常被全国大小报刊采用。前不久苏倩写的《留下一树的幸福》,我们刊发后,就受到读者的好评。刘宗海的散文视角性强,能营造一个具有画面感或视角艺术的华丽场景,有身临其境的感觉。文字唯美,语言优雅美丽。还有张静、严小霞、常红梅等发表在我们报纸副刊上的短文善于摄取生活之一隅予以抒发,共同特点是精短、实在、质朴、有看点。给报纸写稿还要注意国家政策动态并研究报纸动态,多和报纸副刊编辑联系沟通,注意各种报纸之间的风格和约稿特点。各个报纸的风格不同，对文稿的要求也存在着差异。当然，报纸副刊也应注意以下问题：一是过度消遣。报纸副刊文章虽重消遣，但绝不是单纯的休闲、玩赏文字——因为依托有舆论引导责任的媒体，要讲究有用，注重公益。最忌一堆泡沫、害人误事、公器私用。二是包装失范。忽视报纸内容为王的特点，为追求视觉冲击力，刊发内涵不足的文章，抢眼球、找卖点、过度装潢，导致视觉错乱、色厉内荏、本末倒置。三是推出不当。对文章内容进行版面处理，是编辑巧妙运用版面技术向读者含而不露的一种推介、解读，乃至阅读帮助。但编辑推出意识不足、不当，往往使美文明珠暗投，使劣文瓦釜雷鸣……"

在刘总讲完后，大家热烈鼓掌。何谓说："下面请大家围绕刘总的讲话以及副刊用稿等方面，自由发言。"

苏倩说："《中国城市报》的副刊，应办出自己的特色，要从城市人的审美，城市人的吃穿住行等方面去写稿，才能赢得更多的读者。"

戴眼镜的小伙子说："其实，我也建议《中国城市报》应办成以城市为主体的一张报纸，应加强一下人们关注的热点，刊发一些人们关注的热点点评，我认为可以满足更多不同层次的读者。"

刘总编听后说："你们这些建议不错，我们下去会认真思考。哎，于大为，你有什么建议没有，你说说看？"

本来我没准备发言的，但刘总编点到了，我便说："我认为《中国城市报》应该继续沿着贴近读者、贴近生活的方针办下去……"

我说完后，刘总笑着说："说得好，我来介绍一下，于大为，一个北漂人，在北京没工作，全靠写稿来维持生活，实在不容易，但这种精神值得我们学习，现在靠稿费来维持生计是很困难的，但他做到了。所以，我相信他将来肯定会有所作为的。"

散会后,报社安排了聚餐,刘总编与我连碰了几杯,他说:"大为,好好干,你如果有什么困难,就来找我,我会尽最大努力帮助你的。"

何谓看到这情景,在我耳边说:"大为,你真行,你看刘总编多关心你多器重你!"

二

吃完饭后,我因为喝了点酒,就早早地回到住所休息了,刚躺下来,很快就进入梦乡了。

梦中,窗外又下雨了,雨丝缓缓地飘落下来,彩霞从雨中慢慢地走来,我慢慢走进了雨的世界,撑起了花雨伞轻轻走在她的身旁。彩霞,真的是你吗?让我抱抱你好么?她没有回答,向我微微一笑,然后跑开,我追呀追呀,却没有追上她……

这时,迷迷糊糊的听见有人敲门,我也从梦中惊醒,我问道:"谁呀?"

"是我,大为,你怎么还在睡?"

我一听声音就知道是欧霞来了,便起床开门,欧霞一进来,就开始帮我整理床上那些乱七八糟的东西,我说:"欧霞,你今天不上班,怎么有时间来我这儿玩呢?"

欧霞说:"哎,在那小餐馆干了快大半年了,都没有好好休息一下,今天我特地向老板请了假,想好好休息一下,如果再这样下去,人都快疯了。"

我理解欧霞,她整天就在那餐馆,忙来忙去,确实会让人变成一个疯子的,我说:"是的,欧霞,早应请假,好好玩玩,整天待在那里,确实无聊。"

欧霞又将五百元钱递给我说:"大为,你那天怎么了,我给你交房租的钱,你怎么又悄悄地给我放回来,我当时看到你放回来的钱,不知有多伤心。"

欧霞说着,眼泪都快掉下来了,我赶忙说:"欧霞,谢谢你,我的房租已经交了,这钱还是你先拿着,要是以后我需要时再来拿,你看行么?"

欧霞听我这么说,也不好再说什么了,但她心里明白,我肯定知道了她的事,她将钱收起后,说:"那好吧,如果你需要,随时来拿。"

欧霞说:"大为,我好不容易请到一天假,你陪我去逛逛街好么?"

我说:"好,反正我今天下午没事。"

我和欧霞乘公交车去天坛公园。一进公园大门,我就急忙跑去看简介:天坛公园是明清两代皇帝祭天和祈谷大典的场所,始建于明朝永乐十八年(1420),以后历经改造、扩建,至清乾年间(1736—1795)建成。令我自豪的是,天坛公园是世界上现存最大,也是保存最完好的古代祭天建筑,即使皇帝不能亲自祭拜,也要派遣大臣替他行礼。

我们经过一条长廊,慢慢走到祈年殿。原来祈年殿是祈谷坛的主体建筑,它建于明朝永乐十八年,最初称为大祈殿,1544年明世宗将大祈殿拆掉,改为大享殿,1645年顺治帝改大享为祈谷坛,1753年乾隆皇帝改为祈年殿。啊!真是让人叹为观止,为了一座祈年殿,重建了那么多次,皇帝修建的这些大殿真壮观呀!

时间过得很快，一看时间，已是下午五点了，我说："欧霞，五点过了，我们该回去了。"

欧霞好像还在兴头上，她在路边一个摊上想选一个纪念品，她看好一个吊坠，我问道："欧霞，你喜欢这个纪念品吗？"

欧霞说："难得来一次，就想买个东西做纪念，大为，这个不贵，你买来送我吧，也好做个纪念。"

我高兴地说："好的。"

我便问老板："这个掉坠多少钱？"

老板说："一百元一个，这是真金。"

我说："你这也是真金？真金这么轻？这样，我给你五十元，你卖就卖，不卖就算了。"

老板看我真要走，便说："好，五十元，你买一条。"

我花了五十元，给欧霞买了个纪念品，她挂在胸前，显得十分高兴的样子，说："大为，谢谢你，你送我纪念品，我定会好好珍惜的，钱虽然不多，但意义非同一般。"

我说："欧霞，真不好意思啊，我现在只能买个便宜的送你。等我哪天有钱了，我一定送你一个金项链。"

欧霞搂着我说："大为，别这么说，纪念品不是以价格的多少而论，你为我买的这个纪念品，我会把它当成无价之宝好好保存！"

走出天坛公园，我们又乘公交车回去，下了车后，我说："欧霞，我们去买点菜好回去弄饭。"

欧霞说："大为，今晚我们就在外面去吃吧，我好不容易清闲一天，也不想弄饭菜了，多麻烦。今晚我高兴，我请你。"

我说："好，我们就去外面吃饭，也好久没这么开心过了。"

随后，我们就去了附近的一家餐馆，点了几个菜，欧霞说："再多点几个菜，要吃就吃舒服。"

说罢，她又去拿菜单点了几个菜。我说："欧霞，今晚就我们俩，菜多了吃得完么？"

欧霞说："吃不完没事，反正要吃舒服、吃痛快，再来一瓶酒，我俩慢慢地吃，慢慢地喝，喝个不醉不归。"

我看欧霞似乎有什么心事，我问道："欧霞，你今天怎么了，有什么心事吧？"

欧霞笑了笑说："大为，你想多了，你看我今天这么开心，哪有什么心事呢？"

菜端上来后，欧霞倒上酒，说："来，大为，先喝酒。"

我们碰杯后，边喝酒边慢慢吃菜。欧霞说："大为，你来北京快一年了吧？"

我说："是的，快一年了，却一事未成。"

欧霞说："我以前对北漂充满了幻想，也可能是因为我那首诗你帮我在《青年文学》杂志上发表了，才让我坚定了来北京的信念，那时以为来北京后，我就会有更多的诗发表，北京仿佛就是造就诗人作家的地方，可现在看来，北漂并不是我们想的那样简单美好。"

我端起酒杯，说："别想这么多，欧霞，来，喝酒！"

我又和欧霞连碰了几杯。欧霞说："我在老家，生活无忧，每天上班下班，业余时间写诗，生活得多快乐，可来北京后，却在一个餐馆打工，再也没有写诗的激情了，整天除了累就是那样的孤独，那样的迷茫，更是那样的无助。"

我说："欧霞，别再伤感了，相信总有一天，我们会认为今天的北漂，就是我们人生的另一个起点，会为我们以后去实现自己的梦想而起到十分关键的作用。"

欧霞说："大为，我为你能这样坦然面对自己的困境而高兴，希望你以后会更坚强，做一个顶天立地的男人，别因为某些事而困惑。"

我看着她说："欧霞，我好像听出了你心里有事瞒着我，你告诉我，你到底有啥不开心的事。"

欧霞端起酒杯，又与我碰杯，说："大为，你今天陪我，我很开心，哪有啥心事，来，喝酒！"

我和欧霞就这样边聊天边喝酒，在一瓶二锅头酒喝完之后，菜还没吃到一半，我和欧霞都喝得醉醺醺的了。我说："走，欧霞，你喝醉了，我送你回家。"

欧霞说："回家也不好玩，我想去你那儿坐会儿，和你说说话。"

我说："好，我也想你陪我说说话。"

我就和欧霞回到我的租赁房，我给她倒了一杯水，说："欧霞，你喝水。"

欧霞接过水喝了一口，她就一把拉住我的手，说："大为，别忙乎了，陪我坐坐吧。"

我把欧霞一把拉入怀里，我们就紧紧地拥抱在一起，然后就亲起来，可能因为喝了酒的缘故，欧霞也很动情地拥抱着我……仿佛是她把我带入了一个幸福而美好的梦中。

第二天早上，在我醒来后，欧霞早已离开我的租赁房，我想，她肯定忙着回去上班，我也没多想，就继续睡觉了。

三

我想来想去,还是要去找个事干,光靠写稿维持生计真的非常难。可工作又去哪儿找呢,我也到处去找过,都没找到。正在我对找工作失去信心时,我想到了河北廊坊那个大汪庄家具厂,也许那次在来北京的火车上与李厂长相逢是一种缘,而且他为人厚道,我何不去找找他呢?

于是,我便乘公交车去到木樨园长途汽车站,买好票后就乘车来到河北霸县,到了霸县我再也没有像上次那样去街上玩了,心里一直想找个工作,哪还有心思玩呢?也没有去霸县文化馆,因为去那里又能说什么,我现在不是报社记者了,别人也未必会买我的账,我在车站里坐了会儿,就买票乘车去大汪庄家具厂。等我到的时候,已是上午十一点了,李中华厂长也正好在,他见我来了,说道:"欢迎欢迎呀,于记者,你在百忙中能有时间来我这儿,真难得。"

没想到李中华厂长仍是这么热情,他那淳朴的脸上,表现出的是真诚的笑容。我说:"李厂长,我是来看看你,你还好么?"

李厂长给我泡上茶,笑着说:"好,我好着呢!"

由于我来过一次这里,厂里有的人认识我,我便去了厂里转了转,有的工人见我来了,他们都很热情地招呼我,我也看了看他们的产品,虽然仍是原来的椅子系列,但从外观上他们还是做了些技术改进的。随后,李东生副厂长陪我一边喝茶一边聊天,他问道:"于记者,最近你的工作忙不?"

我说:"不是很忙。"

李厂长说:"那次你给我们厂写的报道,还真起到了作用,一位安徽的老板拿着《农民文学报》来到我们厂里,主动要求代销我们厂的产品,我们的产品终于打进安徽市场了,真的谢谢你。"

我听后,非常地开心,我原想我们的报纸只是内部报刊,没有公开发行,宣传面不会太广,没想到却有这样好的宣传效果。我吃惊地问:"真的呀?"

李继生副厂长继续说:"真的,于记者,现在我们的产品在安徽还销售得不错,你这次来,能不能再给我们厂写篇报道,再继续宣传宣传?"

这时我不知怎么回答,因为我们报纸停刊了,我现在也不是记者了,就是写一篇报道,又去哪儿发呢?只是笑了笑。李厂长赶忙说:"你也是,于记者坐了这么久的车,肯定累了,让他先休息,工作上的事明天再说嘛。"

我想把我们报纸停办的事告诉他们,可话说到嘴边,却没有说出来,因为我想现在还不是时候。现在这种氛围中,大家都在高兴,如果一下子说出来,肯定会影响他们的心情。我便转开话题,说:"李厂长,你们厂最近的生产情况如何?"

李中华厂长高兴地说:"好着呢,其他的代销点销售额今年比去年同期增长30%,又新增了安徽这个销售点,今年呀,可望有一个好的收益。"

中午,李中华厂长在村里那家饭店安排了酒席,李中华厂长、李东生副厂长、车间主任等都来陪我,这次规格比上次来采访时还要高,而我吃得却很不自在。李中华厂长站起来说道:"来,大家举杯,感谢于记者给我们宣传,大家敬他一杯!"

我也端起酒杯,与他们一一碰杯后就喝下。随后,李中华厂长又说:"于记者,我单独敬你一杯,希望你继续给我们厂宣传。"

我又与李中华厂长碰杯后喝下,随后,李中华厂长叫大家先吃菜,他们又一一与我碰杯,这一轮下来,我已喝得差不多了,但出于礼貌,我也端起酒一一回敬了他们。李中华厂长看我喝了很多酒,他说:"于记者,多吃菜,酒慢慢地喝,喝好,但不要喝醉。"

我说:"我喝得差不多了,李厂长,你看这酒?"

李厂长说:"好,酒就别喝了,大家下午都还要上班。这样,东生,你下午就好好陪于记者去转转,我下午还有事。"

吃了饭后,李东生便陪我在村里转了转,这个村庄不太,几十户人家的房屋连在一起,有点像街,在村庄外就是农田,田野长满绿绿的小麦。由于北方地处平原,这儿尤显空旷。李东生问道:"于记者,你看还想去哪儿玩?"

我说:"听说,胜芳镇是旅游镇,去那儿看看行不?"

李东生说:"好,我这就去安排。"

他打电话叫来厂里的车我们便来到胜芳镇。胜芳镇被称为水乡,这里是当年的水旱码头,文昌阁最初的意义是作为胜芳人渔作时回家的航标,如今,它是胜芳人生活和前进的航灯,是胜芳人发展腾飞的方向。四月的风景最宜人,有人说每个文人都爱登高,他们要释怀、要前瞻,更要仰望古人与今人的文化创新与文化引领。此时,站在胜芳古镇的这片土地上,用仰望的心感受文昌阁,感受胜芳的自然、朴实、优美、和谐、可亲。这里的人们是那样懂得享受,善于育人;这里有深厚的历史风韵、文化底蕴。

我们玩了一下午。东生约来了他在胜芳的几位同学,我们又在他同学的陪同下,在胜芳镇上一家餐厅吃了饭后,才回到厂里。李中华厂长安排我住在厂办隔壁那间专供客人来谈业务时住的房间,里面只有一张床,李中华厂长说:"于记者,不好意思,我们村里没有旅馆,你只能住在这里了，由于条件有限，请你谅解。"

我说："挺好的，给你添麻烦了。"

李中华厂长说："哪里，以后欢迎你常来玩，你就早点休息吧。"

李中华厂长走后，我一点睡意都没有，便来到厂里的车间转转，上夜班的工人正在干活。我又来到外面的村庄走走，北方的夜色真美，高高的白杨树映衬出这里的空旷与美丽。转了好一阵后，我便回到厂里的宿舍睡觉了。

第二天上班，李中华厂长来了，我说："李厂长，我这次来不是采访，是我们报纸停办了，我也失业了，我想来你这儿看看有没有适合我干的活儿。"

李厂长听后，想了想，说："于记者，我们这是小厂，哪里用得起你这样的人才。不过，你来玩，我们这儿随时欢迎，这次来你就多玩几天。"

我听李厂长这么说，也不好再说什么了，便说："那就谢谢李厂长了，我就回北京了。"

李厂长说："于记者，你很有才华，相信你在北京一定会找到更好的工作，你以后有时间一定来玩。"

李厂长把我送出门，又说："于记者，你以后一定要常来玩哟！"

第十三章

一

　　北京人生地不熟的,我又去哪儿找事干呢?报社杂志社一般是进不去的,就是去公司企业打工没人介绍也去不了,怎么办?这时,我想到石梅那次说的,他爸有个朋友是北京一家建筑公司的老总,何不再去问问她,看她爸回信没有?也许是没事干,又或者是找工作心切,我便乘公交车去了石梅的住处。

　　石梅的门关着,我以为她出去了不在家,便试着敲了敲门,石梅问道:"谁呀?"

　　这大白天的,石梅还关着门在家睡觉,她这种生活态度真让我羡慕。没工作了,整天又没事干,她却一点也不急,虽然每月她爸按时打生活费来,但这样无所事事地过着,也难受呀,她还睡得着,而我呢?每天都在想找事干,真是吃不好睡不好,哪能像她,没事人一样。我说:"我,于大为。"

　　石梅说:"哦,大为来了,我还在睡午觉哟。"

　　随后,石梅起来,开门后我进去,我说:"石梅,不好意思打扰你午睡了。"

　　石梅笑着说:"大为,你什么时候变得这么客气了,你来我高兴还来不及，还说什么打扰。"

石梅说这话我相信，不管从哪方面讲，她一直都不讨厌我，相反的，她对我还有那么一点点亲近，虽然没有表白，但我还是能感觉到，她对我真的有那么一点点爱。但这也太不现实了，她这么好的家庭条件，这是不可能的，总之，我也没当回事。我问："你最近在忙什么呀？"

石梅拿出她才写的诗给我看，说："我整天这样待着也没事，偶尔也写点诗打发无聊的日子。大为，你帮我看看，这首诗是我今天上午才写的，你看写得如何？"

我拿着她的诗看了看，她这首诗写得不错，比以前写得好很多。正如她所说，她这段时间没上班，也没闲着，而在认真读诗和写诗。看来，她不是一个贪图享乐的人，也是一个有追求有梦想的人。我说："写得不错，哎，石梅，你的诗好像比以前写得更好了，这首诗可能会发表。"

石梅说："这首诗我也很满意，这段时间来，我寄出去的诗，已在《诗歌报》《星星诗刊》等一些省市级刊物上发表了好几首，我很高兴，这段时间外人看我没事干，实际上我是在创作，诗一首一首地发表，也是一种收获嘛！"

我一听，真为她高兴，不但她写的诗有很大的进步，她还在这么多刊物上发了这么多，值得祝贺。我却没有她这么大的干劲，近段时间就在为生计而奔波，哪还有心思写诗呢？要说最近我的散文随笔写了一些，但都没有满意的东西，好像写那些文章，也是为了挣稿费而已，不是有感而写，所以，真心祝贺她。我说："石梅，祝贺你有这么大的收获，相信你一定会成为著名诗人。"

石梅说："成为诗人当然是我的梦想，但我最大的愿望是能去鲁迅文学院学习。哎，大为，你呢，这段时间写诗没有？"

我叹了口气，说："哪有心思写诗哟。整天忙于给报纸副刊写稿，以挣点稿费吃饭，但靠那点稿费，哪里能生活得下去呢？"

石梅说："大为，那你有什么打算？"

我说："石梅，我今天来就是想问问，你说的那个建筑公司，你爸回信了么，那儿还要人么？"

石梅说："我爸没有回信，也不知道那里要不要人。可能是我爸知道我不会去那儿上班，所以就没问吧。"

我说："既然这样，那就算了，我另外去找事干。"

石梅想了一下说："大为，你在北京这个地方，没有熟人，你又去哪儿找工作呢？这样，我知道那公司在哪儿，我带你直接去问问，看他那儿还要人不。"

我一听高兴地说："好呀，太谢谢你了，石梅。"

我便跟着石梅乘车来到北京郊区，终于找到了北京朝阳建筑公司。

石梅找到了公司王总办公室，王总一听她是河南舞钢市委宣传部石部长的女儿石梅，十分热情地接待了我们，他叫秘书泡茶，说："小石，我能有今天，全靠你爸石部长帮忙，我从心底里感激他。再说，我与石部长也是多年故交。你多久来北京的，怎么不来找我？"

从他们的对话中，我就知道石梅爸和王总关系非同一般，但那是他们的交情，而我却与他们没有一点关系，能来这儿上班吗？我心里没底，我是石梅带来的，就是外人也看得出我和石梅的关系，我想王总肯定会看在石梅的面子上，能让我来上班，但只是我个人的猜想，具体得看王总的态度。

石梅说："王叔叔，我早就听我爸说起您，说您是成功的企业家，他说他那次来北京，还在您这儿住了几天。"

王总笑着说："是的，那次你爸来北京开会，开完会后他专程来我这儿玩了几天,我那几天哪儿都没去,专门陪他玩,陪他喝酒,你爸的酒量呀,真是大得惊人,他一个人就喝倒了我们三个。"

石梅说:"我爸没别的爱好,就是喜欢喝酒。哎,王叔叔,我给您介绍一下,他叫于大为,是我的朋友,原来是北京《农民文学报》记者,现在报纸停办了,他失业了,想在您这儿找个工作,您看有适合的事干吗?"

我真佩服石梅,表面看是在与王总套近乎,没想到她几句话就说得王总哈哈大笑,这一点我无法与她比的,也难怪她从小受到她爸的影响,知道怎么应酬,知道在哪种场合中说哪种话。

王总看了看我,说:"小石,他是你的朋友,怎么没听你爸说过?"

石梅说:"王叔叔,您也太不懂得我们晚辈的事了,我难道有个朋友也要告诉我爸吗?不信,您给我爸打个电话,我当着您面给他说。"

王总一听,笑着说:"小石,你多心了,我不是这个意思,我是说你和小于不是一般的朋友吧?当然,那是你们年轻人的事,我作为长辈就不再问了。"

石梅做了一个怪笑,这笑恰到好处地将话题转了,她说:"这就对了。"

王总说:"小石,你们在这里随便看看嘛,我还要处理一些事,我已叫张秘书安排好了晚饭,晚上我说什么也得请你们吃顿饭。"

石梅说:"好吧,谢谢王叔叔了。"

王总叫秘书说:"张秘书,你带他们在公司看看吧。"

张秘书带我们去公司楼外的花园里走了走,然后她又带我们去建筑工地上看了看。工地上全都是农民工,他们个个长得身强力壮,干起活来非常认真。从搭脚手架到浇筑框架、砌墙、抹灰都在紧张进行着。还有少数的女工,她们与丈夫一起出来,把娃娃撂在家中,足迹遍及全国的每一处建筑工地。她们的身影,她们的喊声给工地带来了活力,让坚硬的钢筋水泥不再冰冷,让尘土飞扬的施工现场的色彩也不再单调。

晚上,王总和张秘书一起陪我和石梅在一家大酒楼吃饭。晚餐安排得非常丰盛,我想这虽不算北京最好的餐馆,但起码也是一家中档以上的餐馆,这桌菜是我来北京后吃到最好的一桌菜了。王总端起酒杯说:"来,我敬你们一杯,小石呀,没想到你也来北京了,要是早知道,我肯定早就为你接风了。不过,现在也不算晚,也算迟到的接风吧,干杯!"

我们端起酒杯,喝下。随后张秘书也端起酒说:"来,小石,我也敬你一杯,听王总说你爸是他的老领导、老朋友,那我就更应敬你一杯!"

喝了酒后,吃了会菜,石梅又端起酒杯说:"王叔叔,我单独敬您一杯,谢谢您的热情款待。"

王总笑着说:"小石,你言重了,你爸石部长对我有恩,以后你有什么困难,就来找我,我一定尽力帮忙。"

石梅又端起酒杯,说:"第二杯酒,是我代我爸敬您。"

这时,张秘书也端起酒杯敬我,"于记者,来,我也敬你一杯,我最敬重文化人。"

在大家敬来敬去也喝得差不多了,我又再敬王总一杯说:"王总,今天通过石梅认识您,我感到很荣幸,以后还望您多关照!"

王总与我碰杯后喝下,说:"好,我看你这小伙子不错,我喜欢。"

石梅说:"王叔叔,这么说,你是同意大为来你这儿上班?"

王总说:"同意了,你介绍来的人,我怎么不同意呢?"

我说:"王总,那我哪天来上班呢?"

王总说:"你可以随时来。"

我赶忙端起酒杯敬王总,说:"王总,太谢谢你了,那我明天就来上班,以后还望你多关照。"

王总喝下酒后说:"张秘书,你好好安排一下,小于明天来上班。"

张秘书说:"好。"

王总说:"你明天来,就直接找张秘书,我事多,不一定在。"

吃完饭后,王总安排他公司的车分别将我和石梅送回家。

二

想到我已找到工作,本来说好今天去上班,但我想还是推迟一天去,今天在屋里好好收拾一下,把该洗的衣服洗了,把写好的那篇散文修改后抄好,再去到外面的邮局寄出去,也顺便买了两个大饼回来,就当一顿午餐,省得回家再弄饭,心情特别舒畅,便躺在床上睡午觉,可怎么也睡不着。

我便起床,觉得该去看看欧霞,把我找到工作的消息告诉她,我想她一定会高兴的,因为她一直劝我找个工作,看我整天写文章挣点稿费,却难以维持生计,她是真的为我担心,担心这样下去会不会压垮我。现在好了,我终于有了一份工作。虽然,是在建筑工地上班,活儿肯定重,但我不怕,至少有个事干,可以在北京待下去了。我便乘车去了她的住处,想她这时有可能在睡午觉,我便敲了敲门,没人回答。我又叫道:"欧霞,你还在睡午觉吗?"

欧霞怎么睡得这么死,我叫了好一阵,屋里都没人回答,她是不是提前去上班了，我又去到她打工的餐馆，也没看见她。我在外面站了一会儿，心想：她是不是去上街了，或者出去办什么事了，我就在外面等，等了好久，也没见她来，我只好向一位服务员打听，请问："欧霞在不？"

那位服务员看了我一下，说："她呀，辞工了，她这辈子可能都不会再在餐馆打工了。"

欧霞辞工？连我都不知道？她不可能辞工，这位服务员是在和我开玩笑吧？但我看她的表情，似笑非笑的，有点瞧不起人的样子，再认真想了想，她刚才说的话里有话，我又问道："欧霞辞工了，她什么时候辞的？"

她好像嫌我啰唆，有点懒得给我解释，她说："你是她什么人，这样关心她？"

我说："我是她朋友，我有事找她。"

她有点不耐烦了，说："你是她朋友，她都不告诉你，她辞工了？"

我有点生气了，说："请你告诉我，她是多久辞的工？"

她说："前几天辞的，她呀，现在找到一个有钱人，说不定已经是那个身家上亿的珠宝店老板娘了。"

这时，老板娘走过来，她好像知道我和欧霞的关系，忙打断服务员的话，说："你别乱说，人家可能另外找到更好的工作了。哎，于记者，你别听她的。"

我听了后，不知该怎么说："老板娘，谢谢你，我想问欧霞辞了工，到底去了哪儿？"

老板娘说："于记者，我那天就看出了，你和欧霞的关系非同一般，她辞工去了哪儿，怎么没告诉你？"

我回答道："她没告诉我，所以我才来问你的。"

老板娘说："她连你都没告诉，我们就更不知道了。于记者，你还没吃饭吧，要不就在这儿随便吃点？"

我说："我吃过了，谢谢老板娘。"

说罢，我转身走出了饭店，却不知去哪儿找她，心里一下变得很失落，想到我与她交往这一年多来的点点滴滴，还有那次我俩那个充满激情的夜晚，却又明显感觉那服务员说的是真的，从那天那个珠宝店的老板请我们吃饭就可以看出。于是，我也无心在街上转，就乘公交车回去了。回到租赁房里，便躺在床上睡觉，却怎么也睡不着，想着想着眼泪就流了出来……

躺了一会了，我觉得还是去建筑公司上班吧，说不定离开这个曾经带给我欢乐，现在又让我伤心的地方，心里会好受一些。我就出门乘车来到建筑公司。我找到张秘书，她说："于记者，你来了，先坐会儿。"

她去了隔壁办公室，一会儿就出来了，她说："你先去人事部报到。"

我就来到人事部，填了一张表后，那戴眼镜的主任笑了说："听说你还是记者，怎么来我们这儿干活呢？在报社当记者多好。"

我说："报纸停办了，没办法，只好来这儿打工。"

戴眼镜的主任笑着说："我还听说，你是我们王总亲自介绍来的。当然，只要与我们王总有这层关系，说不定你将来在这里还真能混出点名堂来，这样看来，在这儿混肯定比你在报社干要好得多。你们文化人眼光就是不一样，要比我们看得远。"

我听不出他这话是在挖苦我还是在夸奖我。我想两种味道都有，他这人说话有点酸溜溜的，我不知道当初王总怎么会用上他的，也许是我多想了，或许人家只是随便问问。但我却不知怎么回答，只是笑了笑。报到后，我就走了出来，回到办公室，张秘书说："你入职手续办好了么？"

我说："办好了。"

张秘书就帮我提东西，说："走，去那边安排住宿。"

我就跟着她去到公司对面的那幢楼前，她推开一间房，里面共有三张床，有两张床已有人住了，她说："你就住那张床嘛，这是职工宿舍，里面住的都是建筑工地上干活的工人。当然，这儿的条件只有这样了，希望你理解。"

屋里乱七八糟的，好像很久都没收拾一样，有一种发霉和汗臭味，我一看心都凉了，这么大一个公司，怎么宿舍条件这么差？但仔细想来，大多建筑工地上干活的人，生活条件都这样，整天累得不行，下班后基本上就是睡觉，这样枯燥而单调的生活，怎么能让他们有过多的讲究呢？我说："好的，谢谢你，张秘书。"

张秘书笑了笑，她似乎也有点为难，说："你先去收拾一下，有什么需要我帮忙的，你尽管说。"

张秘书说完后就走了，我就去收拾屋里，把那些乱七八糟的东西拿出去扔了，又把屋里的灰尘简单地扫了扫，把我睡的床弄干净后，将我带来的被子铺上……收拾好后，去外面随便吃了点，就回到寝室里。

这时，那两位在工地上干活的人也下班回来了，他们见我住这儿，左看右看好像我也不像是来工地干活的，其中一人便问道："你是新来的？"

我也看了看他们，身体壮实，脸上露出憨厚的微笑，我说："是的，今天才来。"

另一个人问道："你老家是哪儿的？"

我说："重庆的，你们呢？"

他说："我是安徽的，他是湖北的，我们在这工地上干两年多了。不过，在这儿干，每月工资能兑现，不像有的工地，工资一拖再拖，我们出门挣钱，就是为了能有钱寄回去养家嘛。"

我说:"哎,我们以后就要在一起干活了,我叫于大为,请问你们叫什么名字呢?"

他说:"我叫徐二林,他叫李天春。"

李天春说:"于大为,你吃饭没有?你先在我这儿拿饭票去伙食团打饭吃。你才来,人生地不熟的,以后呀,我们就是好兄弟了。"

我一听,真有些感动,看他们对人那么真诚的分上,我想以后我也不再是形单影只了。我说:"谢谢了,我刚在外面吃了,以后还望二位多多关照了。"

他们听后笑了笑,就出去吃饭了,可他们刚才换下的衣服又堆在床底下,时不时还发出汗臭味,我赶忙打开窗子和门,也走出去透透气。

第二天,我来到办公室找张秘书,我的住宿安排好了,现在也应上班了,因为我来这儿就是干活的,这段时间由于没有班上,已玩得不知所措了,现在真想马上上班。我说:"张秘书,我干啥活呢?"

张秘书笑着说:"王总出去办事了,他还没回来,你到底干啥工作,只有等他回来才能安排。因为你是王总介绍来的,他肯定有他的安排。没事,这几天,你就放心玩。"

这个建筑公司还这么复杂呀,随便给我安排个工作不就得了,我啥活也愿意干,可为什么安排个活儿也要等王总,要是他不回来,我就上不了班么?我说:"那王总还要多久才回来?"

张秘书笑了笑,说:"这个呀,说不准,他有时三五天,有时十天八天才回来。"

我说:"那我这几天就没事干哟?"

张秘书说:"从你报到那天起,你就在这儿上班了,这几天你玩也是上班,上班也是玩,反正有工资的。"

我笑着说:"还有这种好事?"

张秘书说:"当然,你不一样,是王总介绍来的,要是别人肯定不行。哎,这是我刚去给你买的饭票,你先拿去吃。"

我接过饭票说:"多少钱,我给你?总不能让你出钱给我买饭票吧?"

张秘书笑着说:"这不是我出钱,是到时统一在工资中扣的,公司的人都这样的。"

我接过饭票,看见张秘书也还在忙,就走出了办公室。

回到寝室后,徐二林和李天春也上班了,屋里显得空荡荡的,我随手拿起一本带来的书,可翻了几页就不想看了,我又想到了欧霞,她现在去哪儿了呢?不管在心中爱她也好,恨她也罢,自己都会时不时想起她,或许是因为这大半年的相处,不说是我对她有多少依恋,至少她在我心中还是非常重要的。如今,她却跟着别人走了,我却不知该怎样面对这一切。

三

这几天,我一直没事干,除了在工地上转转,就在寝室里看看书,偶尔也写写诗,现在好了,不像原来整天为了挣稿费而挖空心思去构思散文随笔,总是对着报纸副刊的口味去写,为的是能发表而多挣点稿费,现在似乎不为生活费发愁了,又随心所欲地写起诗来,由于好久没写诗了,只要一想起诗就特别亲切。

同室的工友几乎和我混熟了,他们每天忙于工地上的活,只有晚上才能回到寝室。徐二林问我:"于大为,你到底来这儿是干啥活,每天没看见你上班,你的工作就是玩?"

我不知怎么和他们说,我也巴不得早点有活干,这样玩多无聊,可他们却不理解我的心情,都以为玩比干活好,但我现在真的是玩够了,要干起活儿才觉得充实。我说:"哪里,是王总这几天出去办事了,还没回来,要等他回来才安排我的工作。"

李天春说:"兄弟,你有文化是不一样,来工地上干活也要王总亲自安排,我们呀,都是由班长直接安排,平时想见王总一面都难。"

我有些不理解,说:"见王总难,他不是每天都在办公室?"

李春天说:"是在办公室,但平时有啥事,我们只能找班长,你想这个建筑工地上好几百人干活,啥事都找王总,他一个人忙得过来么?"

他们说的也是,这么大一个工地,上上下下几百人,啥事都由他一个人来安排,还不被累死?但安排我的工作为什么偏要等王总回来,一个电话问问不就行了,我想这是张秘书的处事之道,因为我是王总介绍来的,如果安排不好怕被王总批评,等就等吧,反正我也不差多玩这几天。我想了想,说:"也是。"

徐二林说:"天春,我们有好久没出去喝酒了,走,今晚我们出去喝两杯?"

我笑着说:"行,我才来,以后好多事还望二位关照。"

李天春说:"于大为,你才来,不懂得我们这儿的约定,凡出去喝酒,都是AA制,吃多少大家平摊,不能谁请,都是干活的兄弟,都是为了挣点钱回家,你说谁请谁呀?"

我说:"今晚破例,就我请你们喝酒,下不为例。"

徐二林也说:"兄弟,你的好意我们领了,但不能坏了这儿的约定,走,老规矩,喝酒去,AA制。"

我实在说不过他们,便说:"好。"

我和他们来到工地旁边的一家小餐馆,这家餐馆不大,几乎没有装修,房屋显得有些老旧,显然是个小餐馆。只是紧挨着街道,还是有一些人来这里吃饭。徐二林说:"天春,还是你点菜吧,你每次点的菜又好吃又便宜。"

李天春不客气地说:"当然,以前我在老家就开过饭馆,所以,知道哪些菜好吃,哪些菜便宜。"

李天春点完菜后,老板娘笑着走过来说:"你们有好久没来喝酒了,是不是工地上很忙?"

李天春说:"是呀,这段时间没下雨,没休息时间,所以没出来吃,老板娘,叫你的厨师弄快点,我们都饿了。"

老板娘说:"好,我马上去催,也难怪,你们每天干这么重的活,肯定饿了。"

老板娘说完走了,徐二林说:"天春,你没看出老板娘对你好像有点意思哟,她巴不得你天天来吃。"

李天春说:"看你说的,她这是盼我天天给她送钱来,我家里有老有小,你说我还能天天在她这儿吃?"

我说:"是呀,出门挣钱不容易。"

徐二林说:"兄弟,你今年多大?"

我说:"我今年二十五岁了。"

徐二林说:"这么年轻就北漂了,而且还在报社当过记者,不简单。

哎，你结婚了么？"

不管他说的是真的还是有意奉承我，但我听起来感觉很舒服，因为这段时间有一点压抑，真难得有这样开心的时候，我高兴地说："北漂，不论年龄大小，我也想出来闯一闯嘛。"

李天春说："兄弟，你这选择是正确的。俗话说得好，人不出门身不贵，像我，以前在家干农活，左邻右舍的还不觉得我咋样。在我来北京打工了，回家后大家看我就像变了个人似的，老远就笑着走过来，不是请我吃饭就是请我喝茶，我说人呀，还是出来混得好。"

我说："天春兄说得对。哎，你们都结婚了吗？"

徐二林笑着说："我二十岁就结婚，二十一岁就当爸爸，我今年三十岁了，我儿子都上小学了。"

李天春说："我是晚婚，二十五岁才结婚，我今年三十七岁了，我大女儿十一岁了，小儿子九岁，你说我家里负担重不？"

不一会儿，菜弄好端上来了，徐二林又叫了一瓶二锅头酒，他倒上酒说："来，都是一个寝室的兄弟，我们不说敬，各喝各的，慢慢地喝。"

我听他们这样说，也不好再敬他们，就只能慢慢地喝。徐二林问道："兄弟，你是怎么认识王总的？"

我说："我是通过一个朋友介绍认识王总的。"

李天春说："二林，你问这个干吗，我看于兄弟是个老实人，你就别为难他了，我想他肯定也是在没办法才来我们这儿的，不然，他傻也没傻到在报社当记者都不干，跑来这建筑工地上干吧？"

我听后，苦笑了一下，表面上看他们老实巴交的，但实际上他们也不傻，也懂得人情世故，也最能理解人。我不知怎么回答他，只笑笑了之，然后喝酒。我们把一瓶二锅头都喝完了，李天春说："酒就喝这一瓶了，别喝多了，明天还要干活。"

我看大家都喝得差不多了，起身就去付钱，李天春跑过来，十分生气地说："兄弟，你这人怎么不耿直？说好了，不要你请嘛，你还来付钱，多不够意思。"

我看他真生气了，就说："那好吧，我听你的。"

李天春掏出钱付了，说："我先垫着，我们回去算。"

我们三人由于喝了酒，话也多了起来，就在街上东看看西逛逛，全然像几个"疯子"，但别人都看出来了，我们喝了酒，都远远地让开。喝了酒后大家都放开了，想说就说，想笑就笑，全然进入一个属于自己的世界。在那个卖衣服的摊前，徐二林去问一件小孩穿的衣服，说："老板，这件衣服多少钱？"

老板说："六十元。"

徐二林说："这么贵呀？最多三十元。"

老板说："你太不识货了，这么好一件衣服，三十元，你去别处看吧，我这儿没有三十元的衣服。"

李天春说："二林，你这么远给你儿子买，就是寄回去的钱，也可以在当地买件衣服了。"

徐二林想了想说："也是。"

在那个玩具摊前，徐二林又看上了那一款无线控制跑车，他想给他儿子买一个寄回去，问道："这玩具车多少钱一个？"

老板说："一百五十元。"

李天春笑着说："我说二林呀，你又不是小孩，玩这个干吗？你来北京好几年了，连这个玩意都没见过，这个不稀奇了，还有更高档的呢。"

徐二林说："哪里是买来我玩，我是想给我儿子寄回去，我们那商场，肯定没这个卖。"

我说："也行的，买吧。"

李天春说："不要，兄弟，太贵了，打对折还行。"

老板看我们喝了酒，他生气地说："这个我不卖了，你们去别处买吧。"

徐二林说："怪了，我出钱难道还买不到，我还就不信了。"

我们逛了好一会儿，闹也闹够了，话也说得有点多了，最后才回到寝室。李天春把账算了一下，说："今晚一共吃了一百二十元，每人四十元。"

我就把四十元给了李天春，徐二林说："天春，我领了工资再给你，我前几天才把钱寄回去了，身上的钱不多了。"

李天春说："好，你领了工资一定要记得给我哟。"

徐二林说："好，一定会记得给你。"

随后，李天春拿出他妻子和女儿、儿子的照片给我看，说："大为兄弟，你看，这是我老婆，人虽然不算漂亮，但身体好干活行，我家里全靠她哟。"

我认真看了看，多朴素的女人，他的女儿长得多像他，高个子，很漂亮，他儿子也还小，有点调皮地笑着。我真羡慕他，有这么一个幸福的家庭，难怪他这么努力挣钱，他的家人才是他的精神支柱。

徐二林也拿过去看了看，好像也在羡慕他，说："天春，这照片好像是你去年回家过年带来的，还放着呀？"

李天春说："是的，在我这儿放了快一年了，我没事时总是拿出来看看，仿佛他们就在我身边一样。"

徐二林说："叫我老婆寄张照片来，可她直到现在还没寄来。"

我看着他们，又情不自禁地想起欧霞来。可惜我和欧霞相处这么久，居然还没有和她照过一张相，就连她的单人照我也没有，要是有，我也可以拿出来，在他们面前展示一下，让他们也看看，我的女朋友长个啥样，哦，不，应该是前女友了。

第十四章

一

一周后，王总回来了。他走的这几天，我在公司里玩，虽然有工资，但还是感到不踏实，那天张秘书把我叫去王总办公室，王总说："大为呀，你来这几天，我有事去深圳了，住宿安排好了么？还习惯吗？"

我说："安排好了，我和同寝室的二位处得很好。"

王总一听，吃惊地问道："怎么，把你安排在工人宿舍？"

我说："是的，我和徐二林、李天春住一间，很好的。"

王总生气地叫隔壁办公室的张秘书，说："你过来一下。"

张秘书马上走过来，问道："王总，你叫我？"

王总说："张秘书，你怎么安排于大为去住工人宿舍，他能与他们住在一起吗？"

张秘书笑了，说："对不起，王总，因为你那天没说他住哪儿。所以，我就……"

王总说："你去，给他在管理人员宿舍安排一个单间，因为他是文化人，需要一个安静的地方好写作。"

张秘书说："好，我马上去安排。"

张秘书走后，我说："王总，其实我住哪儿都一样。"

王总笑着说:"小于呀,你在我面前就别客气了,那天是小石亲自把你带来的,我一眼就看出了你和她的关系,所以,我就是你叔叔了。"

我听后笑着说:"谢谢王总。"

王总说:"你以后的工作,我已安排好了,明天张秘书给你交代,你先去把宿舍安排好。"

我起身走出王总办公室,心里还是十分高兴,没想到王总如此看重我,这让从心底里感激他。当然,他这不是看在我的分上,是看在石梅爸的分上,认识石梅真好,因为她,我才能来到这个建筑公司工作,我一定会好好干,以此来报答他们对我的好。正好碰到张秘书,她叫我去看另一幢楼管理人员的宿舍,这是一幢三层小楼,我就住三楼上,张秘书说:"这间最清静,于记者,没想到王总这么器重你,好好干,将来你肯定会有出息的。"

我接过钥匙,说:"谢谢你,张秘书。"

张秘书走后,我认真看了看这间屋子,虽然不大,但却很清静,里面有一张书桌,一张藤椅,还有一张床,可能这间屋子很久没人住了,里面有些灰尘,我就大概打扫了一下,感觉住这儿很不错,比先前住的职工宿舍好多了。还是有文化好呀,不过,王总也是看在石梅爸分上,才安排我住这单间,如果他不是把我当文化人,还能这样高看我么?

我开始收拾东西,在搬行李时,刚好遇到徐二林和李天春下班回来,李天春笑道:"于兄弟,我早就知道你会有这一天的,只是没想到这么快就搬走了,还是有文化的好呀!哪像我们,在这寝室里住了两年多了,可能永远也享受不到你那种待遇了。"

我笑着说:"李大哥,别笑我了,我也跟你们一样,是打工的。"

徐二林拍了拍我的肩说:"于兄弟,你哪天得请我们喝酒哟,我真心祝贺你,这么快就升迁了。"

我说:"谢谢二位了,你们随时来我的宿舍玩。"

李天春说:"好,我们这就去看看。"

他们便帮我提着东西,来到了我的宿舍里,一会儿在椅子上坐坐,一会儿在床上躺躺,好像真的很羡慕的样子,李天春说:"兄弟,你这里住起来可真舒服。"

我笑了说:"那你们今晚就别走了,就在我这儿住一晚?"

徐二林说:"别,别,俗话说,别人的金窝银窝不如自己的狗窝,我还是住自己的寝室踏实。"

李天春说:"二林,你也别这样说,于兄弟好歹也是从我们宿舍走出来的人,就是自家兄弟,兄弟之间还分你我?"

徐二林笑着说:"我没这个意思,我是从心底为他高兴。"

我说:"哎,今晚我请你们喝酒?"

李天春说:"今晚就算了,等你工作安排好了,如果真成了管理人员,到时我们再去喝酒,好好庆贺。二林,我们走吧,让于兄弟好收拾收拾嘛!"

他们走后,我看着屋里,一切都收拾得干干净净,虽比不上欧霞和谢雨的房间收拾得那么干净,但我觉得还不错,看起来还像个寝室,一个人住还是显得很宽敞的,能有现在这样一间不花钱的住处,我知足了。

第二天,张秘书便安排我的工作,她说:"你的工作是守那个库房,就是工地上的人拿班长开的领条来领手套、工具、水泥等工作用品。"

我打开库房一看,里面全是工地上常用的东西。张秘书说:"这儿原来是老王在管,前几天他辞工回四川老家了,你来了正好,这儿缺人,你就好好干,千万别出差错,这个工作是全公司最轻松的工作,你一定要好好珍惜,如有不懂的,你就问我。"

原想来建筑工地都是干重活，不是搬砖就是扛水泥，不是挖土方就是打水泥桩，哪知还有这么轻松的活，能找到这样的工作，我真是很满足很开心了。我说："好的，我一定好好干，还希望你多多关照。"

张秘书笑着说："我哪敢，你是王总面前的红人，还希望你在王总那儿给我美言几句。"

我似乎听出了她话中有话，但装着什么也没听懂，说："哪里，我才来，啥也不懂，还得向你多学习。"

张秘书走后，我就着手清理了一下库房的东西，好熟悉一下哪样东西放在哪儿，如有人来领，才知道哪样东西在哪儿。我忙了一整天，基本熟悉了里面的情况，觉得腰酸背疼的，但心情舒畅，因为自己终于有了份工作了。

晚上，我去伙食团吃了饭，觉得没事，应去看看何谓了顺便告诉他一声，我找到工作了。不管怎么说，我们还是老乡，在我最困难的时候，是他叫我写报纸副刊稿，才渡过了难关，于情于理都应去看看他，把我找到工作的消息告诉他。我就乘车来到他的住处，何谓也刚吃完饭，正在赶写一篇稿子，他见我来了，说："大为，你这段时间去哪儿了，我去你租赁房找你，房东说你退房了，你去哪儿了？"

我说："我找到工作了，在一家建筑公司上班，公司里有住处，我就把房退了。"

何谓说："你去建筑公司上班了，你怎么去那儿上班呀？在那儿干活多累，你吃得消吗？"

我笑了说："我在那儿干，不是在工地上，而是管理库房，活儿轻松。"

何谓听后说："你真行，怎么一下子就找到这么轻松的活儿？"

我知道他心中有石梅，也怕他误会我什么，就没告诉他是石梅介绍我去的，笑着说："是碰运气，但在那儿再轻松，也没有你这大编辑的工作好。"

何谓叹息了一声说："表面上看编辑的工作很好，实际上是苦差事，整天看稿改稿，头都弄晕。我早就不想干了，可又找不到适合的工作。"

何谓也真是，人人都羡慕当编辑记者，可他还说不想干了，他是不是脑子进水，我自从报纸停刊后，就是做梦都想找一份他那样的工作，既是我的爱好又风光体面，干起来肯定不觉得累。我说："何谓，你别这样想，我就十分羡慕你这编辑的工作，要是有一天我能当编辑，该多好呀！"

何谓说："哎，大为，你寄给我的稿子已用完了，你快写点来吧。"

我这才想起，我也好几天没写稿子，现在我有了一份工作，不想写那个了，因为写起来费力，也难发表。再说，写散文随笔不是我的最爱，我真正爱好的是写诗，只要有了灵感，写起诗来才真正进入了一种创作境界。我说："现在我不想写副刊稿了，写那稿子太累了。"

何谓笑着说："那你以前不是天天写么？现在怎么不写了？你呀，刚上路别丢了，如果一旦丢了，要是有一天再回过头来写，就难了。"

我说："以后我也不想写了，我真正的爱好是写诗，当诗人才是我真正的梦想。"

何谓将最近几期报纸给我，说："你来了，样报和稿费我现在就给你，我也省得跑邮局寄了。"

我接过报纸和稿费，十分高兴地说："老乡，谢谢你的鼓励和帮助，才让我渡过难关。"

何谓说："你别感谢我，你得感谢刘总编，他昨天还在问我，怎么没看见你的稿子了，可见他对你多器重。"

我说："请你代我感谢他，我以后有时间一定去看他。"

何谓说:"大为,说真的,我也不想去写副刊稿,只是自己是副刊编辑,不写点怎么行。其实写点自己喜欢的东西,我想才有意义。"

我与何谓交谈了一会儿,看他比较忙,便说:"何谓,你还要写稿子,我先走了,你也早点休息。"

何谓送我出门后,问道:"大为,你最近见到石梅了吗?"

我说:"见到了,她很好。"

何谓说:"只要她过得好,我就放心了。"

二

我每天的工作就是管理库房,其实每天来库房领东西的人并不多,上班就显得十分悠闲,先前一段时间,我没事时就在库房前站站、走走,因为是上班时间,不敢看书看报,更不敢写诗,如果看书看报或者写诗,怕有人说我不务正业,因为那只是业余爱好,现在最主要是上好班,这样就闲得慌。

但有时看见工地上那些干活的人,每天累死累活的,而且全身沾满水泥和泥土不说,还被汗水浸湿,那么辛苦,我却干这么轻松的工作,还真是感到欣慰。总觉得这样悠闲着,一点乐趣也没有,有时还真想像那些工地上的人一样,真正地干上一阵活,或许还踏实得多,可自己的工作性质不一样,只能在这儿待着。慢慢地,我也拿着书去,在没人来时,也偷偷地看看，偶尔也写写，只要有人来，不管是工人或是管理人员来，我就把书和稿子放抽屉里。

这天，李天春拿着班长批的条子，来领绳子和手套，他说："大为，我今天来领东西。哎，手套能不能多给我几双，毕竟我们是好兄弟。"

我笑着说："李大哥，这个不行，库房里的东西是点了数的，到时盘点不对，我就无法交代。"

李天春笑着说："大为，我是试试你的，看你还认不认我这个兄长。再说，我李天春也是爷们，能为那几双手套让你犯错误吗？"

我真不知这个李天春说这话是啥意思，他到底是想多要几双手套或者真像他说的，是在试试我，不管他是啥意思，我都得坚持原则，虽然手套不值钱，但这毕竟是公司的财产，管理库房是我的工作，我就得认认真真地把这工作做好，才对得起王总对我的信任。我笑着说："是的，还是李大哥理解人。"

李天春说："大为，我早说过，你是个忠厚人，不但对兄弟耿直，对工作也十分认真，好样的。"

李天春走后，又没事了，我就拿出刚写的诗认真修改起来，可谁知，这时王总却站在我的身后，他说："大为，你在写什么？"

我赶忙将诗稿放进抽屉里，心想：这下麻烦了，我在工作时写诗，不说要被开除，至少也要被王总批评。我说："对不起，王总，我觉得这时没事，就随便写了几句。"

王总不但没有生气，也没有要批评我的意思，他笑着说："你写的什么，能不能给我看看？"

我为难地说："我……我写几句诗，王总，是我不对，不应在上班时间写诗，下不为例。"

王总说:"你给我看看嘛!"

我只好把刚写好的诗给了王总,他看后连连点头,说:"诗写得不错,说真的,我年轻时也是个文学爱好者,也喜欢写诗,只是后来出来创业了,就没时间写诗了。"

我说:"王总,你以前也写过诗?"

王总说:"是的,那时我还在一个村小学代课,在工作之余,就是读书写作,真算是如醉如痴。哎,在出来创业的这些年就再也没写过诗了,但一想起写诗那些年,还真是满满的回忆啊!"

王总的这番话,让我从惊慌中平静了下来,表面上看,他是个不近人情的人,但现在看来,他是个非常理解人的领导。我说:"没想到,王总也有这个爱好。"

王总说:"大为,你在保证不耽误工作的情况下,可以写诗,而且我还要鼓励你多写,像你这样有追求的年轻人,我喜欢。"

听了王总的话,我终于放心了,在不影响工作的前提下,我可以看书写作了。在这个公司里,王总说的话就是规定。王总走后,我又拿出刚写的诗修改,可能是因为王总的一番话,让我受到了鼓励,我发誓一定要努力写。随后,我便将诗抄好,利用中午吃饭的时间,去附近的邮局寄给了报刊。

好久没给报刊投过诗稿了,而且现在诗对我来说有些陌生,但通过这次写诗,仿佛让我又找到了一点感觉,诗又在我的生活中复活,让我有一种创作的欲望,好像马上就能写出一本诗集。那沉睡在心中的诗,又在我的眼前浮现,让我一个中午都在兴奋之中度过。

下午,张秘书把我叫去她的办公室,说:"大为,王总对你写的诗十分欣赏,他叫你每周必须写一首诗给他。"

我说："每周写一首诗给他，这也是我的工作？"

张秘书说："这是公司安排的，也算是你必须完成的工作。"

我听后笑了，说："张秘书，你开什么玩笑，我来建筑公司的工作是管理库房，哪有来这儿专门写诗的，这是公司，不是作协也不是文联。"

张秘书说："这是公司，是王总说了算，他叫你这么做你就得这么做，他叫你每周写首诗给他，也就是你必须完成的任务。"

我不明白王总为什么要我写诗给他，但既然是他安排的工作，我就必须完成。我在管理好库房的同时，又多了一项任务就是写诗。当然，这两样工作对我来说都不难，写诗作为一项工作任务，我还是头一次听说，但是王总安排的，就必须完成。这样，本来我只当一种业余爱好，偶尔写写的诗，现在又不得不去认真对待，原来想写什么就写什么，现在却不一样，必须写好，不然岂不是让王总看笑话。

第一周，我抄了一首诗给王总，心想：听他说什么，可他看了后什么也没说；第二周，我又写了首诗给王总，仍没听到他说写得好或不好。就这样，我一边管理库房一边写诗，在写诗给王总的同时，也抄好投寄报刊。我真搞不懂，这到底我是在建筑公司上班，还是在作协文联上班呢？管他的，只要每月能拿到工资吃饭，还能写诗，这才是我想要的工作。

在我的诗一首一首投出去后，慢慢地就有一些诗在报刊上发表了，也时不时收到样刊和稿费。

那天，由于下雨工地上停工，工人们没上班，就没人来领东西了，我也把库房门关上，好不容易有一天轻松时间，本想好好在寝室里睡上一觉，李天春、徐二林约我去逛街，我们就来到附近的商场，从一楼逛到五楼，我们只是看看各种商品，几乎不买。在三楼的卖衣服处，我看见欧霞与珠宝店的老板在那儿买衣服，我真想跑过去问问她，她当初为什么要离开我，和他在一起。可总觉得这样不好，也就只能远远地看着。

欧霞试好了一件衣服后，那男人十分爽快地付了钱，他们就开心地提着衣服走了。现在的欧霞，穿着打扮更时髦了，我看着她的背影，仿佛和以前判若两人，她变了，变得美丽漂亮了，但变得让我不认识了。李天春见我呆呆地看着他们，他也看了看他们，问道："兄弟，你认识他们？"

我赶忙摇了摇头，说："不认识。"

李天春说："别看了，兄弟，你别看那女人长得漂亮，说不定是给他当情人了，你看那男人年龄肯定比她大很多。不然，那人会这么爽快地给她买衣服么？在这儿买一件衣服，少说也要上千嘛！"

在他们走后，我走过去看了看她刚才买的那衣服的价格，标价一千六百元。现在，我终于明白欧霞为什么要离开我跟他，因为他是珠宝店老板，他有钱，有钱的男人可以满足她，她想要什么就可以给她买什么，而我没钱，似乎也只能默默地祝福她。随后，我们又逛了逛，在三楼的化妆品柜前，又看见欧霞买了化妆品，提着就走出去上了一辆白色小轿车走了。

这时，我就想起彩霞来了。那时我静静地走在校园内，因为有彩霞，让我感受着周围拂过的风，湿润的泥土的气息，扑鼻而来。抬起头，望着天边的朝阳，新的一天在太阳升起的那一刻开始了。淡蓝色的教学楼一栋挨着一栋，在朝阳的映衬下泛着红色的光晕，宁静和安详。教学楼对面有一排茂盛的树，树叶上的露珠在朝阳的照耀下泛着点点光辉，如一颗颗闪闪发亮的钻石，摇摇欲坠。

看着彩霞从校园树下的小道上走过，接着从树叶丛中飞出了一只鸟，接着是两只、三只……校园沉浸在鸟语中，那叽叽喳喳的声音，霎时组成了一首美妙而动听的音乐。楼前的花花草草聆听着风的伴奏，品味叽叽喳喳的鸟语，感受春天的气息。

在这万物生长的季节，当楼前的鲜花争先恐后地开放时，我总是偷偷地站在那里，等着彩霞出现，我和她只能远远地看着，没有说话更没有交流，仿佛这才是最美的时光。

现在彩霞也来到了北京，我们在这里相遇，可仍觉得隔得很远。我好想去见见她，可又怕见到她，因为我现在不再在报社上班了，而是在建筑公司打工，见了她，她肯定会对我失望的。

可越怕见她，却又偏偏碰见了她。就在我们走出商店时，我听见有人在叫我，我回头一看是彩霞，我说："彩霞，你怎么在这儿，你这是要去哪儿？"

彩霞说："我现在在北京一家健身器公司实习，我这是去联系客户。哎，大为，你有空么？如有空，和我一起去吧，多一个人好办事些。"

我想了想，说："我……我有空，只是我现在不是报社记者了，因为报纸停刊了，我现在一家建筑公司打工。"

彩霞说："你是不是记者不重要，我就是想你陪我去会见一个客户，因为我也是第一次出来嘛，有点心虚。"

"好。"于是，我就和李天春他们说我有点事，便陪彩霞去了。

我和彩霞坐公交车来到北京郊区大兴县，又打车来到那家公司。可没有想到，那位分管采购的王科长这时不在，办公室人员就叫我们等会儿再来。

我们走出了厂办公室，随便在厂区里转转。厂区里很大，车间里工人们正在忙着干活，机器的轰轰声响得很有节奏。走过生产车间，到处都显得干净整洁。包括办公室、生产车间和仓库等区域，都有绿树，都有花草，给人的印象就是大公司跟我们的小公司不一样，从这里就能感受到大企业的精神风貌。它不仅可以让外宾、厂商及参观者产生良好的印象，更主要的是让员工在一个清洁、整齐、优美的环境中工作,其安全性才能得以保障。

彩霞也不愿再转了,就在那花坛边的椅子上坐下,抱怨地说:"没想到我一个堂堂大学生,还来跑这个,受这种罪。"

我安慰她说:"是的,彩霞,工作真难呀。"

感觉过了好久,我看有点晚了,我说:"现在都快下班了,我们再去办公室看看吧,不然下班后就找不到人了。"

我们走进办公室后,一打听才知道王科长早就回来了。在我们说明来意后,王科长似乎明白了什么,一下子变得十分客气起来说:"请进,进来坐!"

在他给我们泡上茶后,就和我们聊起一些他们企业的俱乐部准备要购一批健身器的事,但他却没明确说要购哪种健身器,也没说要购哪个公司生产的,更没说要购买多少。聪明的彩霞却转开话题,试着与王科长谈起最近国际足球赛的事,不知王科长是对彩霞的人感兴趣还真对足球有兴趣。

彩霞说:"一年一度的意大利足球球星招聘和转会交易会,是世界上独一无二的足球球星市场。三级球队的负责人及球星经纪人,在这里把球星当商品卖出去买进来,生意十分红火。市场占地1.3万平方米,设施相当齐全。"

王科长听后,连连点头:"对对,我前几天看新闻才知道的。"

彩霞继续说:"王科长,你知道不,在法国和摩纳哥的国境线上,有一个足球场,分属两国所有。这个球场本来是摩纳哥修建的,后来在划分国界时,国境线正好从球场通过。谈判后,达成协议:两国各占球场的一半和一个球门。"

王科长仍开心地笑着:"看不出呀,彩霞,你懂得的足球趣事,比我多，我虽然是个足球迷，在你面前只能是小巫见大巫了。"

彩霞继续说："还有呢，巴西人酷爱足球运动。巴西在举行足球赛前，要举行隆重的比赛仪式。仪式开始时，几百名红衣白裤的仪仗队员在场地上奏乐行进。然后全场肃立，奏哀乐，为在足球运动中死难的运动员致哀。接着，会在观众席上打出几十面大旗，并摇旗呐喊，预祝球队取得胜利。同时四面八方的看台上，燃起震耳的爆竹，比赛便在喧腾中开始。"

彩霞说着关于足球的一个个趣事，听得王科长非常高兴，也让我们先前有些生硬的气氛一下变得融洽了。

谈了好一阵，彩霞话题一转，说："王科长，我们这次来，是想请你购买一些我们公司的健身器，你看？"

王科笑着说："这个嘛，你先留个你们公司的电话嘛，如果我们认为有需要，我再联系你，好么？"

彩霞给他留下了个电话，我们就起身告辞了。

随后，我们乘最后一班公交车回来，我说："彩霞，我送你回去吧？"

彩霞笑着说："不用了，大为，你可能也累了，早点回去休息吧，我乘公交，一会儿就到了。"

临走时，彩霞在我的脸上亲了一下，这也许就是给我陪她的一个奖励吧。

三

总公司要搞一个庆"五一"活动，要求各建筑分公司准备两个节目。张秘书通知我去她办公室，说："大为，这次总公司要求出两个节目，王总的意思是你去朗诵一首诗，你好好准备一下。"

我说："我去朗诵一首诗？张秘书，你看我这形象，站在那么大的舞台上，也不像一个搞艺术的人嘛！"

张秘书笑着说："大为，这就是你的不自信了，我看你就很有诗人气质，你如果在这个活动上朗诵一首自己写的诗，说不定你还真能一举成名了。再说，这是王总安排的，说什么也得完成。"

我想了想，既然是公司安排的，那我就得去完成，写诗是我的爱好，去朗诵一首诗对于我来说也不是一件难事。再说，我在上初中时就上台朗诵过诗，但现在跟那时不一样，那时候是在老师的指导下，也不管朗诵得好与不好，只是锻炼学生的胆量。现在却是正儿八经参加比赛，不说拿奖，至少也要朗诵得像模像样的，才讲得过去。既然是王总安排，再难我也得去，因为我是这建筑公司的工人，一切都得服从公司领导的安排。我说："好，张秘书，公司要求是朗诵自己的诗还是别人的诗，比如名家的？"

张秘书说："这个没有规定，你自己定吧。"

我说："好的，我就好好准备一下。"

张秘书说："明天，我把王海燕叫来，我们好好商量一下，争取在这次活动中，我们公司的节目能得个奖，因为这也代表公司的形象。"

第二天，张秘书就叫我和王海燕去到她的办公室，我来公司这么久了，好像还是第一次见到王海燕。她说："你们可能还不认识，她叫王海燕，你别看她平时是开塔吊的女工，但她的歌唱得很好，是我们公司的歌唱家呢。"

王海燕笑着说："别夸我了，我哪是歌唱家呢？只是爱好而已。"

张秘书又说："他叫于大为，以前是报社记者，诗写得很好，王总很欣赏他的诗，他呀，也是我们公司的大诗人。你们二位都是人才，这次王总点名让你们二位代表我们公司去参加这次活动，你们一定要好好准备，争取拿个奖。"

我认真看了看王海燕，年轻漂亮，天真可爱，要不是张秘书先前介绍她是公司开塔吊的工人，我这时一定把她当成一个搞艺术的人，从她身上我看出了不凡的气质。我问道："王海燕，你也是北漂人？"

王海燕笑着说："你怎么知道，难道你也是北漂的？"

我点了点头说："是的，来北京已经一年多了。"

张秘书说："看来你们都是北漂的，其实，北漂的人个个都是人才，个个都有本事。不然，能来北漂么？"

我和王海燕都笑了，但这笑中有苦涩，也有无奈。

张秘书说："王海燕，这次你准备表演个啥节目？"

王海燕说："去年'五一'我是唱董文华的《望星空》，今年我想唱《常回家看看》，你看如何？"

张秘书说："如果还能找几个人跳舞，以歌伴舞的形式出现，我想效果肯定好些。"

王海燕说："是呀，我在老家上台唱歌时，都是歌伴舞，效果好得多。可这是建筑公司，在这儿干活的人都是男人，又没几个爱好唱歌跳舞的，如果在外面请，可能不现实，我只能唱独角了，就一个人唱首歌算了。"

张秘书叹息了一声，说："是呀，我们这是建筑公司，不是什么文化馆、艺术馆，没有这方面的人才，只能这样了。"

王海燕说："你放心，拿大奖我没多大把握，拿个三等奖肯定是没问题的，因为我在老家就经常上台参加各种演出。"

张秘书问道："大为，你呢？"

我说："我想上台朗诵一首我自己写的诗，虽然我的诗没舒婷的《致橡树》那么感人，但我尽力写一首歌颂我们劳动者的诗，我会用心去朗诵。我想不光是用诗去打动评委和观众，而且我会用心去感动所有人。"

王海燕听后说："你真这么有把握？"

她不相信我有这个能力，说朗诵我没把握，但说写诗我想肯定是没问题的。这天底下，难道只有她一个人自信，从她的形象上来看，她确实是个搞艺术的人，但她唱的歌如何，我没听过也不敢说好与不好，这可能就是她的特长，所以这也是她自信的地方。我说："是的，有人说过，一首好诗能让所有人产生共鸣。"

张秘书说："好，我相信你的能力，难怪王总点名要你们二人参加，我想王总是不会看错人的。"

王海燕说："张秘书，那我这几天就准备节目，还需要来工地上班么？"

张秘书说："王总说了，你们这几天就不用来上班，你们的工作就暂时由别人代班，全心全意投入到准备节目中。"

我说："我那库房，谁去管理？"

张秘书说："只能我去，就这几天，去哪儿找人？"

我说："还是由我自己去吧，因为我上班也可以写诗和朗诵。"

张秘书说:"你还是安心去准备节目,库房我去管理几天就行了。海燕,你也不用担心你的工作,你的工作我给你安排好了,你的班长以前也是开塔吊的,他说由他亲自代开几天。"

王海燕说:"这几天,我就去公司会议室练哟。"

张秘书说:"可以。"

还有这样好的事,准备表演节目还可以不用上班,看来真是王总的决定,不然张秘书肯定不敢表这个态的,我得认真准备一下,争取弄出一首好诗来,好让所有人看看我的本事,更不能辜负王总对我的期望和信任,当然也想好好展示一下自己。

接下来的日子,我就在寝室里准备我的诗,可还没找到灵感,我也只好读一些杂志和报纸,读了一些相关的诗和文章,仍不知写什么,也不知从哪儿入手。我便走下楼,到外面走走,公司外面就是一条街。街上的商业区、医院、学校、小吃摊点儿紧紧地挨在一块儿,我不买东西、不贪嘴好吃,但却只能到这里来闲逛。

逛了一会儿觉得无趣,便又回到了公司,正好这时经过公司会议室,听见王海燕正在练歌,她的歌声是那样的甜美,她正在唱那首《常回家看看》,要不是看见她本人,听起来还以为是宋祖英在唱歌。我便走了进去,王海燕像没看见我似的,仍动情地唱着,我从她表演的神态上就看出了,她已经具备了专业的素质。

她唱完了后,说:"大为,你来了,你是来这儿练朗诵吧?"

我说:"不是,我的诗没写出来呢,我只是路过这儿,顺便进来看看。"

王海燕说:"没几天就是'五一'了,你的诗还没写出来?那你别写了,干脆朗诵舒婷的《致橡树》或海子的《面朝大海 春暖花开》,这些诗大家都熟悉,如果朗诵得好,肯定会比你写的效果更好的。"

听王海燕这么一说,我想她不愧是搞表演的,对观众的欣赏口味这么熟悉,我便悟出了一些道理,与其说这样苦苦地寻找灵感,而且也还没有想出这诗怎么写,还不如就听她的劝,去朗诵一首名家的诗,既省力又会取得更好的效果。我说:"听你这么一说,我还真应朗诵名家的诗,也省得我去写,这样不但省事,而且获奖的概率也大得多。"

王海燕笑着说:"你呀,怎么老是书生气,说写诗我肯定不如你,论上台表演,对节目的策划肯定比你强,你听我的没错。"

我说:"好的,我听你的,那我就回去准备准备了。"

第十五章

一

　　我在一本诗选集上抄了舒婷的《致橡树》，认真地朗诵起来，争取能背诵。

　　我在寝室里朗诵了多遍，但还是背不出来，我有点灰心，心想：现在记性怎么这样差，记得在读书时，课本上的好多篇课文都能背诵，可现在读了这么多遍，这首诗还是不能完全背诵出来。于是我又认真地读了好多遍，基本上能背了。但不知朗诵出来的效果如何，我来到会议室，王海燕仍在练歌。她看见我来了，说："大为，你的诗选好了么，朗诵谁的诗歌？"

　　我说："我还是听你的建议，朗诵舒婷的《致橡树》，这首诗写得很美，大家都熟悉，只要朗诵得好，效果肯定好。"

　　王海燕把话筒给我，说："你朗诵给我听听。"

　　我接过话筒，就认真地朗诵起来，在朗诵完后，王海燕说："你这是在读诗还是在朗诵，一点激情也没有。"

　　我听她这样说，有些不服气，说她歌唱得好我还相信，要说朗诵诗歌，我就不太相信了，我说："海燕，我这是在朗诵呀，怎么，你觉得这样朗诵不行？"

王海燕说:"你把诗稿给我,我朗诵给你听听。"

我就把诗稿给她,看她能朗诵出怎样的效果,难道比我还好?我有点不相信,但她说得这么肯定,说不定她还真能朗诵得很好。随后,王海燕拿起话筒,充满激情地朗诵,我听后不得不服,她朗诵得很有激情,而且让人听起来很舒服,与我朗诵的确实不一样,我说:"看不出,海燕,你不但会唱歌,还能朗诵诗,诗朗诵得非常好,我得好好地跟你学学。"

王海燕也不客气地说:"当然,艺术是相通的,凡能唱歌的人,朗诵也肯定行。那好,我就给你指导指导吧。"

我就按王海燕教我的方式朗诵起来,王海燕时不时叫道:"停,你这句不应这样朗诵,应这样,声音提高放慢。"

在王海燕的示范下,我基本懂得了一些朗诵的要领,但就是不熟悉,只能多加练习,王海燕说:"你这人也真笨,我都给你做了几次示范了,你还是没掌握朗诵的要领。"

我说:"朗诵也是一门艺术,需要长期练习才行。"

王海燕说:"好,你慢慢地练习吧。"

我说:"我以前上初中时,经常上台朗诵散文或诗,我一直都是这样朗诵的,也都受到老师和同学们的称赞。"

王海燕说:"你那是在学校,学生能有多高的欣赏水平?你的老师也是为了鼓励你,才为你鼓掌,明白么?"

我想也是,那是学校,是在锻炼学生上台的胆量,哪能像这么正规的舞台,面对的是更高层次的观众,得有更高的艺术水准才行。王海燕说:"这次是去参加总公司庆'五一'文艺活动,那里的评委肯定是专家级的,而下面的观众也是不同层次的,他们欣赏水平肯定比你们学校的同学欣赏水平要高得多。而你,代表公司参加演出,更是代表公司的形象,所以,要努力将节目演好。"

我说："是的,谢谢你,海燕,没想到你还这么有水平,也真是专业人才呀!"

王海燕说："我以前在老家的县文化馆工作,专门辅导群众参加各种表演,你说我还不是内行么?"

我说："那你以后多辅导我吧,在这方面,我还真应该跟你学学。"

王海燕笑着说："辅导不敢,我们多交流。其实,我也知道,我们选择的艺术不一样,你是搞写作的,我是搞表演的,说真的,这次公司叫你上台朗诵诗,我想也是没办法,为了凑齐两个节目,也真难为你了。"

原来是这样,也难怪这是建筑公司,哪能像其他的单位,样样人才都有,而来这儿上班的,几乎都是只有力气,也没别的爱好。只有我和王海燕不同,是北漂者,因为没有更好的工作,才来到这儿干活,所以,在这里也算人才了。我说："没事,也是一个锻炼的机会。"

王海燕说："我在上面唱歌,你就当观众,看我唱的歌还有哪方面不足。"

我说："行,那我坐在下面当一回观众,你这大歌星能为我一个人演唱,我此生足矣!"

王海燕说："你想得美,我为你专门演唱?当然,现在我不是大歌星,如果将来我真成了歌星了,你如果还能享受这样待遇,你再说这话,那才是你的真心话。"

我笑着说："快去唱吧,我不但是观众还是评委。"

王海燕就走上台,拿起话筒,像真在台上表演一样,伴奏音乐响起,她就深情地演唱,那动作、那歌声、那演唱时的表情,还真像一个歌星一样。唱完后,她走下来问道："大为,我唱得怎样?"

我感觉她唱得很好，几乎跟我在电视上看到的差不多，我从心底里对她产生了几分好感，说不定哪天她就变成大明星了，因为她已具备了这方面的素质，只是在等待机会了。我说："唱得很好。"

王海燕说："凭你的感觉你认为还有哪些地方需要改进？"

我想了想说："很好的，我看不出哪些地方不足。"

王海燕笑了，说："大为，我想你也真看不出什么。那么，你作为评委，给我打多少分？"

我说："100分。"

王海燕说："你这是在害我呀？你知道评分规则么，去掉一个最高分和最低分，你打100分，等于没打分。"

我这才想起，比赛时好像经常听到这句，我说："总之，你这歌唱得好，就应该得100分。"

王海燕笑了，她知道我是在恭维她的，但她觉得这话听起来舒服，她说："好，100分，我想我唱的这首歌也能值100分。"

眼看快六点了，我说："海燕，感谢你为我指导朗诵，我今晚就请你吃饭，以表谢意。"

王海燕说："好呀，我好久没出去吃饭了，走吧。"

我和王海燕来到外面的一家小餐馆，因为离公司近，所以大多都是公司里的人来这儿吃。现在工人们几乎还没下班，餐馆里显得空荡荡的。我们坐下后，我就点了几个菜，我问道："你喝酒不？"

王海燕说："这么一桌好菜，没有酒，一点儿气氛也没有，来点儿啤酒吧。"

我要了几瓶啤酒，我们倒上就喝起来，我说："海燕，我敬你，你的歌唱得这么好，肯定能在这次活动中得奖。"

王海燕端起酒，与我碰杯后就喝下了，她说："大为，你在老家做啥工作？"

我说："我在老家没工作，只是业余爱好写作，所以就北漂了。"

王海燕说："我来北京前，在我们县的文化馆工作，辅导群众文艺表演，那时整天唱唱跳跳，看到很多人北漂都成功了，我也辞去工作北漂。来北京后才知道，北京哪里是我想象的那样好！在我找不到工作时，就来到这建筑工地，整天开塔吊，但我坚信，我不会长久在这里待下去的，将来我一定会成功的。"

我说："你的歌唱得这么好，我相信你将来会成为歌星的，肯定会实现你的梦想。"

王海燕听我这么说，她高兴地端起酒，说："谢谢你，大为，我好久没这么开心了，来，干杯！"

我说："我的想法跟你一样，不会长久在这儿待下去的，我的梦想是能获全国诗歌大奖，能出一本诗集，成为著名诗人。"

王海燕说："我没读过你的诗，但我感觉得到，你的诗肯定写得不错，来，念一首给我听听。"

我凭记忆将我昨天才写的那首叫《诸多意象》的诗，念给她听。

热闹的世界，
高楼、大街，
甚至每一条小巷，
都将我的脚步，
编织成一首乐曲。
在想象的空间，

奏响。

那路边的树,
以及太阳、月亮,
甚至每一次呼吸,
都在我的感悟中,
融汇成叹息。
奔流于无形的,
渴望之间。

那生活的细节,
上班、下班,
甚至每一次赶路,
都组合成鲜活的内容。
在漫长的岁月里,
排挤或者连结。

在情感的边缘,
约会、奔跑。
或者每一次牵手,
都将记忆拉长。
如一个影子,
朦朦胧胧……

在我念完后，王海燕说："很好，写得很不错，来，未来的大诗人，我敬你一杯！"

在我们喝了好一阵后，啤酒喝了好几瓶，都喝得差不多了，我说："海燕，我们都喝得差不多了，就别喝了，吃饭吧。"

王海燕说："好，吃饭。"

我们吃了饭，就回到公司，王海燕问道："你住哪儿？"

我指了指前面那幢楼说："我就住那儿，三楼。"

王海燕说："你住在管理人员宿舍，不错，好羡慕你哟！"

我说："你呢？"

王海燕说："我住在对面工人宿舍，与我同住的是来自四川的一个大姐，她在建筑工地上干活，我们整天都很累。"

我说："海燕，你去我寝室里坐坐不？"

王海燕说："不去了，时间不早了，我得回去休息了。"

二

几天过去，就到"五一"劳动节了。

那天，总公司外的广场上热闹非凡，台上挂着"北京建筑总公司庆'五一'劳动节文体活动"的横幅，广场上站满各分公司代表队，一会儿，主持人宣布：各位领导，各位来宾，女士们、先生们，北京建筑总公司庆

"五一"劳动节文体活动现在开始,下面欢迎总公司刘总讲话。

尊敬的各位来宾、各位领导、女士们、先生们:

大家好! 今天,我们满怀喜悦地迎来了自己的节日——"五一"劳动节。此时此刻,一股幸福感油然而生,喜悦之情溢于言表。北京建筑总公司在此举行隆重的庆祝"五一"劳动节文体活动,我热血沸腾,备感振奋!在此,我代表北京建筑总公司全体干部职工,向一如既往关心、支持我们工作的各界人士表示衷心的感谢!

当今时代,是探索的年代、竞争的年代、改革的年代。时代要求人们顽强奋击,勇于创造。我们欣喜地看到公司上下团结奋斗,凝聚自尊、自信、自强、自立的时代精神,在社会需要的时刻挺身而出,为我们的城市建设和发展而努力工作。

今天,我们站在这里,浑身都有散不尽的自豪,道不尽的绵绵深情。生命因劳动而芬芳,因奋斗而神采,因忘我而光荣。同志们,生活和道路在我们每个人面前展开着,让我们用毅力的大锤敲开生活的铁锁,用意志的犁铧开垦美好的明天。祝愿北京建筑总公司庆"五一"劳动节文体活动取得圆满成功,谢谢大家!

刘总讲完后,大家热烈鼓掌,主持人宣布,文体活动开始。随后,各分公司选手们分别上台表演节目,或舞蹈、或独唱、或朗诵等都表演得十分精彩,每个节目表演完后,评委便亮出分数,然后主持人就开始报分数。

在主持人说:"下面是诗朗诵,朗诵者于大为。"

我便走上台,在音乐的伴奏下,我开始朗诵舒婷的《致橡树》。

> 我如果爱你——
> 绝不像攀援的凌霄花,
> 借你的高枝炫耀自己;
> 我如果爱你——
> 绝不学痴情的鸟儿
> 为绿荫重复单调的歌曲;
> 也不止像泉源
> 长年送来清凉的慰藉;
> 也不止像险峰
> 增加你的高度,
> 衬托你的威仪。
> 甚至日光。
> 甚至春雨……

我朗诵完后,大家热烈鼓掌,至于我得了多少分,我也没仔细去听。又过了几个节目,主持人说:"下面请大家欣赏女声独唱《常回家看看》,演唱者王海燕。"

王海燕经过化妆,穿着长长的粉红色裙子,真是漂亮极了,她的歌声也非常动听,更像是一位大明星在台上演唱,她演唱完后,下面一片叫好声。评委亮分,主持人说:"去掉一个最高分99分,去掉一个最低分80分,王海燕最后得分是98分。"

我听到这分时,为王海燕高兴,她得这么高的分,肯定会得个奖。在最后颁奖时,王海燕获得这次比赛一等奖,我却没得到奖。

这时，石梅走过来，我吃惊地问道："石梅，你怎么在这里？"

石梅笑着说："举起手中的相机说，我是来采访的，我忘了告诉你，我现在是《北京青年报》的记者了。"

我听后，说："真的呀？石梅你真行，祝贺哟！"

石梅说："祝贺啥哟，我现在干的仍是跟以前一样的工作，只是变了个单位而已。"

我说："哪里只是变了个单位，《北京青年报》是一张公开发行的大报，跟我们以前的报纸不一样，你得好好干。"

石梅说："大为，没想到你今天在台上朗诵得那么好，我以前只知道你诗写得好，没想到你朗诵也很好，应该祝贺！"

我说："祝贺啥哟，我又没得奖。"

石梅笑着说："大为，这你就错了，搞活动是重在参与，得不得奖并不重要。"

我说："也是。"

石梅说："大为，你在那建筑公司干啥活？习惯吗？最近太忙，我一直没时间来看你。"

我说："我的工作是管理库房，还有个任务，也是我喜欢的，你可以猜一下。"

石梅说："你管理库房，那活不重，适合你干。还有个啥任务？你就别绕弯子了，快说。"

我说："王总叫我每周写首诗给他，说这也是我的工作任务。"

石梅吃惊地问道："王叔叔还叫你每周写一首诗给他，他拿诗去干什么？他这是建筑公司，难道诗能当砖、当水泥？"

我说："不管他叫我做什么，反正我按他的要求完成就行。这个任务也是我最喜欢的，我愿意写。"

石梅说："看到你开心就行，有时间来报社玩，我先去忙了。"

石梅说完，转身又去拍照了。

王海燕领奖后，张秘书走上前去，十分高兴地说："海燕，祝贺你能获得一等奖，谢谢你为我们公司争得了荣誉。"

我也走上去说："海燕，你的歌唱得太好了，你在台上唱歌的表现真的很美，简直就是一个大歌星在唱。"

张秘书说："大为，你别夸她了，海燕本来就美，加上她歌唱得好，真是美上加美。"

我说："是呀，祝贺海燕，能获得一等奖。"

王海燕说："你也朗诵得不错，真的，比我想象的好多了。"

我说："你别安慰我了，我只会写诗，哪里是个表演的料呢？再说，我连个鼓励奖都没得。"

张秘书笑了，说："大为，不管怎么说，你已经代表我们公司上台表演了，得不得奖不重要，重要的是你参与了。走，今天中午，我们去好好喝几杯庆贺一下。"

王海燕高兴地说："走，喝酒去了，大为，别不高兴，你今天能上台朗诵就行了，要是换了别人，说不定还不敢上台呢，你说是不是？"

我说："你说得也有道理。"

随后，我们跟着张秘书来到一家酒店，张秘书早已订好的。这时，办公室的两位工作人员，还有公司领导都来了，坐了一大桌，张秘书说："今天呀，本来王总要来的，但他因为有急事出去了，所以没来，他让我代表他敬你们一杯，来，干杯！"

在大家碰杯后，纷纷喝下。张秘书说："大家先吃菜，今天是'五一'

劳动节，公司放假，不上班，大家尽情地喝。"

大家吃了些菜后，又继续喝酒，张秘书端起酒杯，说："来，海燕，我先敬你一杯，祝贺你获得一等奖。"

她们喝完后。张秘书又端起酒杯说："大为，我也敬你一杯，你虽然没有获奖，但你的精彩朗诵，也展示了我们公司的风貌，干杯！"

我又与张秘书碰杯喝下。随后，大家都你敬我，我敬你，气氛十分热烈，越喝越起劲。

王海燕端起酒杯，说："大为，我敬你一杯，要不是参加这次活动，我还真难认识你，我看出来了，你是很有才华的,将来一定会实现你的梦想。"

我说："海燕，我敬你才对，我的朗诵，多亏你指点。"

张秘书说："你们别敬来敬去了，我们大家一起喝，大家快乐，对不对？"

大家举起酒杯一饮而尽，过了一会儿，大家也都喝得差不多了，张秘书问道："还喝酒不？"

大家都说不喝了，张秘书说："好，那我们就散吧。"

从酒店出来，大家都散了，只有王海燕与我一起慢慢地往公司走，她喝得醉醉的，走路有些晃，我问道："海燕，你没事吧？"

王海燕笑了说："没事，大为，今天我高兴，所以喝醉了，我呀，平时不喝酒，因为唱歌要保护嗓子。再说，来北京这么久了，整天坐在那塔吊里，哪有机会放松一下？"

我说："也是，海燕，难得有时间，不如我们出去逛逛街？"

王海燕说："好，逛街去。"

我和王海燕向街上走去，不知是她喝了酒，还是因酒动情，她大胆地挽着我走，我说："海燕，你喝多了，我们去那边坐坐？"

王海燕说:"没事,走吧。"

这时,不知彩霞什么时候站在我身后,她说:"大为,我没有打扰你们吧?"

听彩霞这么说,王海燕赶忙放开我的手,我说:"彩霞,你怎么在这儿?"

彩霞说:"我这几天在找你,却不知道你住哪儿。我以为你回家了,没想到能在这儿遇上你。"

我说:"彩霞,你找我有什么事吗?"

彩霞说:"我现在毕业了,本想在北京找工作,可事不如人愿,我在那家健身公司干了两个月,不但健身器销售不出去,还因为和陈总的事被他老婆知道了,他老婆来公司一闹,公司本来说好的要留下我在那儿工作的,现在却不可能了。"

我说:"那个公司不行,再另外去找嘛,你一个大学生,还怕找不到工作?"

彩霞说:"算了,我现在不想留在北京了,我妈叫我回老家,她已给我联系好了在镇中学教书,我想,那工作很好,我只想安安稳稳过日子。"

我听她这么说,也不好再劝她了,只说:"这样也好,在你父母身边,又有一份稳定的工作,很好的。"

彩霞说:"说真的,大为,我好羡慕你,这么艰难也能在北京生活下来,不容易,我也很想像你这样,在北京待下去,可那太苦了,我肯定吃不消。所以,我来和你告个别,祝你有一个更好的发展!"

彩霞说完后,便转身走了。看着彩霞落寞而去的背影,心中一时感慨良多,欧霞离开我了,现如今,我深爱的彩霞也要离开我了。曾经因为彩霞而来到北京，独自漂泊，后来本想着有欧霞在身边陪伴，也是上天眷顾，可现如今却都成了陌路，心中不禁酸楚起来。但又意识到王海燕在我旁边，便将自己那份情绪隐藏起来了。

三

　　我和王海燕在街上逛着，北京的街上非常热闹，各种摊点叫卖声，与行人的说笑声汇在一起，显出街上的繁华。王府井大街上人很多，但是大部分是外地人。说话的口音各异，服装也有所不同，现在是深秋时节，衣服却穿得很乱。这条街上卖什么的都有，日用百货、五金电器、服装鞋帽、珠宝钻石、金银首饰等，琳琅满目，商品进销量极大，是号称"日进斗金"的寸土寸金之地。百货大楼、外文书店、丹耀大厦、工美大楼、王府井女子百货商店、新东安市场与盛锡福、同升和、东来顺……都是赫赫有名的。

　　我们来王府井走走也就是图热闹，看光景，感受氛围。在北京百货商场门口还有张秉贵的塑像，想到了他的绝活一把抓，影响了一代人。王府井有许多小吃，也有很多吸引人的地方，那小吃一条街上真是拥挤得很，什么驴打滚、炸豆腐、冰糖葫芦……应有尽有。

　　王海燕说："大为，我好久没来逛街了，今天有你陪我，我真的好开心。"

说真的，我也好久没来逛街了，今天能有王海燕陪我，我也很高兴，因为整天都待在公司里，哪有机会出来这么开心地玩。所以，不但她觉得开心，我也觉得很高兴。我说："是呀，在工地上班，又整天开塔吊，就像被囚在那个铁笼子里一样，真难为你了。"

王海燕说："我想这只是暂时的，我肯定不会长久待在这里，我会寻找机会参加各种大赛，希望能让自己走上艺术之路。"

我说："海燕，你一定可以的。"

前面就是一个大商场，王海燕说："大为，进去看看。"

我说："好的，哎，海燕，你要买什么？"

王海燕摇了摇头，说："不买，我只是想去看看，因为女人最喜欢逛商场。"

我陪王海燕向前面的商场走去，一楼卖服装的大厅，各种各样的衣服真让人看得眼花缭乱，王海燕认真地看着，看得出她很想买，我说："如果你喜欢，你就试试嘛。"

王海燕说："我又不买，能试么？"

服务员笑着说："没关系，试试吧，这条连衣裙很适合你，买不买都可以试。"

王海燕听了之后，说："好的，那我就试试。"

说罢，她拿着那条连衣裙去到里面的试衣间，一会儿就穿上那条连衣裙出来，她叫道："大为，你看，我穿得好看吗？"

我看王海燕穿起这条粉红色的连衣裙，真像变了个人似的，非常好看，好像这条连衣裙就是专门为她设计的，再加上她那苗条的身材，简直就像是换了一个人，让我看得眼睛都直了，她太漂亮了。我说："你穿这件衣服很好看，真的。"

王海燕高兴地问道:"真的么?大为,我穿得真的好看么?"

我说:"真的,你穿起这条裙子很漂亮,不信你去那镜子前自己看嘛。"

王海燕又去到那镜子前看了看,她左看右看了好一阵,笑了说:"是的,我穿这条裙子真合适。"

王海燕去试衣间把裙子换下后出来,她问服务员:"这裙子多少钱?"

服务员说:"四百八十元。"

王海燕说:"这么贵,不要了。"

服务员说:"这样,我看你是真想买,如果你要,就少一百元,三百八十元卖给你。"

王海燕说:"算了,不要了。"

我说:"海燕,买了吧,你穿起这裙子真的好看。"

服务员笑着说:"你看,你男朋友都劝你买,你就买吧。这样,先生,我看得出你女朋友很想要这裙子,你出钱买来送给她,她肯定高兴的。"

王海燕说:"他只是我同事,不是我男朋友。"

服务员说:"现在不是,我看得出,要不了多久就是了。"

我看她十分想买这裙子,这时,我又想起以前欧霞想要买那件衣服,就是我没有钱,才没给她买,虽然她不是因为那件衣服与我分手,但至少让我现在想起来内心都不安。我现在有了一份工作,公司里按时发工资,我身上还有好几百元。我与王海燕只是同事,最多算一个朋友,没理由送她裙子,但听服务员这么说,我也不好拒绝。我说:"好,装好,我买。"我付了钱,接过裙子后,说:"海燕,拿着,我送你。"

王海燕接过裙子,非常高兴,笑着说:"真的呀,大为,太谢谢你了。"

王海燕一手提着裙子，一手搂着我，我们有说有笑地从一楼逛到四楼，又从四楼逛到一楼。随后，我们就回到公司，王海燕提着裙子回她寝室了，我也回宿舍休息了。

不知是喝了酒，还是逛街累了，我躺在床上不一会儿就睡着了。在我醒来时，已是晚上六点吃晚饭的时候了，我去到伙食团打饭吃，吃了饭就回到了寝室，正想写一首诗时，徐二林跑来了，着急地说："大为，你还有心思写诗呀？"

我一看他着急的样子，不知道出了什么事。便问道："二林，出了什么事？"

徐二林说："快去劝劝李天春大哥，他今天晚饭也不吃。"

我问道："李天春大哥，他今晚没吃饭？哎，二林，他今晚上没吃饭，可能是他没饿，一会儿叫他去喝酒，我请客。"

徐二林说："李大哥现在哪有心情喝酒哟，他今下午收到家里寄来的信，他的小儿子患白血病了。"

我一听，一切都明白了，说："走，去你的寝室看看他。"

我便跟徐二林来到李天春寝室，李天春躺在床上，急得大哭，他见我来了，坐了起来，说："大为，我怎么办哟，我小儿子患白血病了，白血病是啥，血癌，你知道么？"

我说："李大哥，你别急，现在医疗技术这么好，说不定能治好的。"

李天春说："我老婆在信上说了，如果做骨髓移植，得要二十万，对于我这个打工的人来说，二十万是啥概念，是天数，知道么？"

我说："李大哥，别急，凡事都有办法的。"

徐二林也说："是的，李大哥，慢慢想办法嘛。"

李天春说："我家里那点地一年才收多少粮食！现在粮食卖完了，猪也卖了，去哪儿凑那二十万呢？"

我将身上的二百元钱递给李天春，说："李大哥，我身上只有这点钱，你先拿着，虽然我知道这二百元做不了什么，但也是我一片心意。"

徐二林也拿出二百元给李天春说："李大哥，我这二百元是我这个月的生活费，你先拿着。"

李天春接过钱，说："谢谢，谢谢你们了！"

随后，我们劝了李天春好一阵，看他情绪已平静了许多，我便回宿舍去睡觉了。

第二天上班，我将李天春的事告诉了张秘书，张秘书叹息一声说："哎，他儿子怎么就得了这个病呢？这些年，李天春在我们工地上干得多好呀。"

我说："你看，能不能给他想点办法，救救他儿子？"

张秘书说："我能有什么办法，我只能本人捐点钱给他，也只能表示点心意。"

我想了想，是不是可以公司的名义搞个捐款活动，帮助李天春渡过难关，也让他能体会到公司对他的那份关爱。我说："张秘书，要是我们建筑工地每个人都能为李天春捐一点，以少凑多，也许能帮他一把。"

张秘书想了想，说："这个我得去请示一下王总，看他怎么说。"

我说："不请示也行，反正是帮职工渡过难关。"

张秘书说："这是在公司，按规定得请示王总同意才行。"

说罢，张秘书就去了王总办公室，不一会儿就出来了，她说："我请示了王总，他同意了你的建议，叫我安排。"

我说："太好了，张秘书，我们就去准备吧。"

下午，在公司门口，我们摆上桌子，上面挂着"为李天春患白血病的儿子献爱心"的横幅,王海燕下午没事,也来到现场,她唱着那首《只要人人都献出一点爱》的歌,每个工人去建筑工地上上班,从这里经过时,都主动捐款,一百、二百或者五十元不等,在捐款结束后,我们就把捐款箱拿回办公室倒出来一数,共捐了五万元,我们将这钱交给李天春,李天春激动得大哭,说:"感谢工友们,感谢大家,谢谢了!"

第二天,李天春就请假回老家了。

四

那天,我翻开新到的《诗刊》杂志,上面有一则征稿启事,由《诗刊》社与中国青年诗歌创作协会联合举办"全国青年诗歌大赛",要求应征稿件必须是弘扬正能量的作品。

我觉得这种全国性的大赛,肯定很难入围获奖,但我也得去试试,不管能不能获奖,至少能展示一下我的实力,我便把我这段时间写的诗全部拿出来,选了五首自己认为写得好的,再慢慢地做了些修改,然后抄好又看了看。

这时,王海燕下班了,正好经过我的库房门口,她见我在高兴地欣赏着自己写的诗,她问道:"大为,你又写诗了?"

我说:"是的,我准备把这几首诗拿去参加'全国青年诗歌大赛',你看我这几首诗能获奖么?"

王海燕接过诗稿，看后说："我认为你这几首诗写得很好，获奖的机会很大，当然，我不懂诗，只凭感觉。"

我笑着说："你说的，艺术是相通的。"

王海燕笑了，说："道理是这样，艺术是相通，但实际上还是隔行如隔山。"

我说："也是，但不管怎样，我都要去试一下，能得到奖当然好，如果得不到奖也没什么，只要我努力了就行。"

王海燕说："前天，有个朋友告诉我，她要去参加'中国首届青年歌手大赛'，叫我也去报名，我想我这点水平，怎么敢上这么大的舞台呢？我就没去报名。"

平时看她多自信，可在关键时刻却退缩了，"中国首届青年歌手大赛"多么权威的赛事，不去参加真是太可惜了，说不定她去参赛后，还真能一举成名。我说："海燕，你要有信心，你要相信你自己能行。我劝你，还是去报名试试，尤其是像'中国首届青年歌手大赛'这样的大舞台，有时一首歌就唱火了。"

王海燕说："大为，听你这么说，我还真应该去报名试试，对吧？"

我说："听我的，海燕，去报名，一定要去试试，这样才能有成功的机会。"

王海燕说："好的，大为，今天是最后一天了，我下午就去报名。说来也是，如果自己都不相信自己，那怎么能实现自己的梦想呢？"

我说："这就对了，海燕，祝愿你能成功。"

王海燕也说："我也希望你的诗能获奖，到时你就真成为诗人了。"

下午，我抽时间去附近的邮局把这几首诗寄去"全国青年诗歌大赛"办公室。晚上，我觉得没事，好久没去看何谓了，我便乘公交车去到他的住处，可我敲了好一阵门没人开门，我又大声喊道："何谓老乡，你在么？"

这时，房东听到敲门声，他走过来问道："你找谁？"

我说："我找何谓，就是在这儿租房子那个。"

房东说："他昨天退房走了。"

我问道："他昨天走了，你知道他去哪儿了吗？"

房东说："不知道，他没告诉我去哪儿。"

我转身正想走时，石梅也来了，她问道："大为，你是来找何谓吧？"

我说："是的，可他昨天退房走了。"

石梅吃惊地问："他昨天就走了，怎么这么快就走了呢？"

我说："你知道他要走，他去哪儿了？"

石梅没出声，而是呆呆地看着那出租屋，仿佛在回忆着什么，在感慨着什么，站了好一阵，她说："他走了，人去楼空了，我们走吧。"

我和石梅慢慢地沿着胡同往外走，我不知道石梅是怎么知道他要走的，他走是不是与石梅有关，但我还是不好问她，只与她并排走着。看得出石梅也很伤感，我知道她心中没有他，但为什么还这样伤感呢？是内疚，觉得对不起他？还是她心中真有他，只是没有表达？石梅说："我今天收到何谓的信，说他已辞去报社的工作，准备离开北京，去一个不知名的地方，干他喜欢干的事。没想到，他走得这么急。"

我说："这封信肯定是他前几天就寄了的。"

石梅说："是三天前寄出的，我今天下午收到信后，今晚就赶来准备劝劝他，叫他别走，在北京能找到报社的工作不容易，可没想到他却走了。"

这何谓也是，在报社干得好好的，干吗要走呢？像我，到处找事干，没找着可也没走，很羡慕他能在报社工作，他这工作别人想找都找不到，他为什么不干了呢？我想，他走可能还有什么别的原因，但平时没听他说呀,也看不出他有什么不开心的。我说:"他在报社干得好好的,为什么要走呢?"

石梅叹息一声说:"也许是因为我,他在信中说他很爱我,如果他继续留在北京,他会永远背负这份不切实际的爱情,让他无法解脱。他走了,去一个不知名的小镇,或许一切都会重新开始。"

通过石梅的这番话,我终于明白了何谓离开的原因,我说:"哎,他对你真的太痴情了。"

石梅说:"大为,我今晚特别想喝酒。走,我们喝酒去。"

我说:"好,我们去喝酒。"

随后,我和石梅去到外面的一家餐馆,随便点了几个菜,我问道:"我们是喝啤酒还是二锅头?"

石梅说:"喝二锅头。"

我们要了一瓶牛栏山二锅头酒,倒上就慢慢地喝起来。石梅说:"说真的,何谓在北京时,我还觉得有时真有点讨厌他,可他现在离开了,又这么牵挂他,这到底是不是叫爱?"

我说:"石梅,你别多想,过去了,我们尊重他自己的选择吧。"

石梅说:"大为,我们从不同的地方来到北京,都是为了实现自己的梦想,可仔细想来,我们从不相识到能成为朋友,也算有缘,我们为什么不好好珍惜这份缘分呢?为什么偏要去为爱纠缠,更为一些小事而不愉快呢?好好在一起多好。"

我从没看见石梅这样伤感过,也许是喝了酒,或者是她心中本来就知道何谓喜欢她,到底她心中有没有他呢?我还真看不出来。我说:"石梅,你说得对,好好喝酒,好好玩才是人生的一大快事。"

喝了好一阵后,石梅说:"大为,我那天碰到欧霞了。"

一听她说起欧霞，本来还高兴的我，仿佛一下子就难过起来了，欧霞是因我而来北京的，那时她对我多好，我也十分珍惜她，哪知因为我到处找工作都找不着，而让她失望。再说，她来北京后，是抱着进报社杂志社工作，然后成为诗人的梦想，到头来梦想破灭，现在不得不让她另外做出选择，我现在不恨她了，相反还有点理解她了。我装着不以为然地说："她怎么了？"

　　石梅说："她没怎么，她过得很好。"

　　我端起酒杯一口喝下，说："她过得好就行。"

　　石梅说："她说……"

　　我说："石梅，她说什么你就说嘛，我现在已渐渐地淡忘她了。"

　　石梅说："大为，如果爱一个人，真能忘得了吗？"

　　我说："也许不能，但也必须忘记。"

　　石梅说："大为，珠宝店的老板与他老婆离婚了，现与欧霞正式住在一起了。"

　　我说："好呀，我祝福她。"

　　说罢，我又喝了一口酒。

　　石梅说："大为，我看得出，你因为她而心里难受。但她现在已经有了她自己的生活了，我们祝福她吧！"

　　我又与石梅碰杯，石梅说："欧霞让我告诉你，明天，她独自去美国经营那边的一个分店，十二点的飞机，想要你去机场送送她。"

　　我说："要我去送她？"

　　石梅说："是的，欧霞是这么说的，去不去送她，你自己决定吧。"

　　我没有说去也没有说不去，又端起酒喝下。石梅说："大为，别再喝了，再喝就要醉了。我告诉你一个好消息，我要去鲁迅文学院大专班进修了,学习时间两年,终于可以实现我的梦想了。"

我高兴地说:"石梅,我真心地祝贺你,你能进鲁迅文学院学习,我好羡慕你哟!"

石梅说:"大为,你在那公司干得如何?我相信王总会关照你的,我也相信你将来一定会有所成就的。"

我说:"谢谢你,石梅,王总对我很关照。"

第十六章

一

我想来想去，不管怎么说，我们曾经相爱过，欧霞也是因为我才来北京的。现在我们虽然没在一起了，但她明天就要去美国了，于情于理也应去机场送送她。

第二天十点半，我打车来到北京机场。在机场外面，就看见欧霞站在那里，她是在等我吗？肯定是在等我，我知道，在北京，她除了等我，不可能再等别人。她见我来了，忙迎上来说："大为，不好意思，我让你来送我，只是想再见见你。"

欧霞还想见我？现在她已有别人了，怎么还想见我？从她的目光中我看出了，她心中还是有我的，虽然她现在跟了一个大老板，但我知道她心中仍放不下我，我不能与他比有钱，但我其他方面还是比他优秀。我笑着说："欧霞，你这是去美国经营分店，又不是长期住在美国不回来了。"

欧霞看了看我，脸上露出一丝不舍的表情。她说："是的，这个店一直是他，我现在的先生在那边经营，因为最近他要回来忙这边的事，所以我去帮他经营一段时间。"

我说："好呀，你们的生意做到美国去了，真不错，祝贺你，欧霞！"

欧霞苦笑了一下，说："大为，说真的，有些事不能用金钱来衡量，包括爱，如果爱一个人，不管他有钱没钱，都无法忘记他。"

欧霞说出这话时，我心中真不理解，如果真像她说的，不能用金钱来衡量，那她为什么要离开我，去嫁给一个有钱人？但现在说这些话没用了，我只能祝福她。我说："好了，欧霞，现在你终于有了一个好归宿，我为你高兴。"

欧霞说："大为，你现在那个建筑公司干，累吗？"

我说："不累，活儿很轻松。"

欧霞说："你有什么困难没有？如果需要我帮助，你尽管说。"

我明白，她现在有钱了，如果我有什么困难，她肯定要支持的，但我目前生活还过得去，不用她支持。如果真有困难，我也不会要她支持的，因为我有我的尊严。我说："谢谢了，我目前有工资，生活上没问题了。哎，欧霞，你去美国，告诉你父母了吗？"

欧霞说："没有，因为怕我父母担心，暂时还没告诉他们。大为，我一会儿就要上飞机了，我希望你如果回老家，一定要去看看我父母，并告诉他们，我在北京很好。"

我说："欧霞，你放心，我如果回老家，一定去看看你父母。"

欧霞看了看时间，她说："我十二点的飞机，我得进去过安检了。大为，我以为你还在恨我，不会来送我了。你今天来了，我非常高兴，谢谢你，大为！"

我说："你多保重。"

欧霞一下扑入我的怀抱，我感觉到她此时仍跟以前一样充满着柔情，只是多了一些不舍和伤感，流着泪水说："大为，我会在心中永远爱着你，你也保重！"

我们紧紧地拥抱在一起，一会儿她猛地抬头，放开了我，说："你回去吧，大为，我该走了，保重！"

欧霞便拖着箱子进了安检门，可我还站在那里看着她，直到她的身影消失在人群中，我才转身走出大厅，又打车回去了。

我回到库房，心情很复杂，她没走时，真有点恨她，现在她去大洋彼岸的美国，总觉得心里空空的，仿佛过去对她的恨不存在了，而眼前不停地晃动她的好。整整一个下午，我都没心情看书和写诗，我也强迫自己不去想，可偏偏就是控制不住自己的心。快下班时，王海燕高兴地进来了，我看她头发也经过梳理，又穿着我买给她的连衣裙，我问道："海燕，你去了哪儿，今天没上班么，怎么打扮得这么漂亮？"

王海燕说："我真的这么漂亮吗？这条裙子是你买来送我的，我今天穿了，好看吗？"

我说："我送你的，你穿很好看。"

王海燕说："谢谢你，大为。你那天劝我报名参加全国青年歌手大赛，我前几天下午去报了名，今天我请了假去参加初选了。"

我急切地问道："怎么样，初选通过了吗？"

王海燕笑着说："大为，你看我这么高兴，就可以猜得到我肯定通过初选了呀，要是没通过，我能有这么开心吗？"

我说："也是，我怎么就没想过呢？"

王海燕说："你想过的，只是你想进一步证实一下。"

我笑着说："你真聪明。"

王海燕说："走，喝酒去，我请客，感谢你嘛！"

我问道："感谢我什么？"

王海燕说："是你劝我去报名参加全国青年歌手大赛呀！"我说："哦，这个呀，现在说感谢是不是早了点，万一你没能获奖，那不是白请客了？"

王海燕笑了笑，说："就是获不到奖，我也高兴，至少初赛过了。"

我一句鼓励的话，就让她真去报了名，而且还通过了初赛，看来有时候一句话就能改变一个人的命运。今天她请我，我肯定要去，因为她为通过初赛而这么开心，说什么也得与她分享一下她成功的喜悦，更应祝福她。我和王海燕去到外面的餐馆，可能是真高兴，她点了很多菜。在菜端上桌后，我看到这么多菜，我说："海燕，你今晚点这么多菜，我俩吃得完吗？"

王海燕说："慢慢地吃嘛，我难得请你一次，不多点几个菜，不还得说我小气呀。"

我说："吃饱就行了，别浪费。"

王海燕说："你怎么这么迂腐呢？我的大诗人，放心地吃吧。"

随后，王海燕倒上酒，说："来，大为，干杯！"我端起酒杯和她碰杯后喝下。

我说："海燕，说真的，你的歌唱得很好，所有的素质都具备了，只要能把握好机会，你肯定会成功的。"

王海燕说："以前，有朋友劝我去参加各种比赛，我都没有信心，现在看来，你说得很对，如果不去参加各种大赛，哪有成功的机会呢？"

我说："是呀，海燕，你终于明白了。来，祝你这次能获得大奖！"

王海燕喝下了酒，说："这次很难，全国青年歌手大赛，是啥概念？全国性的，肯定有无数高手参加。有好多歌手都是通过各种这样的大赛出名的。在这样高级别的大赛上，能获奖，肯定会出名。当然，像我这样一个业余的选手，要想在高手如云中获奖，你说难不难？"

我说："肯定难，但我相信你通过努力，一定会成功的。"

王海燕听我这么说，也高兴地说："大为，你可爱就可爱在这些地方，虽然我知道你这些话是在鼓励我，但我现在就需要听这些话，来，喝酒。"

我说："像我这次投稿参加全国青年诗歌大赛，也跟你一样的心情，但我却不像你那样担心这担心那的，大胆地试，大胆地闯，我相信我自己的能力，就算这次获不了奖，下次我还参加，总有一天我会成功的。"

王海燕又端起酒杯，说："好，有信心，有志气，真不愧是个男人，我也祝你这次能获大奖。"

我说："海燕，今晚你点这么多菜，别光喝酒，还是先吃菜吧。不然，酒喝完了，菜还没动。"

王海燕说："好，先吃菜。"

我们边吃边喝边畅谈理想，不知不觉中，一瓶二锅头白酒都快喝完了，王海燕问道："大为，还要酒不？"

我看喝得差不多了，她脸也喝得红红的，已有几分醉意了，我说："别喝了，我们都喝得差不多了。"

王海燕说："好，不喝了，吃饭。"

王海燕付了钱后，我们便走出了饭馆。

二

走出饭馆后，王海燕说："大为，难得这么高兴，不如我们去唱歌。"

我也好想听她唱歌，便说："好，我们去唱歌。"

我们来到附近的一家歌舞厅，随便找了个位置坐下，服务员泡来茶，又提来啤酒，王海燕便开始点歌，说："大为，你说我的歌唱得好听，那我就唱给你听。"

我说："好，你唱吧。"

王海燕一连唱了好几首歌，她唱完后，又倒上酒，说："大为，我们喝酒。"

我说："我们刚刚都喝了酒，还喝呀？"

王海燕说："来，喝，要喝就得喝个痛快。"

刚放下酒杯，王海燕点的歌来了，她便沉醉在音乐的世界里，不停地唱着。

唱完后，王海燕突然跑过来说："走，我请你跳舞。"

我便与王海燕去跳舞，王海燕嘴对着我耳朵说："你的舞跳得不行，得好好跟我学学。"

我说："好，我这就跟你学。"

我跟着她的步子跳，慢慢地比之前跳得好多了。跳完后，我们回到座位上，王海燕又倒上酒，说："来，我们喝。"

我说："还是别喝了，我真的醉了。"

王海燕有些生气了，说："大为，你是个男人吗？一点都不豪爽。"

我说："酒还是少喝点的好。"

王海燕坚持要喝，我不得不陪她喝，喝了酒后她又拉着我去唱歌、跳舞。

王海燕越喝越醉，跳舞时的步伐也乱了，她的整个身体扑在我的胸前，她那丰满的乳房紧紧地贴着我，让我差点喘不过气来。跳完后，我们回到座位上，我说："海燕，你喝醉了，别唱了，休息会儿吧。"

王海燕说："我没醉，我还要喝。"

我说："别喝了，我陪你说说话。"

王海燕把椅子往我这边拉了一下，紧挨着我，她用手搂着我，说："大为，你知道么？我为北漂和我父亲闹翻了，我男朋友也不支持就和我分手了，我一个人在北京心里多孤独，想找个说话的人都没有，幸好遇上了你，至少有你陪我说说话，我真的很开心。"

我说："是的，我们北漂人，或许真的有许多人不理解，但我相信有一天，我们通过自己的努力会成功的。"

王海燕听后说："大为，我最爱听你说这番话。"

说罢，她在我的脸上亲了一下。我说："海燕，你喝醉了，好好休息会儿吧。"

王海燕说："我没醉，大为，你有女朋友了吗？"

我说："我以前有，现在分手了，她去美国了。"

王海燕听我这么一说，她紧紧地搂着我，说："大为，你与女朋友分手了，你痛苦么？"

我没有直接回答，只是呆呆地看着她。她说："大为，我知道你心里也跟我一样，肯定痛苦过，孤独过，对吧？"

我仍没有回答她，她生气了，大声说："大为，你说话呀，你告诉我，说出来或许就不痛苦了。"

我说："海燕，你喝醉了，我们还是回去吧。"

王海燕仍紧紧地搂着我，说："不，我要你就这样陪着我。"

我没办法，就让她紧紧地搂着我。

舞厅里唱歌的人依然开心地玩，唱歌的人大声唱，跳舞的人疯狂地跳。我想让她靠靠吧，或许这样能让她的心灵能获得一丝安慰。陪她聊了一会儿，王海燕终于答应回家了，我便去付了钱，扶着她回到公司，把她送到她的寝室后，我也回宿舍休息了。接下来的一段时间，王海燕依旧在上班，一有空闲就会来公司的会议室练练歌，而见了我也只是打声招呼，我以为我和她会发生点什么，结果啥也没有发生，那晚酒后她说的话，还有她搂着我的事，她似乎也忘了。

这天，由于下雨工地上不上班，我觉得应去《中国城市报》看看申总了，顺便将才写的一篇散文稿送去。我便乘车来到了报社，见以前何谓的办公桌又坐上一个戴眼镜的女人，我问她，请问："我写了篇散文，交给你么？"

她抬头看了看我，说："你交到办公室，由办公室统一登记。"

我说："请问……你是编副刊的编辑么？"

她说："是的，稿子要由办公室统一登记。"

我去到办公室交了稿子，又转回来，问道："请问申总在吗？"

她仿佛觉得我有点啰唆，十分不情愿地回答："你去办公室问吧，我正忙着呢。"

我便去到办公室问，办公室一位女同志说："申总在办公室。"

我就去了申总的办公室，申总高兴地说："小于，快坐，好久没见到你写的稿子了，你现在去哪儿了？"

我说:"我现在在一家建筑公司上班,很忙,写得少了。"

申总给我倒了一杯水,说:"建筑公司活儿一定很累吧?"

我说:"活儿不累,我管理一个库房。虽然事不多,但每天必须待在那儿。"

申总说:"小于,我最近在一些报刊上读到过你发表的诗,不错,诗写得很好,我很喜欢。"

我说:"我最近确实写了很多诗,也在报刊上发表了一些。申总,你也在报刊上读到过我的诗?"

申总笑了说:"是的,我经常看报纸和杂志,只要上面有你的文章,我都认真读了的。我早年也爱好写诗,只是近些年工作忙,没时间写了。"

我说:"申总,你知道何谓去哪儿了吗?"

申总叹息一声说:"他辞工了,没告诉我要去哪儿。何谓这小子不错,写作功底好,工作也认真,可惜他坚决要走,所以我就批了他交来的辞职书。小于,我们《中国城市报》副刊准备改版,由以前专发散文随笔改成小小说、散文随笔、诗歌都发,以丰富报纸副刊内容。为此,我们报社就需要一个能写散文随笔,又能写诗的副刊编辑,我想,你就是最佳人选。"

我听后说:"真的呀,申总?"

申总说:"这只是我个人的意见,如果你愿意来我们报社工作,我就在编委会上提出来,如果会上能通过,我就通知你。"

我说:"好的,太谢谢申总了。"

申总说:"你留个电话、地址,到时候好通知你。"

我就把公司地址、电话留给了申总,申总说:"当然,这只是我个人的想法,暂时还定不下来,你先回去等我的通知。"

我说:"好的。"

我又与申总聊了好一会儿，随后就回公司了。

三

那天，王海燕收拾起东西，她路过公司库房前，我问道："海燕，你这是去哪儿，是辞工还是请假？"

王海燕笑着说，我哪里是辞工，我是向公司请了一周假，去参加组委会的统一训练。我说："好呀，那么说，你们是通过初选的都要参加训练？"

王海燕说："是的，参加这高水平的训练，就是获不到奖，也是一个难得的学习机会。"

我说："是的，你这么看待这事，很好，祝你在这次青歌赛上获大奖，到时你就出名了。"

王海燕满带笑容离开了，而我也继续修改我的诗，这时，张秘书来了，她说："大为，王总叫你去一下。"我问道："王总叫我，有什么事吗？"

张秘书说："我也不知道，但王总叫你肯定是有事啊，你去看下不就知道了吗。"

我赶忙来到了王总的办公室，王总叫我坐，说："大为呀，你来这建筑公司上班，也已经有半年了吧？"

我说："是的，半年多了。"

王总说:"哎,你最近和石梅联系没有,怎么没见她来看你?"

我说:"她现在鲁迅文学院上学,肯定时间紧,就没有来吧。"

王总说:"你怎么知道她在鲁迅学院上学?"

我说:"那天我去看过她。"

王总笑了说:"这还差不多。对了,我那天出差去了河南舞钢,我还在石梅家住了一晚,与她爸边喝酒边聊天,嘿,我把你和石梅的关系告诉了老石,他也很高兴。"

我吃惊地问道:"我和石梅的关系?王总,你可能弄错了,我和她只是朋友关系,其他没什么。"

王总说:"年轻人,别解释了,我也是从年轻人走过来的,你和她到底有没有关系,我一眼就看明白了。"

我说:"真的没其他的,石梅老爸是宣传部部长,她又在鲁迅文学院上学,我哪能……"

王总打断我的话说:"不用解释了,即使现在不是,以后可以慢慢发展嘛!"

王总又接着说:"大为,你写的诗交给我的也有好几十首了吧?其实,我要你每周交一首诗给我,不是我要用你的诗来干什么,我想用这种方式鼓励你坚持写作,将来能有个好的发展。"

我听后,十分感动,我说:"太感谢王总了。"

王总说:"你别感谢我,你得感谢石梅,石梅告诉我,你爱好写诗,当诗人是你的梦想。所以,我才给你创造这机会,明白吗?"

我说:"明白,也太谢谢她了。"

王总说:"不过,我还得提醒你,有些事我不便说明,你可要注意点影响,别对不起石梅哟!"

我这时才明白王总叫我来的用意，我知道他说的意思是关于我和王海燕，本来我和王海燕没什么，更不必解释了，我没出声只听着。王总说："没事了，你去吧。"

我走出王总办公室，回到库房里，却再也静不下心来修改我的诗了，心里乱乱的，我也知道石梅那份心思，更知道王总也是一片好心，可是，我与石梅？那真的叫癞蛤蟆想吃天鹅肉啊。

晚上，我吃了饭没事，就想着去逛逛街，却无意中碰到了谢雨，我问道："谢雨，你这是去哪儿？"

谢雨说："大为，你来得正好，走，看电影去。"

我说："谢雨，看电影，看啥电影？"

谢雨说："昨天，付和送了我几张电影票，他主演了一部电影《青春无悔》，在北京上映了。正好，我还有两张票，走，去看看吧。"

我和谢雨去到电影院，入场后和她坐在一起，一会儿，电影就开始了，在主人公出场后，谢雨说："快看，主演付和出来了，经过打造后好帅哟！"

我说："是的，多帅的小伙儿。"

看完电影后，我和谢雨都为付和感到高兴，我说："谢雨，没想到付和从跑龙套开始，终于成了主演，他成名了。"

谢雨说："是呀，这下付和成明星了，我们应祝贺他！"

我说："走，谢雨，我们找他喝酒去。"

谢雨说："他呀，现正在无锡影视城拍一部古装电影，现在红了，哪有时间和我们唱歌喝酒啊。"

我说："说的也是，对了，谢雨，你那次参赛入展了么？"

谢雨说："嗯，我的作品入展了，还获得了一等奖呢。"

我问道:"你是哪幅作品获奖的,是不是你画我那幅?"

谢雨说:"不是,是我画我自己的那幅素描。"

我说:"你自己能画你自己?"

谢雨说:"能,就是你给我照的照片,我按照片画的。当然,照片只是一个模特,画时还要进行艺术加工,所以获奖了。"

我说:"你这画画得肯定很美!"

谢雨说:"我是画我自己,肯定要画美点哟!大为,我那次获奖后,引起中国美协专家的关注。在他们的帮助下,我将于下月在中国美术馆举办一次个人画展。我这段时间在忙着准备画展的作品,到时你一定要去看看哟。"

我说:"好的,谢雨,祝贺你,你也成功了。"

谢雨笑着说:"这哪里算是成功,只是起步了,离成功还很远,不过,我会努力的。"

时间也不早了,谢雨就乘公交车回家了,我也往回走,到了公司的宿舍后,想着身边的朋友在梦想这条道路上,坚持不懈从而获得了成功,不禁为他们高兴,同时,也让自己信心倍增。

过了几天后,张秘书跑过来,叫我去接电话,说是《中国城市报》打来的,我便赶忙跑过去,接到电话,才知道是申总打来的。申总说:"小于,告诉你一个好消息,关于聘你到《中国城市报》工作一事,在编委会上通过了,现在我正式通知你,尽快把那儿的工作移交,来报社报到上班。"

我听后,高兴地说:"申总,是真的吗?"

申总说:"是真的,这事已定了,至于正式通知,报社办公室人员会及时寄给你的。"

我说:"太好了,太谢谢你了,申总!"

第三天，我就收到《中国城市报》寄来的聘用通知，我拿着辞工书去到王总办公室，王总高兴地说："大为，我当初真没看错你，你真是个人才，难怪石梅尽力向我推荐你，现在你又可以去报社上班了，好好干，你将来肯定会有出息的。"

　　我说："好，我来公司的这段时间，感谢王总对我的关照，真的谢谢了！"

　　王总说："我还是那句话，你别谢我，你得谢石梅，要不是她介绍，你能来我公司上班么？"

　　王总又从抽屉里把我每周交给他的诗稿递给我说："大为，这些诗稿你拿回去吧，放在我这儿也没用，但希望你仍坚持写下去，将来能成为大作家大诗人。"

　　我说："王总，要是你真喜欢我的诗就留着，做个纪念。"

　　王总说："我整天这么忙，哪有时间读你的诗呀？你拿回去，如果出了诗集再送我。以后，不管遇到了什么困难，随时都可以来找我。"

　　我从王总办公室出来，顺便去到张秘书办公室，与她告个别，张秘书说："大为，你真行，又可以去报社上班了，祝贺你！"

　　我去《中国城市报》上班不久后，就接到"中国青年诗歌大赛组委会"通知，我的诗获了一等奖。颁奖仪式在北京青年文化宫隆重举行，当我上台领奖时，我看见石梅了，她站在最前面，为我热烈鼓掌，而且她笑得特别开心。

　　颁奖仪式结束之后，石梅走上来，高兴地说："大为，祝贺你，获得了全国大奖，终于成功了。"

　　我说："我没想到自己能获奖。说真的，能获这个奖，我很高兴，但这并不是说我成功了，只是迈出了第一步。石梅，我已经去《中国城市报》

上班了。"

　　石梅说:"我知道了,只是还没来得及去看你。"

　　我说:"谁告诉你的。"

　　石梅说:"你猜?"

　　我笑着说:"我明白了,是王总告诉你的吧?"

　　石梅说:"不是,是我爸。"